음지의 광장

음지의 광장

차례

말머리

우리나라의 곳곳에는 역사의 흔적들이 흔히들 있다. 성벽이라든지 절터, 주거지, 비석 등의 유형의 것들도 있고 아무런 흔적도 없는 무형의 역사도 있다.

초목만 무성하고 볼품없고 이름 없는 어느 야산의 골짜기 앞을 지나니 "임금님의 귀는 당나귀 귀" 하듯이 바람에 나부끼는 초목이 말하는 것이 아니라 소먹이는 필부가 말한다. "저 안쪽의 막다른 골짜기에는 과거 무수한 시체를 끌어다 버린 곳"이라고.

그것은 구전으로 이어져 그곳에 온 사람들에게만 전설로 전해졌다. 그 산 너머로 이어지는 덕천강 강변에는 하얀색의 비석이 석양에 빛을 발한다. 동학 농민 운동의 전적비가 있었다.

그 사람들은 동학 농민 운동은 알 바가 아니었다. 과거 무수히 버려졌던 시체 더미만 기억하는 것이다. 동학 운동은 정사로 역사에 남지만 정작 당사자들은 비석에 이름이나 남았을까?

강 건넛마을 앞 공터에는 진주 민란 기념탑이 우뚝 서 있다. 말없이 흐르는 강을 사이에 두고 근대사의 역사가 흘러갔다. 그것도 치열하고 엄숙했던 피비린내의 바람이었다.

역사는 반복되고 피의 바람도 반복된다. 기념탑에서 강을 따라 오십 리 흘러가면 진주가 나오고 진주의 남쪽에는 실봉산이 있다. 실봉산은 6·25동란 때 격전지였다. 그 산기슭의 마을에는 인민군 부상병들이 우주 괴물처럼 집집마다 안방을 차지하여 똬리를 틀고 있었다. 뒷산의 전투가 아니라 마산 진동 고개의 전투에서 부상을 당해 후송된 인민군들의 치료소였다. 여기도 죽은 부상병들을 갖다 버리는 곳이 있었다. 여름철의 비 오는 날 밤에는 그곳에서 인민군 부상병들의 신음이 들린다고 했다.

인민군이 쫓겨 간 후에 또 줄줄이 엮여 끌려가 죽임을 당하는 사태가 있었다. 버려지고 묻힌 그곳에는 그곳 사람들만의 전설이 전해지고 있을 것이다.

이후 10년간이나 지리산 골짜기마다 빨치산 도당들의 행패가 있었고, 그들의 소탕 작전이 우리 전투병들과의 교전의 역사로 기록되기도 하고 또는 전설이 되어 남아 있다.

역사도 인간사인 만큼 굴곡이 있고 음영도 있으며 소용돌이가 휩쓸고 지나가기도 한다. 역사의 소용돌이가 지나간 자리에는 태풍이 휩쓸고 지나간 것처럼 깊은 자국이 파인다. 자국이 깊을수록 굴곡과 음영이 심하며 그늘을 길게 드리운다. 긴 음지의 세월이다.

역사의 후유증이 음지인 것이다. 역사의 음지가 국제관계나 국제문제로 확대되면 광장이 된다. 그것들은 거미줄처럼 얽혀 있고 한 가닥의 줄기 끝에는 수 가닥의 관계들이 연결되어 있다. 앞에서 버려진 시체 더미들은 단순한 사건 사고가 아닌 세계 역사의 후유증인 것이다.

중세에서 깨어난 세계 역사가 화산이 폭발하고 지진이 진동할 때 그 파장이 우리나라에는 임진왜란과 병자호란이라는 이름으로 전해 졌으나 누구 하나 그 낌새를 감지하지 못했다.

세계 역사는 식민지와 산업혁명이라는 거대한 프레임으로 부딪히고 갈등하고 깨어지고 하다가 마지막 구조 조정 단계가 20세기였다. 이때 우리나라는 일본의 식민지로 세계 역사의 구조 조정에 편승하게 되면서 미미한 존재로 출발해서 현재에 이르고 있지만, 아직도 어딘가 어색하고 불안정하고 아귀가 잘 맞지 않은 것 같은 입장으로 세계사에 우뚝 섰다.

음지의 역사로 출발한 느낌이 든다. 약소국의 설움이다.

우리의 기개를 활짝 펼치기 위한 역사도 있었다. 고구려, 고려이다. 그러나 그것은 전쟁의 역사였다. 주변의 강국들이 우리 민족이 활짝 펴는 기개를 눈꼴사납다고 가만두고 보지를 못하는 것 때문이었다.

우리는 세계 역사의 음지의 광장을 항상 유심히 살펴볼 필요가 있다. 지금도 약소국이나 정착하지 못한 떠돌이 민족들의 수난은 계속되고 있고 그런 난세와 공포의 세상이 남의 일로만 여겨지지 않는 이유도 분명히 상존함을 일깨우고 싶다.

최근 우리 민족의 기개가 살아나고 있다. 세계 1위 기업의 등장과 문화 수출국으로서의 변신이다. 짧은 통일 신라 시대의 찬란한 역사를 빼고는 항상 음지의 역사로 살아왔다.

중세 이전의 대륙 문명의 기세가 무력의 힘이었다면 근대사의 해양 문명은 과학의 힘이었다고 할 수 있다. 미래의 기세는 문화 강국일 것이다. 약소국으로서 세계를 점령할 좋은 빌미를 만들었다. 인간사의 모든 것은 인류의 복리를 위해서 발휘되어야 할 것이다.

이 글을 음지의 광장에서 무참히 사라져 간 수많은 영령에게 바치는 바이다.

2019년 가을

1장

피바람의 20세기

피바람의 20세기

우리나라가 삼정 문란으로 도탄에 빠져 깊은 수렁 속에서 헤매고 있을 때 기관차의 바퀴가 상징하듯 서양에서는 산업혁명의 바퀴가 눈덩이처럼 커져 사정없이 굴러가고 있었다.

모든 메커니즘의 속성이 그렇듯 걷잡을 수 없이 굴러가는 산업혁명의 바퀴도 그 속성을 벗어나 처음 취지의 본질이 왜곡되고 변질되어 가고 있었다. 서양의 식민지 정책이 그것이었다. 늦게 배운 도둑질이라고 일본까지 우리나라를 사정없이 삼키니 늦게 통일되어 이웃 열강들의 식민지 정책에 불만이 많았던 독일에서부터 유혈 사태는 시작되었다.

르네상스에서 산업혁명까지 서양의 열강들은 그래도 이웃 나라까지는 점령하거나 식민지로 만들지는 않았다. 저 먼 극동에서 식민지가 되어야 할 일본이라는 나라가 사정없이 이웃 나라인 한국을 식민지로 만드는 것을 보고 게르만 민족의 원조 격인 오스트리아가 이웃 나라인 보스니아를 점령해 버렸다. 사정없는 민족주의의 발현이다. 보스니아의 수도 사라예보는 우리나라 탁구 신화의 세계화에 첫 발걸음이 된 곳이다. 그리고 그 뒤 보스니아는 1990년대 초 공산주의가 무너지는 유고슬라비아에서 독립하면서 멀쩡한 문명국이 전쟁하면 얼마나 비참한 꼴이 되는가를 보여 주는 참상의 현장이 되기도 했다.

게르만 민족의 대부인 독일을 믿고 마구 휘두른 오스트리아의 민족주의의 발현은 슬라브족의 대부인 러시아를 믿고 있는 세르비아를 강하게 자극하였다. 세계 1차 대전 발발의 불쏘시개가 되었다. 세상 풍파 모르고 이웃 나라 친선을 위해서 방문한 오스트리아의 황태자 부부를 세르비아의 한 청년이 암살해 버렸다.

이보다 10년 전 우리의 영웅 안중근 의사가 일본의 한국 점령 야욕을 꺾기 위해 중국의 만주 하얼빈에 오는 일본의 수상 이토 히로부미를 암살해 버렸다. 우리의 우방 중국인 청나라의 약화로 우리나라는 고스란히 안중근과 함께 아무런 힘도 못 쓰고 일본의 제물이 되었다. 약소민족의 설움이 그대로 노정된 역사였다.

솔직히 오스트리아는 그전 독일의 전신인 프러시아의 한 연방이었고 같은 게르만 민족으로 민족주의 입장에서 볼 때는 거의 독일과 같은 나라나 마찬가지였다. 우리나라와는 입장이 완전히 다르다고 할 수 있다. 앞으로도 영구히 이웃 일본이나 중국의 강대국들을 믿거나 절대 의존해서는 안 될 것이다.

오스트리아가 자기 나라 황태자의 암살을 빌미로 세르비아에 전쟁을 선포하고 시작된 세계 제1차 대전은 세계 식민지화에 늦게 뛰어든 독일의 직성을 마음껏 발휘하는 전쟁이 되었다. 그래서 독일이 일으킨 전쟁이라고 후세 역사가들은 칭한다. 동맹국은 독일, 오스트리아, 이탈리아 등의 나라였다.

터키의 코앞인 발칸반도의 혼란이나 위기는 바로 터키와 직결된다. 유럽 세력의 남진을 저지하기 위해 세르비아와 동맹을 맺고 있던 터키는 러시아의 참전으로 연합국에서 빠진다. 오히려 독일과 동맹하여 러시아와 싸웠다. 러시아도 유럽으로 보고 오늘날에도 터키는 러시아의 중동 진출을 적극적으로 저지하는 쪽으로 정책을 수립하는 나라 중의 하나이다. 그러니까 러시아는 이집트, 시리아 등과 우방 관계를 유지하면서 중동 아시아의 진출을 적극적으로 모색하고 있다.

20세기의 상징이 된 두 차례의 세계 대전은 민족주의를 표방한 독일을 중심으로 한 동맹국과 독일의 발호를 저지하기 위한 프랑스, 영국, 러시아의 연합국의 전쟁이었다. 또한 두 전쟁은 인명 살상의 엄청난 재앙의 불씨가 되었다. 전쟁을 빙자한 인명 살상의 당위성과 합리성을 내세우고 이기적 민족주의를 통한 타민족에 대한 배타와 침략은 그야말로 유혈의 시대로 각인되게 하였다. 인류 문명의 발전을 위하여 등장한 과학 무기의 오용과 남용이 인간 본성에 내재한 악마적 근성과 결합할 때 그 잔인함의 극치가 대두된 시대였다.

천부인권설에 대한 각성이 세상에 퍼진 지 200년이 지났는데도 아직도 원시적 야만성이 그대로 발휘되는 역사가 두 차례의 거대한 전쟁이었다.

서양 과학 문명의 발전은 식민지 전쟁으로 이어졌고 식민지 전쟁은 영토 분쟁 갈등의 표출이었다. 민족주의 앞에서는 수백 년 전에 등장한 천부인권설이나 인권은 무용지물이었다. 과학 기술의 발전으로 획득한 무기를 이용한 인간 심리의 저 구석에 숨어 있던 야만성을 그대로 드러낸 악마적 소행이었다. 유혈의 시대를 야기한 것이다.

아르메니아인들의 수난

식민지 경쟁에서부터 시작된 민족주의의 발현과 전쟁이란 이름으로 자행된 유혈의 악마적 소행은 결국은 약소민족이 사정없이 당하는 피의 잔치였다.

20세기 벽두에 일본의 한국 침탈부터 시작된 이민족 대량 살상의 참극은 세계 1차 대전 와중에 전쟁이란 이름으로 터키의 아르메니아인 살상부터 시작된다. 인간 도살장이었다. 150만 명이 수난을 당했다. 거대한 국가나 민족 사이에 끼어 있는 약소국이나 약소민족에게는 어쩔 수 없는 설움이나 운명이었다. 강대 세력의 횡포에 속수무책이었다.

역사적으로 전쟁에서 전투병의 죽음과 그 숫자는 전쟁 재앙이나 인류 재앙은 될지언정 승전이나 패전에 그 비극은 묻혀버리고 만다. 민간인의 수난이 문제인 것이다.

아시아의 서쪽 끝에 있는 아르메니아는 인구 300만 정도의 매우 작은 나라이다. 지정학적으로 매우 독특한 나라에 속한다. 이곳은 우리나라 남북을 합친 면적의 십 분의 일 정도 크기의 나라에 서쪽으로 흑해, 동쪽으로 카스피해를 사이에 두고 완전히 다리 역할을 하는 나라이다. 우리나라는 일본과 아시아 대륙 사이의 다리 역할을 하는 반도국인 데 비하여 아르메니아는 양 바다를 사이에 두고 완전히 교량이 되는 나라이다. 그것도 재미있는 것이 호수 같은 바다의 짠물 흑해와 바다 같은 민물 호수 카스피해 사이의 육지이다. 그러면서 아시아, 유럽의 경계이면서 지리상으로는 아시아에 속한다. 북쪽으로 러시아와 접하고 남으로 터키와 경계한다. 강대국 사이의 완충 역할을 하는 지정학적 위치이기도 하지만 신성 로마 제국의 정통성을 잇는다고 하는 러시아 정교와 터키의 이슬람교 사이의 종교적 경계이면서 완충 지대이다. 아르메니아는 종교적으로 러시아 쪽에 가까운 기독교국이다. 그리고 최근 소비에트 연방이 무너지면서 1990년대에 독립한 나라이다.

결국은 강대국 사이의 세력 다툼의 희생물이기도 하겠지만 종교적 갈등의 제물이 되기도 했을 것이다. 지금도 아르메니아 국민은 대부분은 러시아를 지지하지만, 일부는 터키를 지원하고 터키에 속해 있다고 한다. 150만 명 참살 당시에도 터키가 주로 쿠르드족을 앞세워 만행을 자행했다고 하지만 그중에는 같은 동족의 살상에 가담한 자도 있다고 했다. 참상의 원인이야 뻔한 것이었다. 러시아 세력을 등에 업은 아르메니아인들의 봉기를 사전에 차단하자는 취지였다. 여기에 쿠르드족을 적극 이용했다.

  쿠르드족을 이야기하자면 터키, 이라크, 이란의 3국의 북부에 사는 민족으로서 수 세기 동안 독립된 국가 건설을 위해서 매진하면서 비참한 생활을 하고 있다. 지난 밀레니엄 벽두에 아랍의 테러 집단 오사마 빈 라덴의 미국 뉴욕 세계무역센터 빌딩의 폭파로 야기된 이라크 후세인 대통령 제거 작전에 미국은 철두철미하게 쿠르드족을 이용했다. 쿠르드족은 세계 최강의 미국의 힘을 이용해서 독립국을 세우자는 목표가 있었을 것이다. 그러나 미국은 후세인 제거 후 나 몰라라 하고 있다. 미국은 협력과 전쟁은 전연 별개의 문제라는 것이다. 사실 세 나라에 걸쳐있는 쿠르드족의 독립국 건설 문제는 미국이 간여해서 되는 문제가 아니다. 민족과 국가의 문제는 역사의 문제이므로 현재의 사람들은 미래의 세상을 알 수 없기 때문에 현재 세상의 문제를 미래의 역사로 누구도 알 수 없고 단정 지을 수 없다.

  아르메니아인들의 비극적 역사는 일본의 우리나라 침탈과 함께 강대국들 사이에 끼어 있는 약소민족의 처참함을 보여 주는 사례로 20세기 살육을 암시하는 첫 제물이었다. 열강들이 과학 발전과 산업혁명을 바탕으로 19세기까지는 백인 우월주의의 인종주의로 신대륙

및 전 세계를 상대로 식민지화에 매진했다면 식민지가 고갈되고 한계에 이르자 20세기에는 민족주의를 앞세워 약소민족과 국가를 사정없이 공격했다.

동학 혁명의 세계사적 의미

미국의 남북 전쟁도 미국 사회의 내부적 갈등을 해소하는 한 방편으로 집안싸움이었다. 노예 제도라는 불치의 암 덩이를 해결하기 위한 불가결의 전쟁이었다.

어느 나라나 시대의 흐름을 잘 직시하고 현명한 대처를 하지 않으면 어느 순간부터 전연 힘을 쓰지 못하고 엄청난 재앙을 초래하게 된다. 우리나라 역사에서는 대원군 시대가 그 좋은 예가 될 것이다. 1850년대와 1860년대 10년 사이의 시대적 격변은 그 후 200년을 바라보는 오늘날까지도 애석함으로 남아 있다. 그 사이에 일본은 명치유신을 하고 1860년대가 되니까 갑자기 세상은 소란스럽고 거대한 풍파들이 몰려왔다. 병인양요와 신미양요가 그것이었다. 그리고 대원군이 저주하던 서양 문화에 대항하여 동학 운동도 일어났다.

대원군이 야인 시절에 움츠리고 우물 안에서 세도가들에 대한 복수의 칼만 갈지 말고 목을 조금만 빼서 바깥세상을 보았더라면 하는 아쉬움이 있다. 대원군의 쇄국 정책의 오판은 시대 흐름의 갈림길에서 선택한 이정표가 막막한 절벽이었다. 나라의 운명이 송두리째 추락하는 그 길을 그렇게도 몰랐던 위정자. 오늘날도 역사의 훈시가 되고 있다.

　10년이면 강산도 변한다는 긴 세월이지만 유구한 역사로 볼 때는 정말 잠깐이다. 대원군의 쇄국 정책 기간 중의 초기 10여 년 사이에 일본은 개화하여 벌써 서양의 식민지 정책을 흉내 내어 그 잣대를 우리나라에 들이대고 있었다. 병자수호조약이 그것이다. 우리나라는 서양도, 중국도 아닌 일본에 의하여 최초로 나라의 문을 열었다. 이로써 많은 사람은 일본을 통하여 서양식 문물을 접하게 되고 또 받아들였다. 그래서 갑신정변이니 하는 것들이 그러한 것인데 입때까지만 해도 개화파들이 절대 친일파는 아니었다.

　갑신정변에 실패하여 일본으로 도망간 김옥균 같은 사람을 보면 친일파 같기도 하나 역사가들은 그렇게 보지 않고 일본처럼 개화하여 근대화하겠다는 개화파로 보았다. 죽고 썩은 고래가 되어 서양의 오랑캐들에게 사정없이 살점을 뜯어 먹히는 중국 청나라의 국제적 사정도 모르고 청나라에만 의지하고 있던 관료 내신들이나 수구파에 비하여 개화파라는 것이다. 그러나 훗날 일본 세력을 끌어들여 우리나라가 일본의 식민지가 된 것을 고려하면 결과적으로 개화파가 친일파가 되고 말았다.

　대원군은 안으로는 외척들의 세도 정치를 배격해 궁궐의 권위를 세워 왕권을 강화하고, 밖으로는 서양의 종교라는 이름의 해괴망측한 풍속의 접근을 막아내면 만사가 형통하리라고 보았다. 일반 백성들에게 왕도 정치 자체를 거부하는 기류가 흐르고 있음을 전연 감을 잡지 못하고 있었다. 동학사상의 파급이 그것이었다.

서양 종교가 하느님에게 귀의하는 것을 강조한다면 동학은 인내천, 즉 내가 곧 하늘이다가 아니라 내 안에서 하느님의 본성을 찾아내 그 성품을 발현하자는 것이다. 서양 종교의 하느님 앞에 모든 사람은 평등하다고 하는 것과 모든 사람은 존재함으로써 세상도 하느님도 있다는 동학과의 근본 이치는 같다고 할 수 있다.

동학을 일으킨 최제우는 대원군이 서양 종교를 배척하고 서양 신부들을 탄압하고 있을 때 서양 종교에서 서양의 문화와 풍속을 터득하고 그 속에서 새로운 세상을 발견했다. 인간 생명의 존엄과 평등사상을 터득했던 것이다. 평등한 인간 생명의 존엄을 바탕으로 한 새로운 세상의 틀을 구상했다. 그것은 물론 서양 종교의 교리에서도 느꼈겠지만, 그보다는 서양 신부들의 순교 정신에서 더 큰 깨달음을 얻었을 것이다. 특히 병인양요의 원인이 된 프랑스 신부들의 순교에서 더 큰 감화를 받았다. 민권 사상으로 무장된 서양 신부들에게서 천주교 전파 이상의 인간 정신의 새로운 세계가 있음을 확신했다.

대원군이 서양 신부들을 학살하고 외국 세력을 배척하고 있을 때 18세기 후반부의 미국의 독립 정신이나 프랑스 혁명 사상이 이미 동학이란 이름으로 우리나라 민간 백성들에게 속속들이 파고들고 있었다. 봉건 군주제의 타파가 그것이다.

대원군이 물러나고 고종의 집정이 시작된 1880년대는 이미 세상은 걷잡을 수 없이 변해 있었다. 부랴부랴 서양 각국과 문호를 개방

하고 근대화에 박차를 가하였으나 국가 훈령이나 관권은 전연 씨가 먹히지 않았다. 오히려 갑신정변 같은 정변만 일어났다. 이때까지도 명성황후는 청나라의 덩치만 믿고 있었다.

서양 각국의 외세는 일본이 하나하나 조선에서 손을 떼도록 정리하고 있었다. 일반 백성들의 마음도 왕이니 신하니 하는 봉건 전제 군주제를 떠나 새로운 세상에 대한 염원으로 가득 차 있었다.

거대한 세 가지 기류가 교묘하게 부딪히지 않고 폭발한 해가 1894년이다. 나라에서는 근대화를 위하여 모든 통치 조직이나 제도를 바꾸는 갑오경장을 단행하였다. 갑오경장은 국가 통치 조직의 서양식 변경일 뿐 봉건 군주제는 여전했음으로 동학사상이 확산되고 있는 국민의 입장에서는 불만이 많았다. 1850년대 일본의 명치유신과 거의 같은 시기에 했더라면 하는 아쉬움으로 너무 때늦음을 직감했다.

나라에서는 갑오경장으로 돌파구를 마련하려 했으나 삼남 지방에 퍼져 있던 동학 농민들의 입장에서는 어림 반푼어치도 없었다. 서양식으로 국민이 주인이 되는 완전한 새로운 세상을 만들자고 들고 일어났다. 그것이 동학 혁명이었다.

일본은 일본대로 따로 속셈이 있었다. 갑오경장을 계기로 우리나라를 독립 국가라는 명분을 확인시키고는 중국 청나라를 완전히 몰아냈다. 그것이 청일전쟁이었다. 결국은 국가 통치권의 마지막 보루인 관군과 동학 농민군이 부딪힐 수밖에 없었다. 왕권 통치권의 입장에서는 위기였으나 일반 백성의 입장에서는 세상을 바꾸는 기회였다. 한 세기 전 프랑스 혁명의 민권 사상이 동학 혁명으로 불타오르고 있었다. 위기의 관군은 일본군을 끌어들였다. 기회를 엿보고 있던 일본군은 동학 농민군을 진압했다.

우리 역사에서 갑오경장은 30여 년 전의 일본의 명치유신과 너무나 대조적이라 하지 않을 수 없다. 일본은 근대화를 위한 것이었으나 우리는 일본에 사실상 나라를 갖다 바친 꼴이 되고 말았다.

갑오경장, 동학 혁명, 청일 전쟁의 해 1894년, 관군과 혁명군이 힘을 합쳐 일본군을 몰아내야 하는 시기였다. 당시에 일본군은 1882년의 임오군란을 계기로 우리나라에 주둔하고 있었다. 일본의 야심에 대하여 관군과 국민군이 힘을 합쳐도 모자라는 판국에 일본의 힘을 빌렸으니 그다음에는 어떻게 되리라는 것은 수천 년 역사가 말해 주고 있었다.

동학 혁명은 100여 년 전 프랑스 혁명의 정신을 이어받아 실천하고 단행한 동양의 유일한 혁명이었으며 우리 국민의 민주주의 정신의 생생한 역사라 할 것이다.

러시아 혁명

인간의 자유에 대한 갈망은 원시 시대부터 있었겠으나 그것을 실천한 역사는 너무나 일천하다 할 것이다. 특히 정치적 자유를 누리며 실천하는 나라는 지금도 그렇게 많지 않다. 러시아 혁명도 정치적 자유를 위한 실천이었으나 미국의 독립 정신, 프랑스 혁명, 우리나라의 동학 혁명 정신과는 사뭇 다르다. 인간 개인의 생명에 대한 존엄을 바탕으로 하는 민권 사상을 세상의 땅에 뿌리박기 위한 혁명이 아니고 카를 마르크스의 유물론에 입각한 사회주의라는 명목의 철학적 이념을 실현하는 혁명이었기 때문에 정치적 자유는 말할 것도 없고 개인의 자유권마저 완전히 유린당한 것이 러시아 혁명이었다.

민권 혁명이 아니고 공산주의 혁명이었기 때문에 사상과 이념 앞에서 개인의 자유와 생명은 그렇게 소중한 것이 못 되었다. 지금도 혁명의 주동자 레닌의 시신을 영원한 숭배의 대상으로 삼기 위해서 중인환시(衆人環視) 속에 갈무리하고 있는 것을 보면 혁명 정신의 허상이 엿보인다. 봉건 군주제의 군주 자리를 혁명이란 이름으로 빼앗은 것밖에 없지 않으냐는 것이다. 거기다 봉건 시대에는 마음껏 누렸던 사유재산권마저 빼앗아 국유화해버렸으니 공산주의의 한계가 있을 수밖에 없었다. 공산주의는 일시적으로나 임시방편으로는 너무나 좋은 제도이나 영속적이고 지속 가능한 제도는 결코 될 수 없음이 판명되었다.

혁명의 영웅 레닌은 현재 러시아가 공산주의를 하지 않고 있는 것을 안다면 미이라가 되어 썩지 않고 있음에 민망함을 느낄 것이다. 물론 영원하리라 믿었겠지만 일시적인 사회 제도를 위해서 그렇게 많은 피를 흘리고 수많은 목숨을 앗아간 역사적 거사에 대해서 그렇게 당당하지만은 못할 것이다.

러시아 혁명은 세계 1차 대전 중에 일어났다. 우리나라 동학 혁명과 조금은 같은 유사점이 있다. 국운이 위기에 처했을 때 그 틈을 타 세상의 프레임을 완전히 바꾸어야겠다는 국민의 강력한 의지의 실현을 위한 거사라는 점이다. 그동안 낡고 썩고 무능한 군주의 통치권에 대하여 국민의 극한적 원성마저 모른 척한 정부의 고답적 태도도 거의 같았다.

외세와 정부와 혁명군, 외세의 힘을 빌린 정부로 인하여 동학 혁명은 실패했고 따라서 정부도 실패하여 결국은 나라는 패망했고 일본의 식민지가 되었다.

러시아 혁명도 3파전이었다. 러시아 정부는 외적인 독일에 대하여 프랑스, 영국과 연합한 연합국으로 싸워야 했고 안으로 혁명군과 싸워야 했다. 독일의 패망과 연합국의 승리로 인하여 외적과의 싸움은 끝이 났으나 국내의 적인 홍군으로 대변되는 혁명군과 백군이란 이름으로 싸워야 했다. 백군은 4년 동안 치열하게 싸웠으나 결국 민심의 이반으로 혁명군에 패망하고 동시에 제정 러시아도 사라졌다. 세상에 공산주의 나라가 생긴 것이다.

러시아 혁명군은 깃발을 들고 칼을 휘두른 김에 변방의 20여 개의 약소국을 점령하여 소련이라는 나라를 건국했다. 붉은색은 혁명의 상징이었다. 온 지구촌을 붉은색의 나라로 만드는 것이 소련의 건국 정신이었다. 그놈의 붉은색 정신이 30년 후에 우리나라에, 그리고 우리에게까지 영향을 미치리라는 것을 누가 감히 짐작이나 했겠는가.

제정 러시아는 산업혁명의 물결이 가장 늦게 도착한 나라였다. 서구에서는 산업혁명의 주류인 공업 발전으로 인한 자본주의가 성장하여 그 폐단이 나타나기 시작했다. 러시아는 산업혁명의 물결이 서서히 스며들고 있었으나 늦게 배운 도둑질이라고 늦게 형성된 산업 자본의 횡포가 더욱 심하여 도시 노동자들의 삶의 질은 매우 열악하였다. 서구에서는 공업 노동자들의 노동 운동이나 노동 쟁의에 관한 새로운 개념이나 질서가 형성될 때 러시아에서는 농노라고 하는 농업 노동자들의 아우성이 빗발치고 있었다. 즉 소작인들의 희망 없는 삶에 대한 원성이었다. 어떻게 하면 자본주의의 폐단을 조금이라도 완화해 볼까 하고 농촌에서는 브나로드 운동도 일어났다. 이것은 우리나라의 상록수 모델이 된 농촌 계몽 운동이었다.

도시에서는 공장 노동자들을 중심으로 공산주의 사상이 급격히 확산하였다. 1895년 우리나라 명성황후 시해 사건 때, 고종의 아관파천 때만 해도 러시아의 부동항을 향한 전통적 남진 정책은 한결같았고 국가의 기강도 건전했다. 이후 러시아의 마지막 차르 니콜라이 2세의 국가 통치에 대한 누수가 생기기 시작했다. 고문 겸 사부 격인 라스푸틴에게서 허상을 구하고 있었다. 1904년 러일전쟁에 패하여 남진 정책의 일환인 우리나라에 관한 간섭은 일단락되었고, 일본은 러시아를 끝으로 우리나라를 삼키기 위한 모든 외세의 가시를 제거하게 된 것이다. 밖으로 러일 전쟁에 패하고 내적으로는 사회 개혁을 위한 청원 운동이 일어났으나 니콜라이 2세는 라스푸틴의 영향으로 그렇게 심각하게 받아들이지 않았다.

극소수의 불온분자들이 길거리에 나와서 소동을 벌였지만 대부분의 백성은 폐하를 어버이로 섬기며 따르고 있다고 간언하는 라스푸틴의 말을 믿은 것이 니콜라이 2세의 허상이었으며 군주의 한심한 작태이기도 했다. 그 뒤 본격적인 사회 개혁을 위한 거리의 시위운동이 일어났을 때 군중을 향하여 발포 명령을 내렸고 500여 명의 인명을 무자비하게 죽였다. 이것은 훗날 왕족 일가의 몰살 전제가 된 계기이기도 했다.

'러시아 혁명'하면 레닌의 부리부리한 눈과 군중 속에 우뚝 솟은 빛나는 대머리가 연상된다. 부리부리한 눈은 권위와 위엄의 상징이었으며 빛나는 대머리는 새 시대, 새 세상을 만들어 나가는 혁명 성공의 새 지도자의 빛나는 업적이었다. 그러나 그 뒤 2차 대전의 독일의 히틀러와 함께 20세기의 인류 사회를 피바다로 물들이는 악마의 화신이 되기도 했다. 히틀러의 콧수염과 레닌의 대머리는 죽음과 같은 섬뜩함과 살벌함의 상징이었다. 인간의 정이 없는 잔인함과 몰인정함과 삭막한 세상의 표상이기도 했다. 유물론에 입각한 새로운 이데올로기를 세상에 실천한 첫 시험자이기도 했다.

어리석은 대중들이 이데올로기의 맹목적 충성에 매몰되어 왜곡된 지도자들의 카리스마에 현혹되면 그 결과가 얼마나 위험천만인가를 보여주는 역사적 인물들이기도 하다. 솔직히 말해서 어리석은 대중들이 아니라 어리석은 지식인들이라고 해야 맞을 것이다.

러시아 혁명의 전야는 19세기 말이었다. 지식인 중에서 특히 문학인들의 활동이 두드러졌다. 막심 고리키 같은 문인은 대놓고 사회주의 사상의 선동과 혁명을 위한 실천가였다.

자본주의의 폐단과 모순을 시정하고 새로운 사회의 변혁을 위해서 국민들에게 정신적 계몽을 위하여 작품으로 맹활약한 대문호가 있다. 톨스토이와 도스토옙스키다. 제정 러시아의 수도였던 상트페테르부르크의 중심가에는 지금도 도스토옙스키의 커다란 동상이 우뚝 서 있다. 러시아 제2의 도시로 우리는 레닌그라드라 열심히 배웠다. 도스토옙스키의 '좌와 벌'이란 작품이 성공한 러시아 혁명 정신의 큰 밑거름이 되었다는 의미일 것이다. 명작으로 인한 혁명 성공의 기여도가 크다는 의미일 것이다.

어떻게 하면 자본주의 모순을 타파하고 새로운 사회의 변혁을 위하여 여하히 완착할 것인가에 가장 큰 고민을 하고 활동한 사람이 러시아의 대표적 대문호 톨스토이였다. 톨스토이는 공산주의 혁명을 예견했다. 그리고 공산주의 사회는 결코 인간의 이상적인 사회가 될 수 없다는 것도 미리 예견했다.

대부분의 지식인이 마르크스 이론을 새로운 사조라고 받아들일 때 톨스토이는 고개를 가로저었다. 자본주의가 흠집이 좀 많기는 해도 그 흠집을 보완하고 수리해서 쓰면 그래도 공산주의보다는 훨씬 낫다는 것을 톨스토이는 그때 선견지명으로 알았다. 그 예견과 선견지명이 70년 후에야 증명되었다. 그는 당시의 다른 일반 지식인들과 다른 생각 때문이었는지는 몰라도 동상의 자리는 도스토옙스키에게 빼앗겼다. 그러나 둘 다 대문호임이 틀림없다. 그리고 사회 개혁을 위하여 무던히도 애쓴 지식인들이다.

러시아 혁명의 특징은 전대미문의 프롤레타리아 혁명이었다는 점이다. 산업혁명에서 생겨난 자본가와 노동자 계층에서 일어난 노동자들의 혁명이라는 것이다. 그런데 실제로는 산업혁명에서 생겨난 노동자 계급의 혁명이 아니라 1차 산업인 전통 농업 사회에서 형성된 농노들에 의한 혁명이었다. 지주와 자본가가 없는 노동자들의 천국을 만들자는 것이었다. 150년 전의 프랑스 혁명과 대조적이라 할 수 있다.

프랑스 혁명은 시민 혁명이었다. 프랑스 혁명은 인간의 존엄과 인권을 바탕으로 하는 민주주의의 첫 출발점이라 한다면 러시아 혁명은 마르크시즘에 근거를 둔 유물 사관에 입각한 공산주의의 첫 탄생을 의미한다. 공산주의는 인간의 자연스러운 생존의 본질인 인권과 자유와 욕구를 가능한 한 억제하여 무산자로서 평등을 강조한다. 쉽게 말해서 개인이 부자 되어서 편안한 삶을 누리는 것을 못하게 하는 것이다. 부의 축적과 편안한 삶은 공산주의의 본질이 아니라는 것이다. 모든 사람은 무산자로서 공평하게 살아야 한다는 것이다. 그렇게 되기 위해서는 국가 권력의 강력한 제재를 받아야 하고 그런 국가 조직과 사회를 만들기 위해서는 개인에게 다가오는 모든 시책이나 지시들이 어쩔 수 없이 모질고 잔인해질 수밖에 없다는 것이다. 인권과 자유가 없는 세상이 된 것이다.

러시아의 공산 혁명은 20세기 초입에 일본의 우리나라 지배와 함께 인류 사회를 피로 물들이는 가공할 잔인함을 드러냈고, 전쟁보다 더 무시무시한 악마적 소행이 되었다. 프랑스 혁명에서는 루이 16세의 국외 탈출을 꾀하는 파행적 행적으로 왕을 단두대의 제물로 보냈지만 러시아 혁명에서는 왕족들을 그 이듬해에 시베리아 지하 감옥에서 모조리 총살했다. 왕족으로 태어난 죄밖에 없는 어린아이들까지 살해하는 잔인한 혁명이었다.

홀로코스트

대학살을 뜻하는 홀로코스트는 세계 2차 대전 중 독일의 나치스가 자행한 유대인 대학살을 말한다. 폴란드의 아우슈비츠 유대인 수용소가 가장 유명한 홀로코스트라 할 수 있다. 우리가 홀로코스트에 강한 관심을 갖는 것은 나라 없는 민족이 당한 엄청난 고난의 역사와 그리 멀지 않은 금세기에 있었던 사건으로서 같은 시기에 나라 잃은 우리 민족의 수난 역사와 맥을 같이 하고 있기 때문일 것이다.

600만 명의 유대인들이 도살장에 끌려가는 가축처럼 줄을 서서 끌려가 죽임을 당했다. 전쟁의 와중에 비밀리에 자행된 계획적 살인의 대상이 유대인들이었던 것에 비하여 우리 민족은 일제 50년 동안 일본의 전쟁 수행 물자 소모품으로 희생물이 되었다. 나라 잃은 민족으로서 일본에 희생당한 인명은 천만도 넘을 것이다.

명성황후 시해 사건의 1895년부터 치면 해방까지가 50년이다. 왕비의 시해는 우리 민족 말살의 시작이었다. 해방을 맞아 들뜬 마음으로 고국 오는 귀국선 침몰까지 따지면 그 숫자에 나타나는 일본의 야만성은 독일 나치스를 훨씬 능가한다.

유대인들의 수난으로 우리가 견딜 수 없을 만큼 안타까워하는 것은 모든 가족을 같이 끌고 갔다는 사실이다. 원시 야만 시대에도 없었던 짓을, 인간의 유전자를 가진 자라면 감히 상상도 할 수 없는 죄악을 최근의 문명국가에서 어떻게 자행할 수 있었고, 과연 그것이 어떻게 가능했을까 하는 점이다. 그것도 그렇게 과거가 아닌 우리 시대에 자행된 너무도 끔찍한 대량의 계획적 인간 도살이었다. 인간 본성의 저 밑바닥에 있는 잔악성에 대한 경각심을 항상 명심해야 할 것이다. 현재도 지구촌 곳곳에는 전쟁을 빙자한 상상 초월의 만행이 자행되고 있다.

홀로코스트는 인류 역사상 최대, 최고, 최악의 범죄 만행이었다. 철두철미하게 계획적, 국가적, 집단적, 배타적, 민족적 거사로서 지극히 비밀리에 자행된 악행이었으며 그 폭력성과 잔인성, 광기 면에서 상상 그 이상의 비극적 죄악이라 할 수 있다. 2천 년 동안 나라를 잃고 유럽 전역에 흩어져 살았던 유대인들에게 닥친 최대의 위기로 나라 없이 사는 민족이 겪는 최고의 비극적 참상이었다. 나라가 없으니 어떤 저항도 못 하고 고스란히 당하고만 있었던 비참함이었다.

거대한 자연의 악마적 사태 앞에 인간은 아무리 선하게 살아도, 힘을 합해도, 거대한 국가를 만들어도 한없이 나약한 존재일 수밖에 없다.

기원전 79년에 발생한 이탈리아 베수비어스 화산 폭발로 인한 폼

페이 최후의 날을 연상해 볼 수 있다. 깜깜한 하늘에서 눈 오듯 쏟아지는 화산 쇄석으로 순식간에 거대한 도시가 화산재에 파묻히고 말았다. 화산 폭발이 멈추었을 때는 폼페이라는 도시는 아무런 인간의 흔적도 없는 막막하고 편편한 평원이 되어 있었다.

아무것도 없는 그 광야의 15m 깊이의 땅속에는 2천 년 전의 그 당시의 비극이 고스란히 간직되어 있었다. 인간의 힘으로는 어떻게 할 수 없는 자연의 악마적 현상 앞에서 당할 수밖에 없는 인간의 한없는 나약함이 땅속에 묻혀 있었다. 여기서도 우리가 견딜 수 없는 것은 가족들이 같이 한꺼번에 당하는 비극이다. 아무리 자연의 현상으로 인한 비극이라 할지라도 전 가족의 몰살은 너무나 안타깝다. 어린아이들을 구조하지 못하는 부모들의 심정을 상상하면 아무리 자연의 힘이라 할지라도 참을 수 없는 슬픈 일임이 확실하다. 자연 현상에 당하는 비극도 그럴진대 인간 사회의 국가적 음모로 야기된 악마적 만행으로 당한 유대인 가족들의 공포를 상상하면 정말 소름이 돋는다.

홀로코스트 사태로 인한 유대인들의 공포감이 안네의 일기에서 잘 나타나 있다. 안네의 가족이 잡혀간 시기는 1944년 여름이었다. 종전 1년 전이다. 안네의 아버지는 위험을 예감하고 가족들의 거주지를 독일에서 네덜란드 암스테르담으로 옮겼다. 악마의 상징인 독재자 히틀러는 나치스당의 정권 공약으로 아리안계 게르만 민족의 우선주의와 유대인에 대한 박해와 재산 몰수를 주장했다. 정권을 잡자

유대인에 대한 핍박을 강행했다. 나아가 전쟁을 일으켜서는 이웃 나라를 점령하고 점령지의 유대인들까지 소탕하였다. 안네의 아버지는 본국만 벗어나면 되리라 보았고 또 전쟁에서 네덜란드가 그렇게 쉽게 점령당하리라는 것도 짐작 못 했을 것이다.

안네의 가족들은 2년 동안 잘 버티다가 종전 1년을 앞두고 누구의 밀고에 의해 발각되고 말았다. 숨어 지내는 동안 가족들의 불안함과 공포감은 바로 지옥 그 자체였을 것이다. 발각되었을 때 전 가족들이 겪어야 했던 충격과 공포는 상상하기도 싫은 것이다.

베수비어스 화산도 한낮의 정오쯤이라 했으니까 사람들은 처음부터 화산 폭발을 의식했을 것이고 좀 과하기는 하지만 눈 오듯 쏟아지는 화산재의 심각성을 대수롭지 않게 여겼을 것이다. 일반적인 화산 폭발로 인한 피해라면 인체 유골의 흔적이 남아 있을 리 없다. 마그마의 뜨거운 불물이었다면 말할 것도 없고 뜨거운 화산재라도 어떠한 유기체든 흔적이 생길 수가 없다. 화산 지진에 의한 액상화 현상에 의해 묻혔더라도 습기로 인하여 유골의 형체가 남아날 수가 없다. 그러니까 이때의 화산재는 지극히 건조하기는 하지만 마른 재 같은 쇄석이 연속으로 내려 쌓여서 생긴 자취이고, 여기에 당시 당했던 인간들의 공포나 아우성이 엿보이는 것이다.

처음에는 마른 흙가루가 쌓이는 것으로 적당히 내리다가 말 것으로 여겼고 집안 침투까지는 예측하지 못했을 것이다. 그러다가 이게 아니다 싶었을 때의 가족들의 충격과 공포감은 과연 어떠했을까를 상상하면 정말 아찔한 것이다. 그래서 발견된 유골들 중에는 여러 개가 뭉쳐 얽혀 있는 것들이 많았다고 한다. 가족들은 끝까지 뭉쳐서 코로 들어가는 화산재 가루를 피하기 위해서 발악을 하다가 최후를 맞이했던 것이다. 아무리 자연 현상에 의한 재난이라도 어린아이들이나 자식들은 살아남아야 했다.

안네의 가족들은 잡혀가 개별적으로 다른 수용소로 송치되었다. 1년 후에 종전되었으니까 안네의 아버지는 살아남았다. 아버지는 세계 1차대전 때 독일군으로 참전했던 장교 출신이라고 했다. 그런 이유로 수용소의 허드렛일을 시키면서 처형을 미루었던 것 같다. 그덕에 다행히 기적적으로 살아남았다. 안네의 일기는 아버지의 생존으로 세상에 알려지게 되었다.

초대형 사이코패스인 히틀러의 정신세계나 행적에 관해서는 많은 사람이 연구하여 세상에 펼치고 있다. 여기서 간과하지 말아야 할 것은 히틀러는 역사상 인류 사회가 가장 현명하다고 판단하는 정치 체제인 민주주의라는 방법으로 정권을 획득하였다는 사실이다. 결국은 국가라는 강력한 공권력에 의하여 무소불위의 행정 집행을 하였다는 것인데, 그것이 어떻게 가능하였을까 하는 것이다.

민주주의라는 것의 정체 속에는 허울만 그럴듯한 가면을 쓴 민주주의가 존재한다. 히틀러가 했던 독재의 전체주의도 민주주의였고, 구소련 연합도, 북한의 인민 민주주의도 민주주의라는 허울을 쓰고 온갖 인권 만행을 저지르고 있다.

민주주의라는 말 자체가 과거의 봉건 사회 제도에 대한 반대급부로서 가장 거대하고 최상위의 개념인데 왜곡된 이념을 숨긴 작은 개념의 정치 수단으로 전락시키는 것이 문제다. 결코 민주주의가 아니면서 민주주의 절차를 밟았다고 하면서 강한 독재 속에 전체주의나 공산주의를 하고 있는 것이다. 최고의 통치권자로 봉건 군주는 세습제로 하지만 최고의 통치권자를 선거로 뽑는다고 해서 모두 민주주의가 아니다.

달변가인 히틀러는 라디오라는 최초의 매스컴을 이용한 여론몰이로 강력한 민족주의를 내세우면서 국민 대중의 지지를 받았다. 개개인의 인격을 바탕으로 한 것이 선거이고 여론인데 소수의 의견은 무시되어도 되는 것으로 오인한 것이 히틀러였다. 다수의 여론을 최고의 통치권자가 위임받은 것이고 그것은 곧 당사자 본인의 의사가 다수의 여론임이 확실하고 그것을 민족주의에 대입하여 독일 민족만의 세상을 구상했던 것 같다. 그래서 전쟁을 일으켜 다른 나라를 침략하고 전쟁을 빌미로 암암리에 유대인의 몰살을 기도한 것이다. 전쟁 중에 자국의 국민이 죽는 것은 염두에 두지 않고 아마 반대 여론의 소수자를 전쟁의 총알받이로 이용했던 것 같다. 아무리 그래도 그렇지 5천만 독일 국민은 뭐 하고 있었더란 말인가? 백일천하에 중인환시 속에 살육을 일삼는 떼강도 두목이 히틀러였다.

어리석은 대중이나 민중이란 이름은 집단이다. 현명한 국민이나 시민이란 이름은 개인이다. 대중에게 호소하여 선거에 이기고 잡은 공권력의 칼을 국민을 향하여 마구 내려치니 눈앞에서 칼끝이 번쩍거리면 두려워하지 않을 국민은 없을 것이다. 어리석은 대중에게 현명한 국민이 형편없이 당하는 꼴이 유대인 학살이었다. 전쟁을 일으켜서 비상시국을 만들고 비상시국을 이용한 계엄령하의 권력은 독재 권력의 온상이 된다.

민주주의의 수단은 선거다. 선거라는 수단은 대중 혹은 민중을 향하여 공약하고 호소한다. 국민 혹은 시민 개개인은 대중이나 민중이 되는 것이 아니라 깨어있는 국민이나 시민이 되어야 하는 것이다.

군중 심리라고 하는 여론몰이에 휩쓸리면 대중이 된다. 맹목적 카리스마에 휘둘려도 대중이 된다. 깨어있는 개인으로서 선거에 임해야 현명한 국민이 된다. 현명한 국민은 현명한 지도자를 뽑아야 한다.

히틀러를 수상으로 뽑은 당시의 독일 국민들이야말로 군중 심리나 여론몰이에 휩쓸려 바른 판단을 못 하고 눈뜬장님이 된 어리석은 국민의 표상이라 할 수 있다. 악마의 표상을 위대한 지도자로 착각하고 뽑은 독일 국민들은 그 어리석은 판단으로 인하여 유대인 학살은 말할 것도 없고 자국민들도 어마어마한 희생과 전쟁 제물이 되었을 것이다.

중세의 암흑기는 신의 세계였다. 신의 세계에서 인간의 세계로 전환시킨 것이 르네상스였다. 르네상스는 인간 중심의 세계관이고 그중에서 가장 혁혁한 업적이 인간 존엄의 발견이었다. 인간 개체의 인격의 존엄성이 신과 같은 반열에 오르게 되는 첫 출발이 휴머니즘을 바탕으로 하는 르네상스이다. 미국의 독립 정신이나 프랑스 혁명 정신은 르네상스 중의 르네상스라 할 수 있으나 20세기 히틀러의 유대인 학살을 상기하면, 그 뒤 공산 독재자들의 만행을 기억하면 아직도 완전한 휴머니즘은 멀리 있다 할 것이다.

일본이 우리나라 땅에 철도를 빌미로 망치질을 시작한 20세기는 엄청난 재앙의 시대였다. 동양에서는 일본, 서양에서는 독일의 비인 간적 만행이 걷잡을 수 없이 자행되다가 그 뒤 공산주의가 무너지고 21세기는 이슬람의 비인도적 사태로 넘어갔다.

킬링필드

중세에서 잠을 깬 르네상스, 르네상스는 지리상의 발견을 가져오고 지리상의 발견은 대항해의 시대를 만들었다. 대항해의 시대는 과학을 발전시키고 과학의 발전은 산업혁명을 일으켰으며 산업혁명은 식민지 시대를 만들었다. 식민지 시대의 끝은 두 차례의 세계대전이었고, 세계대전은 원자탄이라는 가공할 무기가 등장하여 무시무시한 순간적 인명의 대량 살상을 하고서야 전쟁은 끝났다. 최후의 1인까지 싸우겠다던 일본은 원자탄 한 개 가지고는 정신을 차리지 못하다가 원자탄 두 개를 맞고서야 항복했다. 식민지 시대의 끝자락에 우리나라는 일본의 식민지가 되어 세계사에 등장한다.

식민지 시대에 새로 생겨난 거대한 두 이념이 있다. 하나는 공산주의이고 다른 하나는 민족 자결주의이다. 두 이념은 식민지가 된 동양의 전통 국가들에 식민지를 벗어나 독립할 수 있는 한 줄기 빛이었고 피식민지 국가에 대한 도전 정신의 기반이 되는 사상들이었다. 식민지 국가들은 어떻게 하면 식민지에서 벗어나 볼까 하고 스펙트럼이 전혀 다른 두 이념을 받아들였지만 지나고 보니까 공산주의는 영 아닌 것이 들통이 났다.

우리나라는 마침 미국의 영향으로 공산주의를 채택하지 않았지만 북한은 공산주의를 신봉하는 항일 빨치산들의 강력한 사상적 영향으로 공산주의 집단으로 군림하다가 유엔에 한국과 동시 가입하고서야 간신히 국가로 인정받았다.

세계 2차 대전의 끝은 식민지 시대의 종말을 예고했고 세계 각 식민지 국가들은 민족자결주의 원칙에 따라 독립 국가 건설에 매진하고 있었다. 문제는 이때에 이슬람 국가를 제외하고는 대부분 민주주의 정체를 선택한 것만은 공통인데, 자유주의냐 공산주의냐의 갈림길에서 신생 독립 국가들은 내분과 혼란을 겪었다.

해방 후 혼란과 내분의 대표적인 나라가 우리나라다. 남북이 갈라져 전쟁까지 치렀다. 식민지 시절 나라의 독립을 위해서 싸운 사상적 명분을 서로 양보하기 싫어서 결국은 나라가 갈라지고 전쟁까지 하면서 서로의 이데올로기를 실현하기 위해서 피를 흘렸다. 특히 공산주의자들의 집념이 대단함을 우리는 여실히 경험했다. 우리나라는 불행인지 다행인지 현상 유지하고 세계에서 유일한 분단국으로 남아 있다.

인도차이나반도의 나라들은 거의 다 공산화되고 말았다. 미국이 자유주의 국가로 독립시키기 위해서 엄청난 물량을 지원했으나 국민들의 공산주의 사상에는 손을 들고 물러날 수밖에 없었다. 그 나라들은 공산주의만이 독립 국가로 식민지에서 벗어나는 길이라 믿는 듯했다. 베트남은 적화 통일되었고 이웃 캄보디아는 적화되었다.

킬링필드는 캄보디아의 공산화 과정에서 자행된 200만 명이라는 국민의 학살을 단적으로 드러낸 말이다. 우리나라도 6 · 25라는 북괴 공산군의 침략으로 미군의 4만 명을 포함해 20만 명이라는 엄청난 숫자의 인명이 살상되었다. 1,500만 명이라는 분단의 아픔까지 친다면, 그리고 그것이 현재까지 이어지고 있다면 공산주의로 인한 피해는 세계에서 으뜸이라 할 수 있을 것이다. 아무튼, 식민지 시대 종식 이후 세계 곳곳에는 공산주의자들의 활개로 분쟁과 전쟁과 수많은 인명의 살상으로 유혈의 피 튀김이 그칠 날이 없었다.

레닌의 러시아 혁명 이후 스탈린의 숙청부터 시작해서 중국의 모택동, 북한의 김일성, 베트남의 호찌민까지, 공산주의의 붉은 깃발이 꽂히는 곳에는 수많은 인명의 잔인한 숙청과 살상이 있었다. 북한만 해도 인민재판이라는 것을 하여 여러 사람을 모아놓고 중인환시 속에 공개 처형하는 것을 예사로 여기는 집단으로 정평이 나 있다.

1970년대 중반 미국과 한국의 집중적인 민주 남베트남의 지원에도 불구하고 북베트남의 승리로 베트남은 공산화 통일되고 말았다.
세계 2차 대전 후 공산주의로 인한 냉전 체제가 거의 굳어가고 있을 무렵 난데없이 캄보디아에서 킬링필드라는 악몽의 사태가 일어났다. 자국의 국민을 그렇게 무자비하게 죽일 수 있는 것이 공산주의라고 할 때 휴전 상태에 있는 우리나라로서는 이념과 사상으로 무장된 이른바 빨갱이에 대한 공포감이 한층 더 고조되고 그들에 대한 경각심에 소름이 돋는다.

킬링필드의 주동자 폴 포트는 월남전이 한창일 때 캄보디아의 산속에서 크메르 루즈군이라는 이름으로 무장 투쟁하고 있었다. 미국의 지원을 받는 론 놀 장군이 이끄는 캄보디아는 민주 정부를 유지하기 위해서 공산주의와 싸우고 있었다.

베트남도 우리나라와 똑같이 허리가 잘려 남북의 이념이 다른 분단국이었다. 피식민지 국가였던 프랑스가 물러가고 세계 자유 수호의 지킴이 역할을 하는 미국이 남베트남을 지키기 위해서 북베트남과 싸우고 있었다. 북베트남의 공산군을 베트콩이라 했다.

열대 정글의 숲속에서 땅굴을 파고 그것을 이용해 신출귀몰하게 싸우는 베트콩을 미국의 거대한 폭격기로도 이길 수가 없어 결국은 베트남에서 철수할 수밖에 없었다. 땅굴과 민간인 마을을 교묘하게 이용하는 베트콩이 이웃 나라 캄보디아의 농촌으로 스며들며 크메르 루즈군과 연합작전을 벌인다고 해서 미군의 폭격기가 캄보디아의 농촌 지역을 마구 폭격해 버렸다. 이 일로 캄보디아 민심은 반미 사상이 고조되고 폴 포트가 이끄는 크메르 루즈의 공산군으로 민심이 쏠렸다. 미군이 베트남에서 철수하자 곧 미국의 지원을 받던 론 놀 장군의 정부가 무너지고 수도 프놈펜은 폴 포트의 공산군들에게 함락되었다.

폴 포트는 캄보디아의 나라 이름을 크메르로 바꾸고 총리가 되어 공산주의의 이상적인 국가인 노동자, 농민의 나라를 만들기 위해서 박차를 가했다. 여기서 킬링필드는 시작된다. 지식인 대학살이었다. 폴 포트를 따르던 루즈군들은 주로 하층민들로 무학벌이었다. 이들이 중심이 되어 완전한 공산주의의 이상을 실현하고자 대정치 개혁과 숙청을 단행하였다. 폴 포트는 식민지 시절에 형성되었던 도시민들을 농민들이나 노동자들의 피를 빨아먹는 기생충으로 규정하고 도시 해체와 함께 도시민들을 시골이나 농촌으로 거주지를 옮겨 직접 노동을 하여 생산에 종사하도록 강제 이주시켰다. 이 과정에서 전 정부에 참여했던 공무원들이나 부유층, 민주 진영의 국민들을 모조리 끌고 가 처형하였다. 심지어 의사나 교사들, 예술인들까지 정신 개조를 한답시고 끌고 가 항변하거나 저항하는 자들은 즉각 총살하였다. 그리고 수많은 사람이 굶어서 죽거나 열악한 주거 환경으로 인하여 병들어 죽었다.

무식한 노동자 농민의 나라를 만들겠다는 것이 폴 포트의 이상향이었고 그 실현을 위한 의지는 단호했다. 캄보디아 인구 800만 명에서 200만 명의 학살, 그것도 같은 동족이고 이웃인 인민들을 공산주의 세상이라는 이름으로 어떻게 그런 일을 저지를 수가 있을까 하는 생각을 하면 폴 포트는 악마로 단정할 수밖에 없다.

폴 포트의 지나친 인민 학살로 이웃 베트남의 공산당들도 크메르와 결별하였다. 이런 일련의 사태들이 인도차이나반도에서 미군의 철수 이후 공산화 과정에서 생긴 일들이었다. 90년대 초 러시아의 70년 공산주의가 무너진 시점에서 본다면 불과 10여 년을 앞두고 세계 공산주의가 무너지는 끝점에서 폴 포트가 공산주의의 허상에다 너무 힘을 많이 주고 만용을 부리는 바람에 캄보디아는 너무나 비참한 꼴의 나라가 되었다.

폴 포트 자신도 어려운 환경에서 자라 실업 학교에 다녔고, 그래도 운이 좋아 프랑스 유학까지 다녀온 인재였다. 유학 시절부터 공산당 운동을 했다고 하지만 어떻게 그렇게까지 잔인한 성품으로 성격이 비틀어지고 꼬였을까? 식민지 국민이 피식민지 나라에 유학 가고 혜택을 입어도 피식민지 국가에 대한 반감이나 자국의 독립을 위하여 싸우는 것은 당연한 일이다. 사실 서구의 나라들은 경제적 이익을 위하여 식민지 지배를 했다. 그러나 일본이 우리나라에 한 것처럼 식민지 국민의 인권을 사정없이 유린하고 민족 말살까지 획책하지는 않았다.

공산주의도 동구의 공산주의는 그렇게 잔인하지 않았다. 물론 소련의 스탈린은 잔인한 면에서 동구와 다르긴 하지만. 유독 동양의 공산주의자들은 북한의 김일성을 비롯해서 모두 악명으로 유명하다. 다들 공산주의의 교조적 이념에 너무 충실하다 보니 그렇게 되었을 것이다. 마르크스의 유물론을 무슨 종교의 교리로 받아들여 그 해석을 잘못하거나 편협하게 해석을 하는 데서, 그리고 그 이념을 인간 생명의 본성보다 더 소중하다고 해석하는 데서 오는 오류일 것이다.

마르크스의 유물론은 물질이 먼저 존재하고 인간이 그 물질을 따라다닌다고 보는 것이다. 반대로 우리는 인간이 물질을 만든다고 본다. "사람 나고 돈 났지 돈 나고 사람 났느냐"는 말이 있다. 그런데 현실에서는 돈 나고 사람 난 것 같이 보이는 것이 현실이고 사실인 것처럼 느껴지는 때가 흔하다.

마르크스의 자본론에서도 자본의 가치보다 노동의 가치를 더 중시한다. 그리고 자본주의는 언젠가는 반드시 사회주의가 된다고 주장하고 있다. 그러니까 그 언젠가를 기다릴 수 없으니 당장이라도 혁명으로 자본가를 타도하고 사회주의를 만들어야 한다고 혁명론을 강조한 것이 마르크시즘의 특색이다. 이로써 마르크스는 유럽 어느 나라에도 정착하지 못하고 떠돌이로 일생을 마쳤다. 유럽의 어느 나라에서도 환영받지 못하는 사상을 퍼뜨리고 주장했다는 말이다. 그런데 유럽 각국의 노동 단체에서는 상당히 설득력과 호소력이 있었지만 그것을 실천하기란 무리였다. 러시아의 레닌은 본국의 산업혁명이 아직 성숙하지 못하고 있는 진입 단계에서, 농업 국가인 상태에서 마르크스의 혁명론을 실천했다.

서구 산업 국가에서는 전연 씨가 먹히지 않는 마르크시즘이 동양의 농업 국가에서 활개를 친 것은 아마도 서양이나 일본의 식민지 영향으로 보인다. 동양의 각국들은 자국의 미개함은 서양 피식민지 국가들의 노동 착취 때문이라고 인식하고 있었다. 또한 공산주의의 유토피아를 너무 환상적으로 꿈꿨다.

오늘날 공산주의의 교조적 이념에 빠진 나라들은 모두 다 형편없는 빈국으로 남아 있다. 아무리 강력한 독재로 사회주의 이념을 실천해도 하면 할수록 점점 더 사회주의의 이상향은커녕 황폐한 삶의 늪에 빠져 허우적거리는 꼴이 되었다. 북한과 남미의 베네수엘라가 그 대표적인 나라다. 기본 생계에 허덕이면서 독재자만 건재하고 있는 것이다.

킬링필드로 인하여 1970년대 우리나라는 엄청난 공포감과 불안에 휩싸이게 되었다. 자유 민주의 최후의 보루국인 초강대국 미국이 그렇게 민주 베트남을 지키기 위해서 우리나라 청년들의 피를 보태서까지 싸웠으나 결국은 공산화되는 베트남의 통일을 보고는, 그리고 그 뒤를 따르는 캄보디아의 킬링필드를 보고는 우리나라도 북한의 공산당에 대해서 극한 상황의 공포감을 갖지 않을 수 없었다.

68년 1월 11일 북괴 특공대의 청와대 기습 사건은 극한의 추위 때에 극한의 공포감을 주는 사건이었다. 이어졌던 일련의 사태들은 우리나라 시국의 불안성과 반공을 국시로 해야만 하는 당위성을 한층 더 고조시켜주었다. 킬링필드가 결코 남의 일이 아니라 잘못하다간 우리도 그렇게 안 된다는 보장이 없다는 데서 오는 불안감이었다.

킬링필드가 세상에 알려진 것은 공산주의의 종주국 소련이 무너지고 난 후의 1990년대에 공산주의의 사망 신고라는 조종이 울리고 난 뒤였다. 공산주의의 종주국 소련을 당시 '철의 장막'이라고 했고 현재 중국의 전신인 중공을 '죽의 장막'이라 했다. 아직도 북한은 '흑의 장막'쯤 될 것이다. 도대체 안에서 무슨 일을 꾸미고 있는지 세계의 언론들이 알 수 없다는 것이 공산당 정권의 특징이다. 인권과 언론의 자유가 없는 공산주의는 킬링필드 같은 어마어마한 죄악을 저질러도 외부 세계에서는 전연 알 수 없고 처참한 상황의 결과만 보게 되니 실제 현장은 상상할 수밖에 없었다.

우리나라도 6·25 때 약 3개월 정도의 공산군 치하 생활을 해야했다. 그 사이에 북한식의 토지 분배에 대한 루머가 나돌기 시작했다. 동네에서 남의 집 머슴을 산 사람이나 집안에서도 가장 가난한 사람들은 기대에 부풀었고, 어떤 곳에서는 붉은 완장을 차고 벌써 나대는 사람도 있었다. 그들은 집안의 어른들에게 호되게 꾸지람 듣고 꼬리를 감추기도 했다.

킬링필드의 세상은 그 꾸지람이 역전되는 세상이었다. 머슴살이하던 사람들이 왕년의 주인들을 패대기치거나 집안의 막내가 집안의 어른들을 끌고 가 처형하는 장면을 상상해 보라. 바로 그런 일들이 북한에서 실제로 있었고 토지 몰수를 거부하거나 공산당에 반항하는 자들은 인민재판이라는 이름으로 일부러 여러 사람을 동원하여 때려죽이기도 하였다. 킬링필드의 세상은 그 이상의 생지옥이었을 것이라는 것이 불 보듯 뻔했다. 그들은 붉은 완장이 아니라 붉은 승려복 대신에 검은 승려복을 입고 검은 갈까마귀 떼처럼 나타났다. 크메르 루즈 반군 병사들의 변장이었다고 한다. 시골에서 농사짓던 무지렁이 젊은이 10대들이 도시의 부자들이나 신사 숙녀들을 사정없이 끌고 가 처형하는 장면이 바로 킬링필드의 현실이었다. 그들은 어릴 때부터 반군에 가담하여 공산당의 잔인함에 물들고 악랄함에 세뇌되어 악마의 화신으로 선발대가 되었다. 완전 원시 농민의 나라를 만드는 것이 폴 포트의 이상이었다. 폴 포트가 베트남의 공산군들에게 쫓겨났을 때는 캄보디아에는 정말 아무것도 없었다. 학교, 병원, 극장 하나 없었다.

킬링필드는 1980년대 중반 미국에서 영화로 만들어져 세상에 알려졌다. 베트콩들이 캄보디아의 농촌 민간 마을에 숨어들어 주민들을 볼모로 전투를 벌이므로 미군 폭격기는 모르는 척 폭격을 해버렸다. 그러고는 실수라고 세상에 알렸다. 그래서 한 미국 기자가 그 진실을 밝혀 언론 본연의 책무에 충실하기 위해서 특파원으로 캄보디아에 갔다. 이때 캄보디아 언론사의 한 기자가 통역원으로 미국 기자와 함께 일하게 되었다.

그의 이름은 프란이었다. 프란이 미국 기자와 일한 지 2년 만에 캄보디아는 완전히 크메르로 바뀌었다. 프란은 가족들을 미국 대사관의 도움으로 미국으로 피신시켰다. 본인은 어떤 사정으로 남게 되었다. 미국은 인도차이나반도에서 미군도 대사관도 모두 철수해 버렸다. 프란도 국외로 탈출하기 위해서 프랑스 대사관으로 찾아갔다가 거절당했다. 이때부터 프란의 수난은 계속된다. 지식인의 씨를 말리는 세상에서 지식인의 대표격인 신문 기자를 가만둘 리 없었다. 수많은 죽음의 고비를 넘기고 기적적으로 살아남아 탈출하여 가족을 만나기까지가 영화의 내용이다.

실제 실화를 바탕으로 한 킬링필드는 아무리 영화라 해도 사실만큼은 효과를 내지 못했을 것이다. 대부분의 실화를 소재로 한 영화는 실제보다 더 극적 효과를 내는 법이지만 킬링필드에서만큼은 아무리 극적 효과를 노린다 해도 실제만큼은 못했을 것이다. 극한의 악마적 만행은 극적 효과로 모방할 수 없으니까.

우리가 70년대 새마을 연수나 업무 연수를 할 때 꼭 빠지지 않는 과목이 있었다. 반공 연수였다. 반공 강연 중에 만약 남한이 적화되면 말단 교사들까지 숙청의 대상이 된다고 했다. 윗선에서의 숙청은 자리에서 물러나는 것이지만 말단에서의 숙청은 죽음을 의미하는 것이다. 그때의 기준이 캄보디아의 킬링필드라는 것을 그때는 몰랐다. 캄보디아의 국명이 크메르로 바뀌었다는 것만 열심히 가르쳤다.

당시는 베트남의 적화 통일 때문에 그리고 우리 연령대의 베트남 참전 때문에 온통 베트남에 관심이 집중되었지 캄보디아의 킬링필드까지는 매스 미디어의 주 이슈가 아니었다. 그러나 외신이나 전문가들의 세계에서는 이미 익숙한 뉴스였을 것이다. 당국자들의 반공에 대한 당위성도 한층 가중되었을 것이다. 사실 외신들도 미국이 이미 캄보디아에서 철수해버렸고 장막 속의 공산 정권의 속성을 본다면 그렇게 비참한 상황은 몰랐을 것이다.

킬링필드는 죽임의 벌판이란 말이지만 피의 바람이란 뜻이고 죽음의 잔치란 뜻이다. 그러나 베트남의 공산 정권은 남베트남의 인사들에 대하여 그렇게 피바람을 일으키지는 않았다. 만약 외신이 캄보디아의 그런 사태를 알았다면 인류의 인권을 최우선시하는 자유 우방국에서 그냥 보고만 있지는 않았을 것이다. 킬링필드 이후로 아프리카나 중동 등 분쟁이나 무모한 정권의 위험 지역에는 즉각 유엔군을 파견하여 경찰군으로 민족이나 주민을 보호하고 있고 그런 유엔 감시 기구도 생겼다.

사실 우리나라도 6·25 때 유엔군의 이름으로 미군이 즉각 투입되지 않았다면 어떻게 되었을까를 상기하면 정말 아찔하지 않을 수 없다. 좌익 우익 하면서 싸웠고 사태, 사건, 봉기 등 엄청난 갈등과 다툼을 남북 전쟁이 싹 청소하듯 정리해 버렸다. 결국은 전쟁으로 판가름날 것들이었으니 그전의 자질구레한 사건들은 꺼낼 필요가 없는 것이다.

지금도 북한 정권의 당사자들은 그들의 적화 통일 야욕을 민족 통일이란 이름으로 사용했으며 미군이 통일을 방해한다고 미군 철수를 강력히 주장하고 있다. 여기에 민족주의자들까지 동조하면서 이념적으로 형편없는 공산주의의 편향성을 망각하면서 반미 사상을 확장시키고 있다.

킬링필드는 공산주의자들의 악마적 행태의 끝판왕이었다. 실제

생산에 종사하는 노동자, 농민을 제외하고는 누구든 생산자를 빨아 먹는 기생충으로 규정하고 기생충 박멸 작전을 단행했다. 그것도 거의 완벽하게. 불과 3~4년 사이에. 이로써 캄보디아는 완전히 황폐해졌다. 인간 사회에 있어서는 안 되는 일들이 공산주의자들은 가능하고, 비인간적 이념의 마수가 어떻게 노정되고 실행되는가를 똑똑히 보여주는 비극이었다.

킬링필드의 심리적 기저에 대한 가설적 추리

홀로코스트는 자국 내의 타민족에 대한 살인이고 아르메니아 사태는 강대국의 국경선에 있는 약소국민에 대한 처형이었다. 킬링필드는 자국의 국민을 삶의 가치 철학에 따른 이데올로기, 즉 이념에 따라 분류하여 죽음으로 몰았다. 모두 다 인간 사회에서는 있어서는 아니 되는, 너무나 끔찍하고 견딜 수 없고 환멸을 느끼는 사실들이지만 사건의 간계함과 교묘함에는 킬링필드가 가장 지독하다 할 것이다.

세계에는 수많은 공산주의 국가가 생기고 사라졌지만 소위 공산혁명의 과정에서 가장 최악이고, 최고로 험악하고, 가장 최후이며 최근의 사태가 킬링필드였다. 공산주의 혁명을 빙자한 너무나 강력한 사이코패스 같은 무서운 사심이 작동하지 않았을까 가늠해 본다. 그 사심의 부류를 최고위층의 폴 포트와 그를 추종하는 말단 행동대원들로 나누어 고찰해 볼 수 있을 것이다.

그들은 군대라는 조직으로 이루어졌다. 군대는 원래 자국을 보호하고 지키기 위해서 모든 국가에는 필수적인 조직인데 그 조직의 효율을 위해서는 상하 명령 계통이 확실하고 엄격해야 한다. 그런데 군대 조직의 명령 계통을 국가를 운영하는 관료 조직으로 하면서 외적에 대하여 해야 할 명령 계통의 엄격성을 자국의 국민에게 하는 데서 무서운 과오가 발생하는 것이다.

홀로코스트에서 무서운 악마의 표본이었던 히틀러의 하수인 아이히만은 전쟁에 패하자 비겁하게 자기는 살아야겠다고 교묘하게 독일을 탈출하여 남미의 아르젠틴에서 15년이나 살았다. 변장하여 이름도 나이도 바꾸고 하면서. 그러나 세계 제일의 첩보 작전을 펼치는 이스라엘 정보기관 모사드에게 잡혀 이스라엘 법정에 서게 되었다. 이때도 아이히만은 전연 반성의 기미를 보이지 않았다. 조금의 인간적 뉘우침도 없는 진짜 악마 인간이었다. 자신은 국가 공무원으로서 공무 수행을 충실히 했을 뿐이라고 무죄라고 주장했다. 킬링필드에서 폴 포트의 수하 말단 무지렁이 대원들이 자국민을 죽이면서 전쟁 수행 시 적을 사살하는 것처럼 전연 죄의식을 느끼지 못했다. 공산주의에서 부르주아 계급은 인민의 적으로 마구 죽여야 하는 대상으로 훈련받고 세뇌되었기 때문이다.

폴 포트나 그 수하 졸병들의 공통점은 세상에 대한 강한 열등의식이었다. 인간의 심리에 열등의식이라는 것이 있고 거의 모든 사람이 그것을 극복하면서 산다. 열등의식을 극복하는 과정이 문명의 발달이고 문화의 발전이다. 그러나 그 과정이 잘못 펼쳐지면 엄청난 문명의 퇴보를 가져온다. 폴 포트가 공산주의를 통해서 마음속 깊이 숨겨왔던 열등의식을 마음껏 사정없이 극복하다가 발생한 사고가 킬링필드인 것이다.

폴 포트가 피식민지 국가인 프랑스에 유학 가서 쌓인 열등의식을 공산주의를 만나면서 해소하려 했던 것으로 보인다. 그는 프랑스 유학 시절 그 나라가 잘사는 것을 보고는 잘사는 이유를 그 나라의 국민성에서 찾은 것이 아니라 식민지 국민의 노동 착취에서 비롯된 것이라고 인식했다. 식민지를 벗어나 해방된 조국에 공산주의 이상향의 꽃을 피워 보리라 결심했을 것이다. 무모한 공산주의의 환상에 너무 깊이 빠진 것이다.

그는 또한 실업 학교를 다니고 공장 노동자 생활을 하면서 보고 느끼고 겪었던 경험이나 주변 환경에 대해서 견딜 수 없는 열등의식으로 보통의 사람이라면 상상도 할 수 없는 악마의 근성을 쌓아 갔다. 부자, 상류층, 도시의 사람들, 기업가, 자본가 등 도대체 일하지 않고 잘사는 세상의 원리를 이해할 수가 없었다. 결국은 그들이 노동자, 농민 등 1차 산업 생산자의 피를 빨아먹는 기생충 역할밖에 더하느냐는 것이다. 경제 사회의 이윤 창출을 노동 착취로 보고 모든 국민은 공평하게 노동을 하여 그 대가만 개인의 재산으로 하라는 것이었다. 또한 그런 사회가 공산주의 사회라고 인식했다. 그래야만 빈부의 차가 없고 공평한 세상이 될 것이라는 인식이었다. 그런 이상적인 공산주의 사회를 언젠가 때가 되면 꼭 만들고 싶었다.

밀림 정글에서 고행을 감내하며 반정부 무장 투쟁하면서 도시의 화려한 불빛을 꼭 사정없이 꺼 버리리라 결심하였다. 그 도시의 불빛들은 부패와 사치와 낭비의 기생충들이 노동자, 농민의 피를 빨면서 노는 환락의 세상으로 치부했다. 반드시 제거되어야 할 불빛들이었다.

그 도시의 화려한 불빛의 온상이 지식인들이었다. 수천 년 인간의 역사에서 전연 없었고, 사람들이 기본적으로 먹고사는 일에 아무 도움 되지 않는 저 불빛을 만드는 근원을 완전히 차단하리라 결심했다. 그러기 위해서는 도시를 해체하고 지척거리는 지식인들을 모두 끌고 가 직접 생산에 종사시키고 그것에 별 도움이 되지 않는다면 없애버렸다.

빈부의 격차라든지 세상이 불공평한 것은 외국 자본주의 국가의 식민지 지배와 그 앞잡이들의 경제 착취로 보았다. 그 앞잡이들이 도시의 사람들이었다. 도시 사람들은 일하지 않고 먹고살고, 자본가들은 노동자들의 노동을 착취하여 호화롭게 사는 것이므로 이를 세상에서 있어서는 안 되는 삶의 방식으로 보고, 공산주의 사회를 만들기 위해서는 어떤 대가를 치르더라도 청소하듯 그 불순분자들을 싹 쓸어버려야 한다고 생각했다.

도시에는 거지가 우글거렸고 가난에 찌들어 비참한 삶을 사는 사람들도 많았다. 이들의 가난함이 식민지 지배와 자본가와 지식인 세상의 잔해물이라고 간주했다. 공산주의 나라는 그런 잔해물이 없는 공평의 세상이 되리라 확신했다.

폴 포트는 도시의 거지 청소년이나 전국의 가난한 어린이들을 정글의 산속으로 끌어모아 무장 훈련을 시켰다. 그들에게 달콤한 미래의 공산주의 세상을 주입했다. 청소년들 눈에는 폴 포트가 이 세상을 구하는 구세주로 보였다. 그리고 몸에는 광채가 났다. 위대한 장군님! 장군님을 위하여 이 한목숨 불사르리라 결심했다. 그들의 마음속에는 폴 포트밖에 없었다. 끼니 얻어먹고 총 쏘는 것밖에 배운 것이 없는 청소년들의 마음속에는 도시의 멋쟁이라든지 부자나 지식인들은 모두 총을 쏘아 죽여야 하는 대상이었다.

불교 국가였던 캄보디아에서는 소년들이 머리칼을 밀고 검붉은 승복을 입고 불교에 귀의하여 승려가 되는 것이 가장 영광된 삶이라는 거의 풍습화된 전통이 있었다. 1975년 수도인 프놈펜이 크메르 루주 급격 좌익 반군에게 함락되었을 때 반군의 병사들은 변장을 하여 검은 승려복을 입고 갈까마귀 떼처럼 몰려들었다고 한다. 그때 그들의 눈에는 살기가 등등하여 대단한 공포감이 감돌았다고 한다. 이미 그들은 인간이 아니었다. 사람이 사는 방식이나 생각에 따라 이웃인 같은 동족을 전쟁할 때의 적으로 간주하여 마구 죽이는 것으로 훈련받고 세뇌되었다. 공산주의의 무서운 사상이다.

인간의 본성에는 선악이 있다. 철두철미하게 선을 제거하고 악만을 인간의 심성으로 취한 것이 크메르 루주 병사들이었다. 인간의 역사에서 많은 반역과 반군, 혁명이 있었지만 대체로 권력층을 향한 것이었다. 그러나 공산 혁명이나 반군은 생각이나 신념에 따라 사는 일반 사람들의 생활 방식을 분류하여 처형하고 공격한다. 종교보다도 더 무서운 사상이다.

우리가 과거 반공 교육을 받으며 반공 포스터를 그릴 때 공산군이
나 그 집단을 뿔 달린 도깨비나 흉측한 괴물로 그리기도 했다. 즉 악
마로 표현했다. 일리 있는 짓이었다. 그 뒤에 사람들은 반공 교육을
잘못한다고 흉을 보았다. 공산군이나 공산당에 어찌 뿔이 달리고 악
마가 될 수 있느냐는 것이었다. 엄연한 사람이라는 것이다. 과연 그
럴까?

6·25 전쟁을 치렀고 캄보디아의 킬링필드를 본다면 공산주의나
그 사상을 가진 사람을 과연 사람이라 말할 수 있을까? 현재 남북
분단의 처절한 아픔도 그에 따른 이산가족의 피눈물도 인간의 정이
나 권리가 눈곱만큼도 없는 공산주의의 차디찬 사상과 악마적 근성
때문에 생긴 것이 확실하다. 공산주의에는 인간이 없다. 차디찬 이
데올로기만 있다.

우리는 6·25 직후 50년대가 소년 시절이었다. 헐벗고 굶주려 사
는 것이 각박하고 팍팍했다. 300만 아사자들이 길거리에 널브러지
는 시절에 간신히 살아남아 탈북한 사람들에게 질문을 한다. 그렇게
굶어서 죽어가는 사람들을 어떻게 보고만 있었느냐고. 조금만 도와
주고 나누어 먹었으면 그렇게까지는 되지 않았을 것 아니냐는 것이
다. 현대 차세대의 질문이었다.

그들은 대답한다. 모르는 소리. 그렇게 하다가는 간신히 연명하는
처지에 남의 죽음을 돌볼 계제가 되느냐는 것이다. 언제 저렇게 될

지 모르는 극도의 불안과 공포감이 엄습하여 정신세계는 완전히 패닉 상태가 된다는 것이다.

우리는 그렇게 혼미한 정신 상태까지는 되지 않았지만 굶어 죽는 것에 대한 불안한 마음은 항상 있었다. 어디서 거지가 굶어서 죽었다든지 겨울철에 도시의 다리 밑에서 거지가 얼어서 죽었다고 하는 소문이 들리면 자신은 살아있는 것에 대한 감사보다도 안도의 숨을 쉬었다. 거지의 죽음을 통하여 자신의 삶을 즐겼는지도 모르는 일이었다.

전쟁이 끝나고 참으로 처참한 처지의 우리에게도 항상 부자는 있었다. 솔직히 처지가 비참한 것인지 모르면서 자랐다. 끼니 차려 먹고 배부르면 부자였다. 부자에 대한 동경은 하늘을 찔렀다. 삼성 이병철은 그 시절에도 있었고 알았다. 우리나라에서 제일 부자는 상상의 세계였고 현실에서는 아랫동네의 기와집 부자가 있었다. 그리고 양철집도 있었다. 모두 다 초가집인 시절에 기와집, 양철집은 부자의 표시였다. 아랫동네의 부자들은 곡식 타작 마당이 울 바깥에 있었기 때문에 보리나 나락 수확 철의 타작 풍경은 온 동네를 쩡쩡 울렸다. 일꾼의 형제가 많거나 머슴들이 많았기 때문에 일의 능률도 컸겠지만, 기세도 등등하고 패기도 넘쳤다. 풍성한 수확에 대한 든든함도 있었을 것이고 부락에서 부자라는 것에 자부심과 과시욕도 있었을 것이다.

엄동설한의 겨울철 날씨에도 유독 추운 날이 있는 법, 우리는 날씨를 막론하고 산에 땔감을 베러 간다. 깡마른 민둥산, 하늘거리는 마른 풀을 베면 센 북서풍에 금방 날아간다. 작은 솔갱이 한 개를 베려 해도 지리산 눈바람이 사정없이 사지를 때린다. 장갑도 양말도 없는 시절, 없으니까 어쩌지 못한다. 양 호주머니에 손을 넣어 위기를 모면한다. 어른들은 베잠방이를 입고 저고리 양팔의 팔짱을 끼면서 양손을 소매의 안쪽에 넣어 찬바람에 노출을 막아 장갑을 대신하는 것이 예부터 겨울철 차림이었다. 할 수 없이 산정의 양지바른 큰 바위 밑에 앉아 아랫마을 부잣집을 바라본다. 부자에 대한 꿈은 그때부터 시작되었다.

기와집 부자 어른은 간혹 사채 독촉을 하러 우리 동네에 오기도 하고 나들이 때 지나다니기도 하였다. 부자는 부러웠으나 그 어른은 부럽거나 존경스럽지가 않았다. 외경의 대상은 도인이나 의인이었다.

사정없이 추운 날 양지바른 바위 밑을 나서기만 하면 매서운 한풍은 사정없이 귀를 때리고 얼굴을 할퀴고 사지는 오들오들 떨린다. 그래서 할 수 없이 빈 지게를 지고 그냥 집으로 내려오고 만다. 그런 사정을 아는지 모르는지 어머니는 추위만큼이나 혹독한 독설을 퍼붓는다. 팥지나 계모 밑의 자식 같은 그런 서러움이었다. 아무리 그래도 빈 지게로 돌아온다는 것은 있을 수 없는 일이라는 것이 어머니의 지론이었다. 칼을 빼었으면 무라도 잘라야 한다는 것이다. 그때의 무는 하찮은 솔갱이 몇 개였다. 꼴에 또 우리는 그 작은 솔갱이라도 솔의 미래를 위해서 밑동을 낫으로 바로 자르지 못하고 밑의 잔가지를 베는 것이 나름대로의 철칙이라면 철칙이고 양심이나 신념이었다. 정말 웃기는 짜장의 신조였다.

옛날에는 호환 마마가 아이들에게 가장 무서웠다. 호랑이는 곶감이 가장 무서웠다고 했다. 우리는 호랑이와 일본 순사가 가장 무서웠다.

우리 집 소가 밤중에 고삐를 풀고 도망을 갔다. 날이 밝아서 오리나 떨어진 지서에 일본 순사를 했던 순경이 소를 가지고 있었다. 소를 몰고 오는 어머니의 분함은 극에 달했다. 소를 달라는 어머니의 뺨을 일본 순사 했던 그 순경 놈이 때렸다는 것이다. 5학년 때의 일이다. 달려가 마구 덤벼들고 싶었지만 아이라는 핑계로 견딜 수 없는 분노를 참았다. 그런 형편없는 우유부단함이 일생을 따라다녔다. 어머니 시대의 일생과 운명, 시대상과 민족의 운명, 반추하면 기가 찰 노릇이다.

어머니의 운명이 그대로 우리에게 전해져 세상에서 정신적 뺨도 많이 맞고 괄시도 받고 설움도 겪었지만 그래도 우리는 자유 대한의 나라로 참으로 우렁차게 살았다. 부자는 부러웠고 그 일본 순사 했던 순경은 훗날 더 높은 사람이 되어 꼭 되찾아 보리라 결심했었다. 관공서나 하이칼라는 꼭 공부를 많이 해서 하리라 마음먹었었다.

지금까지 부자와 관공서에 관한 과거를 되짚어 본 것은, 폴 포트의 무지렁이 하수인들이 가진 인간말종의 잔인성이 어디서 왔을까를 우리 처지와 비교해서 살펴보고자 함이었다. 특정 부자나 악덕 관리 등의 사람들과 맺은 개인적인 관계 등으로 미운 생각이나 복수의 감정은 있을 수 있겠지만, 그리고 공산주의 세상에 대한 이념은 가질 수 있겠으나 자국의 동족을 대량으로 살인하는 일에 어떻게 가담할 수 있었을까?

인류 역사에서 전쟁이나 이민족 침략, 전염병, 노예사냥 등으로 수천만의 인명 살상이 있었지만 수백만의 자국민을 허상의 이데올로기의 볼모로 죽인 것은 캄보디아의 폴 포트가 처음이다. 러시아는 혁명 과정에서의 충돌로 보인다. 하기야 북한도 대단했을 것이다. 통일이란 이름으로 사정없이 남한을 침략하는 것을 보면 해방 후 북한 체제 확립 과정에서 얼마만 한 사람을 죽였겠는가? 우리 남한의 인명 피해는 통계가 나 있다.

2장

이데올로기의 종언

제3의 물결의 앨빈 토플러, 1984년의 조지 오웰, 문명의 주기적인 생멸의 순환 반복을 강조한 역사 연구의 아널드 토인비, 트랜스 지방의 남용을 경고한 안셀 키스 교수, 이데올로기의 종언을 쓴 다니엘 벨 등 서양 석학들의 미래를 내다보는 안목의 대단함에 감탄한다.

이들은 대체로 반세기 후나 그렇게 머지않은 미래의 세상 변화를 예측하는 식견이 탁월한 것 같다. 살아생전에 예측한 바대로의 변화를 거의 확인하고 있는 듯하다.

그중에서 이데올로기의 종언을 쓴 저널리스트 다니엘 벨의 미래 예측력은 거의 신에 가깝다. 우리나라가 북괴의 남침에 죽을힘을 다해 싸우느라 기진맥진한 상태에서 겨우 휴전으로 한숨 돌리고 있을 무렵 공산주의의 몰락을 예고한 책을 썼기 때문이다.

이데올로기의 종언은 그 뒤 60년대에 우리 국민들의 희망 사항이었다. 반공과 공산화에 대한 공포 등 공산주의의 저주에 이를 갈고 있는 시기이기도 했다. 그리고 또 한편으로 베트남전 참전 등 인도차이나 반도의 기류가 심상치 않았다. 아니나 다를까 월남전 패망에 미군은 철수하고 적화 통일되는 베트남, 캄보디아의 공산화 등 공산주의의 기세가 하늘을 찌르고 있었다. 그런 상황에서 70년대 이데올로기의 종언은 허구로 우리나라에서 잊혔다.

석학 다니엘 벨은 2007년에 87세로 타계했다. 공산주의의 몰락을 보고도 남았다. 오웰은 1949년에 1984년을 예고했고 벨은 1953년에 90년대의 소련 붕괴를 예측한 셈이다. 벨은 전후 냉전 체제의 제물로 초주검이 된 우리나라 정도는 안중에도 없었을 것이고 40년대 자동차와 항공기 산업으로 미국 경제의 눈부신 발전에서 미래 세계를 예단했을 것이다. 과학 발전을 통한 산업 발전이 냉전 체제의 이데올로기를 융합 용해한다는 주장이었다.

서양의 산업혁명이 국부의 원천이 되었고 국부를 바탕으로 이후 300년간 식민지 시대의 세계사가 전개된다. 식민지 시대의 끝에는 거대한 두 세계 대전이 있었다. 전쟁의 와중에 공산주의라는 새로운 이데올로기가 화산처럼 폭발하여 전쟁이 끝났을 때는 그 화산재로 인한 새로운 세계 질서가 형성된다. 산업혁명이 자본주의를 만들었고 자본주의의 끝없는 탐욕이 거대한 전쟁으로 귀결되었다. 전쟁의 끝에 형성된 세계 질서는 냉전 체제였다. 지금까지 서구와 연합하여 싸웠던 러시아라는 나라는 없어지고 소련이라는 나라가 생겨 전 세계의 공산화를 목적으로 서구의 자본주의 국가들과 대치하게 된 국면이 냉전 체제이다.

그동안은 식민지를 목적으로 세력 다툼과 균형으로 세계 질서가 유지되다가 전후에는 전연 새로운 세계관인 이데올로기로 구별되는 국가 세력의 균형점이 형성된 것이다. 이른바 세계 지도에 푸른색과 붉은색이 칠해졌고 구별되었다. 러시아, 중국이 중심이 된 거대한 아시아 대륙이 거의 붉은색이었고 동유럽까지 공산주의 세력은 막강하였다.

중세 시대에 한 손에는 코란, 한 손에는 칼이라는 기치를 내걸고 전 유럽을 휩쓴 이슬람의 오스만 터키처럼 이번에는 소련이 이데올로기의 기치를 내세우면서 한 손에는 공산주의, 한 손에는 칼을 받으라며 전후 질서 재편이라는 명분으로 마구 쳐들어왔다.

붉은색 이데올로기의 저지선으로 전후 냉전 체제에는 세 분단국이 생겼다. 새 국제기구인 유엔의 창설과 함께 전후 패전국의 처리 문제나 식민지 해방의 문제로 현재의 상임 이사국을 중심으로 한 강대국들의 국제회의가 카이로, 포츠담, 모스크바 등지에서 자주 열렸다. 회의 때마다 소련은 이데올로기의 확장을 위해서 승전의 역할 지분을 과도하게 요구했다. 붉은색의 확장을 위해서 감추었던 이빨을 노골적으로 드러냈다. 전후 처리를 위한 지도를 그리는데 곳곳마다 부딪혔다. 냉전의 불꽃이 이미 튀기 시작한 것이다.

미국을 위시한 서방의 세계에서 할 수 없이 양보하지 말아야 할 곳에 양보하여 후퇴선을 그은 결과가 분단국이다. 독일은 동서로, 베트남과 우리나라는 남북으로, 그들 딴에는 공평하게 자른다고 한 것이 우리나라와 베트남은 완전히 허리가 잘려 두 동강 났다. 우리나라는 바다로 둘러싸인 완전한 섬이 되었고, 남베트남은 한쪽은 바다 한쪽은 열대 정글로 싸인 섬이었다. 이 한쪽의 정글이 훗날 초강대국 미국도 어쩌지 못하고 물러날 만큼 베트남 공산화 통일의 과정에 크나큰 역할을 하게 된다.

대한 반도국인 우리나라는 38선을 그어 그 이남에 대한민국을 1948년 8월에 건설한다. 1945년 8월의 해방부터 건국까지 3년간 해방된 약소민족의 복잡성은 상상을 초월한다. 미군의 진입과 일본의 무장 해제, 미 군정 실시, 상해 임시정부의 귀국, 좌익 우익의 대립, 신탁통치 반대 운동, 좌익들은 찬탁 운동까지 했다. 김구의 남북 협상, 친일파들의 저항, 남로당의 궐기, 귀국 명사들의 정치적 이합집산, 숱한 저명인사들의 암살이 있었다. 이 모든 복잡다단한 일들은 미군의 힘을 입은 이승만의 대한민국 건국으로 일소되었다.

아직도 공산주의의 허구에 물든 세력들은 대한민국 건국을 인정할 수 없었다. 제주도 4·3사태, 여순 반란 사건, 대구 폭동 등이 붉은색의 한반도 통일을 바라는 세력들이 일으킨 것이다. 특히 박헌영을 위시한 남로당의 준동은 필사적이었다. 그러다가 정부가 수립되니까 쥐죽은 듯 잠잠해졌다. 북쪽의 지령을 받은 것이었다. 남침 준비를 하고 있으니까 쓸데없는 불안을 조장하지 말고 평화 무드를 조성

하라는 것이었을 것이다. 남한에서 남침의 낌새를 전연 알지 못하도록 평화의 연막작전을 펼치라는 것이었을 것이다.

휴전과 동시에 박헌영과 남로당 일당들은 모조리 북한으로 갔다. 이념의 고국으로 찾아간 것이다. 박헌영은 아마 북에는 김일성, 남에는 자신이라고 생각했을 것이다. 그만큼 공산주의를 위해서 김일성과 동격이라고 여겼을 것이다.

김일성은 소위 백두 혈통이라고 하는 만주에서 같이 빨치산 무장투쟁했던 동지들을 제외하고는 진정한 공산주의자로 인정하지 않았다. 박헌영은 말할 것도 없고 월북한 남로당과 월북자들은 거의 다 사상 검증에서 간첩으로 몰아 처형당했다. 남로당은 남한에 있어도 거의 다 처형당했다.

전쟁 3년 동안 지리산을 비롯한 태백산맥의 빨치산들과의 연결 고리를 끊기 위해서 남로당원들을 서둘러 처형했다. 이때 공산당의 증거로 각 직장이나 단체에 있었던 장부를 이용했는데 이것이 매우 애매한 것이었다. 지나고 보니까 많은 무리수를 둔 결과가 되었다.

청년연맹이니 보도연맹이니 하는 그런 것이었는데 가입한 명단을 남로당으로 보고 전쟁 중으로 간주하여 처형하였다. 줄줄이 엮어 끌고 가 죽였다는 말이 전후에 분분하였다.

우리 동네는 작아도 집성촌이었다. 집안의 어느 집 보도연맹을 하는 사위가 진주의 어느 곳에 와서 도장을 찍으라는 것이었다. 남녀 구별 없이 모두 호출되었다. 집안사람들이 동네를 돌아 진주 쪽 골짜기의 고개를 오르고 있는데 아래 동네 쪽에서 허겁지겁 달려온 집안의 다른 사위가 고개를 향해 황급히 고함을 치는 것이었다. 빨리 돌아오라고. 가서 도장 찍으면 나중에 다 죽는다는 것이었다. 그 보도연맹을 한다던 사위가 남로당이었다. 그 남로당 사위는 남로당 당원을 늘리는 임무를 맡았던 것이다. 아닌 게 아니라 6 · 25 전쟁은 터졌고 우리 동네는 마산 진동 고개의 전투에서 부상당한 인민군들의 후송병 치료소였다. 어느 날 그들은 야밤을 타 지리산 쪽으로 도망갔다. 만약 그때 가서 도장을 찍었다면 우리 집안사람들도 인민군들이 떠난 다음 어느 날 사라졌을 것이다. 무지렁이 집안사람들이 무얼 알아? 그때는 그런 사정 따윈 알 바 아니었고 도장 찍은 명단이 모든 것을 말해주던 시대였다.

전쟁 직후만 해도 그런 죽음이 당연한 것이라 여겼는데 세월이 지날수록 자꾸만 억울해지는 것을 어쩔 수가 없다. 공산당이고 뭐고 아무것도 모르는 사람들이 이웃이나 인척이나 동료들의 권유를 거절할 수 없어 인지상정으로 도장 찍은 것이 죄가 되어 죽임을 당하는 것이 그 시절 우리나라의 현실이었다. 전쟁 중이라 재판이고 뭐고 없었다. 단지 그 명단으로 끝이었다. 그런 억울한 죽음의 사례가 경남과 경북 일원에서 많았는데 그 이유는 대구 팔공산과 낙동강, 마산 진동 고개를 잇는 전선에서 인민군과의 치열한 전투가 벌어졌고 인민군 점령지들이 그 경계선에 있었기 때문이었다.

약 3개월의 전투에서 인민군이 물러간 다음 인민군에게 부역한 자를 색출하여 처형하였는데 그때 확실한 증거가 남로당에 가입한 명단이었다. 이어서 지리산의 하동군, 산청군, 함양군에서는 낮에는 우리의 전투 경찰, 밤에는 빨치산들이 점령하는 바람에 이쪽저쪽의 편을 들었다 하여 무수한 건장한 남자들이 제물이 되었다.

　미국은 1차 대전 후에는 국제 연맹이라는 것을 31대 윌슨 대통령이 들고 나와 전후 처리를 위한 중재자 역할을 하더니 2차 대전 후에는 국제 연합을 중심으로 냉전의 주체인 공산주의의 확장을 막고 자유세계를 지키는 선봉장의 경찰 대국이 되었다. 공산주의의 확장을 막는다고 우리나라 삼천리금수강산의 허리를 잘라놓고 섬이 된 대한민국의 건국을 도와주고 떠났다. 멀리 가면 극동의 방위가 불안하니까 가까운 패전국 일본에다 사령부를 차려놓고 애치슨 라인을 선포했다. 이때가 1949년 우리 정부 수립 후였고, 한반도에서는 역할이 끝났다고 미군을 일본으로 철수시켰다.

　애치슨 라인은 당시 미국의 국무장관인 애치슨이 자유세계를 지키기 위해 일본, 오키나와, 필리핀을 이은 방위선이었다. 대만과 섬이 된 대한민국은 쏙 빠졌다.

　대한민국의 정부 수립을 보고는 북의 김일성도 부랴부랴 북한 공산 정부를 차렸다. 애치슨 라인을 보고는 이게 웬 떡이냐 싶었다. 애치슨 라인이 미국의 뜻이라면 남한은 적화되어도 좋다는 의미였다. 북한이 빨리 우리보다 먼저 정부 수립을 하지 않은 것은 어떻게 하든 한반도의 공산화 통일 정부를 세우기 위한 것이었다. 민족의 입장에서는 너무나 그럴듯한 명분이었다.

그러나 우리 쪽에서 보면 북한은 민족보다는 공산주의 이념에 너무 치우친 것 같았다. 그들에게는 협상이란 없었다. 그전 소련의 스탈린 때부터 공산주의는 힘이 약할 때 협상을 한다고 되어 있다. 민족과 통일과 협상이라면 우리는 김구 임시 정부의 수반을 들 수 있다. 김구는 서둘러 남한의 정부 수립을 하려는 이승만을 말렸다. 천추의 한을 남기는 분단국을 가능한 세울 수 없다는 것이었다. 그러나 이승만은 공산 통일 정부를 세우지 않는 이상 김일성과는 절대 협상이 되지 않는다고 주장했다. 공산주의의 속성을 이승만은 너무나 잘 알았다. 그래도 어떻든 협상은 해봐야 한다고 김구는 몇몇 임시 정부 일행들과 장도의 삼팔선을 넘었다. 분위기는 험악했으나 그런대로 김구의 의도대로 소정의 성과를 거두는 협상을 하고는 양쪽에서 날인을 하였다.

그 이후가 문제였다. 협상이 의미 없음을 노골적으로 드러냈다. 북한 전역에서 몰려든 각종 인민 연맹의 위원장들의 선동이나 난동은 이미 정상적 인민 집단의 그것이 아니었다. 일행의 신변을 위협하는 언행도 서슴지 않았다. 간신히 돌아온 김구는 그 이후로 말문을 닫았다. 김구의 말문은 우리 민족의 말문이었다. 우리 민족의 말문은 38선이었다. 그것은 휴전선으로 바뀌어 오늘에 이르고 있다.

한반도 우리 민족의 말문인 휴전선을 여는 대장정의 실험이 2018년 현재 시작되었다. 바야흐로 70년의 피맺힌 한을 푸는 듯한데 그래도 어찌 좀 개운한 맛이 덜하다. 소련의 공산주의가 무너진 것이

70년인 것과 우연이라도 같은 궤적이라면 참으로 희망적이고 당연히 가야 할 길이다. 그러나 지금은 북한이 선택한 정권과 북한과 소통이 잘 되는 우리 정권과의 반쪽짜리 협상으로 일이 진척되고 있음에 약간의 불안감이 감돈다. 그 말은 북한이 보수 정권과는 상종도 하지 않고 진보 정권과만 협상하고 과업을 추진하면서 본심이 보이지 않고 진정성이 결여된 듯하다는 것이다. 핵 문제라든지 인권 문제라든지 이산가족 문제 등에 아무런 언급도 없으면서 오직 경제적 목적만 드러내고 있기 때문이다.

남북이 철도를 연결하고 그 험악한 휴전선의 철조망을 헐고 남북 군인들이 악수를 하며 상호 왕래의 도로를 만든다는 것은 민족의 역사에서 대업적이라 하지 않을 수 없다. 휴전 이후 우리나라 정권들은 줄기차게 북한의 개방을 추진해 왔다. 그러나 북한은 꿈적도 하지 않았다. 그러다가 진보 정권의 햇볕정책으로 문을 여는 듯했다. 그러나 보수 정권이 되니까 소통이 되지 않는다면서 문을 닫았다. 다시 진보 정권이 되니 활기차게 문을 열고 금방이라도 통일이 될 듯이 같은 민족임을 내세우면서 맹렬히 다가오고 있다.

우리나라에서는 보수 정권이나 진보 정권이나 북한의 개방과 남북통일의 문제에 대해서는 거의 같은 입장이다. 단지 접근 방식에서 약간의 차이가 있고 또 북한이 요구하는 접근 방식에서 그들의 입장과 조금이라도 같은 쪽의 정권을 선택해서 하려는 것의 차이뿐이다. 어떤 길을 가더라도 궁극적으로는 자유 민주 통일로 가야 하는 것만은 확실하다.

그러나 북한은 베트남처럼 줄기차게 공산 통일을 고수하면서 추진하고 있다. 미국을 외세라 하면서 민족주의를 지나치게 주장하는 데서 문제가 발생했다. 해방 후 캄보디아는 냉전 체제라면 중립국이 되겠다고 해서 중립국이 되었다가 킬링필드라는 비참한 꼴을 당하고 공산화되었다. 어느 쪽 편도 안 드는 중립국이 되는 것은 쉽지만 그것을 유지하는 방법에 대해서는 전연 고려가 없었기 때문에 일어난 사태였다.

우리도 민족만을 내세우면서 남북 연방을 하든 공산화든 통일만을 목적으로 한다면 얼마든지 할 수 있을 것이다. 어느 쪽이든 민족주의 통일은 할 수 있다. 그렇다고 공산주의 통일은 할 수 없는 것이다.

우리나라는 약소국이다. 강대국 사이에서 견디지 못하는 것이 역사에서 뚜렷이 나타나 있다. 고려 시대, 임진왜란, 일제 식민지, 북한의 공산주의를 생각한다면 미국을 외세라 할 수 없을 것이다. 또 중국, 일본을 제일의 우방이라 하면서 믿고 의지하다가는 임진왜란 같은 비참한 비극적 역사가 되는 것이 우리 민족의 미래이다.

그래서 우리나라는 자유 민주주의 통일을 하고 먼 나라의 민주 강대국인 미국을 우방으로 하면서 영속적으로 민족의 발전과 부강을 누려야 할 것이다. 대놓고 먼 나라 자유 민주 강대국에게 의지할 수밖에 없는 것이 차선의 방책인 것이다. 그렇다고 민족의 고유성이나 국가의 독립성까지 잃으면서 의지하자는 것은 절대 아닌 것이다.

북한의 왕정 집단이 시대착오적인 봉건 독재를 하면서 강권 통치를 하기 때문에 민주주의의 기본인 주권 재민의 틈새를 전연 보이지 않고 있다. 그러면서 강대국 흉내를 내 핵을 개발했다. 국민의 인권은 내정 간섭이라면서 지구촌 한가족 시대에 이웃 민권 국가의 간여를 적극 기피한다. 미국은 북한을 현시대의 노예 국가라고 단정했다.

노예는 해방시켜야 하는 것이다. 노예 국가는 범죄 국가로 전 세계의 지탄의 대상이 되었다. 왕권 시대의 세습 제도를 그대로 답습하면서 봉건 시대적 철권통치를 하고 있다.

남북의 대화나 소통은 어디까지나 북한이 선택해서 북한의 의지대로 하기 때문에 남한의 보수 정권은 북한에 대해서 입김도 들어가지 않는다. 보수 정권과는 상극이라고 주장한다. 진보 정권의 손짓에는 금방 화답을 하면서 남북의 교류를 원만히 이어 가다가 장래 통일까지도 시도해 보자고 하고 있다. 논리적으로나 원칙적인 입장의 민족주의를 앞세우며 우리 민족끼리 통일하는데 어떤 강대국이든 간섭한다는 것은 있을 수 없는 일이라는 것이다. 어떻게 따져도 맞는 말인데 단지 김씨 일가의 족벌 정권을 내놓겠다는 조건이 없다는 데서 북한의 의도를 받아들일 수 없는 것이 남한의 한결같은 입장이다.

북한의 대남 정책에 잘못하다가는 말려든다는 것이 남한 보수 정권의 입장이고 진보 정권의 입장은 호랑이 굴에 들어가도 정신만 차리면 되지 않느냐는 것이다. 북한의 저 비참한 생활을 정권만 탓

하고 방관한다는 것은 같은 민족으로서 차마 눈 뜨고 볼 수 없지 않으냐는 것이다. 어떻게 하든 개방이 되면 서서히 남한의 민주 물결이 북한에 스며들어 세월이 지나면 반드시 자유 민주 국가가 될 것이라는 것이다.

보수 입장에서는 반대로 북의 공산 물결이 서서히 스며들어 그들의 대남 전략에 있는 봉기로 정권을 러시아 혁명처럼 뒤집으면 어떻게 하자는 것이냐는 것이다. 간단히 어떻게 하든 북한의 정권만 무너뜨리면 되지 않느냐는 것이다. 어떻게 하든 현재의 상황은 북한의 입맛대로 북의 입장에서 북이 선택하여 북의 취향대로 하고 있다. 북한은 미국은 외세니까 눈치 볼 것 없지 않으냐며 남한 정권이나 국민들에 대하여 강대국에 의존하는 사대 정신을 버리라고 하고 있다.

한국이나 미국은 북한 정권에 대하여는 금기로 하고 대화하고 있다. 미국은 오직 핵 폐기에 대해서만 줄다리기를 하고 있고 한국 정부는 북한과의 물자 교류와 경제 건설에만 관심을 갖고 있다. 국민들은 공산주의 사상의 파급에 두려움을 갖고 있다.

어떤 위정자는 공산주의는 이미 사라졌다고 말한다. 그러나 한국인들의 정서나 정신면은 현재까지 유일한 분단국으로 남아 있는 것만 봐도 알듯이 통일된 과거의 어느 분단국과도 다르다. 한국인의 정신적 특징 때문에 개방이 되어도 통일로 가는 과정이 그렇게 순탄하지 않을 것이라고 보는 것이다. 권력의 자리에서 내려오면 복수

당하는 무상함을 매우 싫어한다.

　알고 보면 아시아 나라들 중에서 우리나라만이 미국식의 민주주의를 하고 있다. 일본도 왕에 대하여는 종교적 신앙심을 갖고 있다. 그런 식으로 아시아의 공산주의 국가들은 일국의 수뇌를 공산주의의 교주로 받아들이고 사상을 교리로 해서 종교심을 발휘한다. 싱가포르는 경제는 자유주의로 하면서 정치는 독재 세습제로 하고 있다. 서양에서 공산주의가 일찍 망한 것도 그들은 다 아시아 사람들과 정신면이 달라서 공산주의가 뿌리를 내리지 못한다. 소련이 무너지니까 동유럽에서 뿌리를 내리지 못하다가 둥둥 떠내려가 버렸다.

　우리나라도 해방 후 미 군정 시 영국이나 일본, 서구의 몇몇 나라들처럼 왕 제도를 다시 도입할 것인가에 대한 논의가 없었던 것은 아니었다. 이승만이 조선 시대의 왕족 집안이면서 미국의 힘을 등에 업은 강력한 지도자였기 때문에 나온 발상이었을 것이다.

　이승만은 왕 제도의 복귀를 반대했다. 미국에서 망명 생활을 하면서 독립운동을 하였기 때문에 영국식이 아니라 미국식의 민주 정부를 구상했기 때문일 것이다. 그런데 난데없이 왕권과 전연 관련 없는 공산주의 정부인 북한에서 조선 시대의 봉건 제도 같은 강력한 왕이 생겼다. 이름만 원수나 수령이라 하고 국민들은 어버이라 불렀다.

　30대 젊은 나이에 수령이 된 김일성이 태양 궁전의 태양처럼 영원하리라 여겼는데 나이 듦과 세월의 흐름은 어찌할 수가 없는 것. 당시 북한 최고의 공산주의 철학의 대가인 김일성대학 총장이었던 황장엽에게 영원히 태양이 되는 법을 연구하라 시켰다.

공산주의 선진국이라 할 수 있는 소련이나 중국 등의 나라들은 1세대 주석들이 죽고 나면 대부분 집단 지도 체제를 채택했다. 그것은 영원히 빛나는 태양이 아니라 돌아가면서 깜박거리는 태양이었다. 그것은 김일성이 원하는 태양이 아닐 것임을 확인했다. 그래서 고안한 철학이 유일사상이었다. 김씨 일가만이 주석이 되는 제도이다. 대를 이어서 하는 것이었다. 구 조선 시대의 왕조 체제가 다시 부활한 것이었다.

자유권이 전연 없는 공산주의에서 이제는 유일사상까지 덧붙이니 그야말로 북한은 숨 한 번 제대로 못 쉬는 생지옥이 되었다. 유일사상은 유일신이었다. 유일신에 대한 믿음의 정도가 삶의 수준이었다. 무수한 사람이 입 한 번, 혀 한 번 잘못 놀렸다가 살아서 다시 돌아오지 못하는 수용소나 교화소로 끌려갔다. 유일신에 대한 모독죄의 대가는 혹독하기 이를 데 없었다. 그전에는 아오지 탄광이었으나 그후에는 요덕 수용소가 유명해졌다.

유일사상에 대한 검증이나 되듯이 유일사상을 실현하는 시기가 왔다. 김일성이 사망하고 아들 김정일이 대를 이었다. 그보다 조금 직전에 소련의 공산주의가 무너졌다. 동시에 동유럽의 공산주의도 무너졌다. 위대한 태양의 영결식의 제물인지는 몰라도 북한에는 무수한 아사자가 생겼다. 식량 부족이었다. 굶어서 죽은 사람들이 300만 명이나 되었다고 했다.

소련과 동유럽이 무너지니까 북한의 경제도 무너졌다. 그것은 곧 소련과 동유럽 공산주의 우방국들의 원조가 끊어짐을 의미하는 것이었다. 주민의 생명줄이 끊어진 것이다. 그렇다면 북한은 지금까지 무엇을 했단 말인가? 기껏 외국의 원조에 의존하는 경제였다는 것인가?

굶어 죽는 판국에 어떤 우상도, 가치관도, 태양도, 유일사상도 의미가 없는 것이다. 아무리 생각해도 황장엽은 북한 주민의 무수한 아사자가 나온 것이 본인이 고안한 유일사상 때문인 것 같았다. 유일사상 때문에 생긴 세습제는 체제의 경직성에서 너무 견고했다. 수백만의 아사자가 발생하는 데도 꿈적하지 않았다. 다른 공산 국가들처럼 집단 지도 체제였다면 경제에 대한 대처가 빨랐으리라 보았다. 유일사상에 대한 것은 어떤 이유도 금기의 성역이었고 경제 개방에 관해서는 많은 건의도 해 보았을 것이다. 방법이 없었다.

견디지 못한 황장엽은 본인이 만든 세상을 박차고 중국으로 망명해버렸다. 중국의 힘을 빌려서라도 체제를 바꾸고 싶었다. 동시에 그의 가족들은 봉건 시대의 군주에 대한 모반 사건이나 역모를 한 것처럼 3대가 희생되었고, 그의 지인이나 동료들도 모두 숙청되었다. 중국에서는 황장엽을 한국의 대사관으로 넘겨버렸다. 6개월 정도 한국 대사관에 머물렀다가 한국으로 왔다. 한국으로 오는 과정이 정말 숨 막히는 국제 첩보 작전이었다.

황장엽은 북한 사회에서 정말 화려한 영웅이었다. 집안이 대대로 복을 누리고 살아도 되는 그런 처지에서 일시에 3대가 멸하는 그런 역모자가 된다는 것, 어디서 나온 발상이었을까? 수백만의 아사자가 나오는 세상에서 본인과 집안의 호위호식은 너무 의미 없는 허무라고 느꼈을 것이다. 수천만 명의 번영을 위해서 만든 유일사상의 철학이 길거리에 널브러진 시체 더미를 보고는 아연실색해 내린 결단이었을 것이다.

북한이 남한 정부 수립 다음 해에 정부 수립을 한 것은 한반도 분단의 책임을 미군이나 남한에 전가하기 위한 것이었다. 소련이나 북한의 공산주의에 대한 확장이나 집념은 확고하고 필사적인데 반해 미국의 공산주의 저지 정책은 소극적이었다. 반면 이승만은 미국식의 민주주의 국가 건국에 대한 신념이 투철했다.

애치슨 라인이 1950년 1월에 선포되었고 동시에 미군도 한반도에서 철수되었다. 그 후 북한은 50년 6월 25일, 우리 정부 수립 후 채 2년도 안 된 일요일에 남침 전쟁을 개시했다. 이것은 무엇을 의미하는가? 일요일에 남침을 시작한 것은 공휴일의 경계가 느슨한 틈새를 이용한 기습 공격이며, 철두철미하게 계획된 침략이었다는 것을 보여준다. 이것은 또한 본래 공산당의 야비한 술수가 너무나 적나라하게 드러났다는 것을 잘 보여주는 일면에 불과하다.

북괴는 대한민국 정부 수립을 보고 전쟁 준비를 한 것이 아니었다. 해방 직후부터 전쟁 준비를 한 것이다. 남로당을 위시한 전국의 좌익들의 동시다발적 봉기를 노린 남침의 기회를 노리던 차에 애치슨 라인으로 미군이 철수하니까 천우신조라 여기고 부랴부랴 기습 공격을 감행했던 것이다.

북괴의 남침은 꿈에도 예상치 못했던 남한 정부는 울분을 머금고 3일 만에 서울을 함락당하고 중앙 정부를 부산으로 피신시킨다. 우리도 국군이 창설되었지만 위기의 국방을 위한 것이라기보다는 정부 구성의 한 요식 행위에 지나지 않았다. 건국 초기의 어수선함을 이기지 못하고 있었다. 북한도 그러리라 짐작했을 것이다. 그러나 북한은 아니었다.

일제 식민지의 일본은 우리 선조들에 대한 분노와 민족적 통한의 아픔으로 점철된다. 6·25 때 북괴의 남침은 설움과 울분으로 가득 찬다. 같은 민족에 대한 배신감 같은 그런 감정의 소산일 것이다. 당시 징집 병사로 가거나 자원입대한 학생들은 자유와 민주주의 수호라기보다는 울분에 가득 찬 구국의 일념으로 죽음을 무릅쓰고 침략자들과 싸웠다.

맨주먹 붉은 피로 원수를 막아내어
발을 굴러 땅을 치며 의분에 떤 날을

위기의 이승만 대통령은 미 정부의 조야와 극동 사령부에 대해 호통을 쳤다. 공산주의 확산을 막기 위한 미국의 정책을 제대로 하라는 것이다. 한반도의 38선은 단순한 한국의 38선이 아니라 공산주의 세계화의 첫 관문을 여는 신호탄이라는 것이다. 애치슨 라인은 말도 안 되는 정책이라는 주장이었다. 한국에서 밀리면 다음은 일본이 위협당하고 그다음은 미 본토가 위협받으리라는 것은 불을 보듯 뻔한 일이었다.

아닌 게 아니라 채 10년도 안 돼 미국 코앞이면서 턱밑인 쿠바가 공산화되었고 소련은 쿠바에다가 핵무기의 포를 설치하기 위해서 함대를 보내다가 미국의 봉쇄로 무마되었다. 세계 3차 대전의 전조로 당시는 전 세계가 긴장의 도가니에 빠졌다.

이승만 대통령이 미국에 대해서 큰소리칠 수 있었던 것도 다 영부인 프란체스카 여사의 덕분이었을 것이다. 왕년의 독립운동 당시 맺었던 인맥의 끈도 있었겠지만 처가의 나라라는 프란체스카 여사의 입김도 많이 작용했을 것이다.

당시 이승만 대통령의 위세의 백미는 거제도 포로수용소에 있었다. 거제도에는 인민군 포로수용소가 있었다. 휴전 협상이 시작되면서 휴전 후의 포로들의 처리 문제로 미소가 고심하고 있었다. 그 시기에 거제도 인구는 십만 명인데 피난민이 15만 명, 포로들은 17만 명이나 되었다. 반공주의 포로들과 친공분자 포로들이 서로 파쟁을 일으키기도 하고 석방해 달라고 난동을 피우기도 했다.

1953년 1월에 이승만 대통령은 7월의 휴전 협정을 앞두고 반공 포로들 3천 명 가까이를 석방해버렸다. 이 소식을 들은 소련 수상 흐루시초프는 아침에 면도를 하다가 너무 놀라서 얼굴을 베었다고 했고 미국 대통령 트루먼도 어떤 충격을 받았다는 일화가 있었다. 포로 석방은 전쟁 당사국이긴 하지만 감히 이승만 대통령이 할 수 있는 일이 아니었다. 그만큼 이승만 대통령은 반공을 위해서는 물불

가리지 않았고 어떤 두려움도 가지지 않았다.

그 뒤에 밝혀진 사실이지만 이승만 대통령은 당시 휴전을 반대했다. 그렇지 않아도 48년 당시에 유엔의 감시하에 총선이 가능한 남한 지역에 정부 수립을 하고 통일에 관해서는 다음의 시기에 북진 통일하자는 취지였다. 그다음의 시기가 바로 그 6·25 전쟁이었다. 북진 통일을 눈앞에 두고 휴전을 한다니까 휴전 당사국에서 빠지겠다고 하고 휴전을 하지 말라는 의미에서 포로를 석방해버렸다는 것이다. 그래서 70년이 지난 현재 정전 협정을 하는데 우리 한국은 빠지고 미국과 북한이 당사국으로서 자리를 마주하고 정전과 종전에 관한 논의를 하고 있는 것이라고 한다.

그 후로 지금까지도 이승만 대통령의 휴전 반대는 당연지결이었지만 당시는 중공군의 개입으로 지금의 휴전선에서 한 발자국도 오도 가도 못하고 무수한 사상자만 배출되고 있었기 때문에 북진 통일이 불가능한 것으로 유엔은 판단했다. 그 말은 중공군의 인해전술로 더 이상의 전쟁 수행은 도저히 불가능하다고 판단했던 것이다.

그렇지 않아도 중공군의 밀야 침투로 압록강 물을 마셨던 미군들이 돌아서자마자 중공군의 기습 공격으로 거의 전멸되었다. 그 유명한 장진강, 부전강 전투에서이다. 6·25 전쟁으로 미군의 손실이 4만 명인데 대부분 그때 중공군의 기습 공격으로 인한 것이었다. 물론 수십만의 우리 병사들의 전사는 전 기간 전 전투에서였다. 울분의 6·25는 장장 3년의 기간으로 1953년 7월에 휴전되었다. 원한과 피맺힌 휴전선은 현재까지 이어오고 있다.

우리나라 한반도는 동고서저 지형으로 동쪽은 태백산맥으로 대부분 험준한 산악 지역이고 서쪽은 주로 평야 지대이다. 전쟁 수행에서 수월한 서쪽의 평야 지대는 주로 미군이 맡고 동쪽의 산악 지역은 한국군이 싸웠다. 그거야 우리에게 도움을 주는 미군에 대한 배려로 당연한 것이었지만 휴전을 하고 보니 이상하게 되었다. 미군들이 싸운 서쪽에서는 38선 이남으로 후퇴선이 그어졌다. 손해 본 전쟁이었다. 다행히 동쪽의 아군들이 싸운 지역에서 38선 이북으로 전진 선이 그어진 것으로 위안을 삼기는 하지만 그래도 서쪽이 평야 지대로 곡창 지대이다 보니 우리가 손해 본 느낌은 지울 수가 없는 것이 사실이다. 기왕 싸우는 김에 미군들의 그 좋은 무기와 물자로 좀 더 악착같이 싸웠더라면 하는 아쉬움이 있다. 그래도 미국의 한국에 대한 지원과 원조는 잊어서는 안 될 것이다.

4만여 명의 미군 전사, 2차 대전 때 힘을 합쳐 싸웠던 소련과 전후의 냉전 체제로 전후 수습 과정의 잉크가 채 마르기도 전에 미국은 한국동란으로 혹독한 공산주의의 쓴맛을 보았다. 2차 대전 과정에서 미국은 중국의 민주 정부 수립을 위해서 국민당 장개석을 지원하면서 공산주의의 확산을 막고자 많은 힘을 쏟으면서 싸웠다. 그러나 미국의 소극적 개입과 중국인들의 공산 사상으로 중국은 공산화되고 말았다. 한국에서의 패배는 전 세계 공산화의 단초가 됨을 인식한 미국은 북괴의 남침을 막았다. 그러나 더 이상의 전투는 중국과의 전쟁이 되고 중국과의 전쟁은 곧 세계 3차 대전이 되므로 겨우 전쟁 전의 경계선에서 현상 유지하는 것으로 마무리를 지었다. 맥아더 장군의 만주 폭격 주장은 수포로 돌아갔고 우리 민족의 남북통일은 물 건너간 상태에서 분단국이라는 냉전 체제의 산물로 이제껏 오고 있다.

70년대 베트남의 적화 통일과 캄보디아의 공산화를 상기하면 북한 김일성의 6·25 남침은 너무 일찍 샴페인을 터뜨리려고 했다는 느낌이 든다. 우리로서는 천만다행이었지만 60년대나 70년대에 남침을 했다면 우리도 틀림없이 적화 통일되었을 것이다.

왜냐하면 우리나라 사람들이 공산주의의 무서움을 모르고 공산당의 선전에 속아서라도 남로당에 가입하거나 공산주의 사상에 물들어 있어 미국의 도움이 베트남처럼 별 효과가 없었을 것이다. 한국 동란은 미국의 위력을 실감케 하는 것으로 공산주의의 세력 확장에 경종을 울리는 표본이 된 전쟁이라고 볼 수 있다.

미국이 아무리 자유주의 세상이 좋다고 세계만방에 선전해도 공산주의를 해보지 않고 못사는 국가들은 미국의 자본주의는 자본가들의 노동 착취로 절대 잘살 수 없는 나라가 된다면서 그들의 가난을 자본주의 정치 제도 때문이라고 핑계 댔다. 그러므로 공산주의의 선동이나 선전은 그런 나라들의 국민들에게는 너무나 잘 먹혀들어가고 스며든다. 그리고 공산주의 환상에 점차 빠진다. 그래서 한 명 한 명 공산주의자가 되고 공산주의 앞잡이가 된다.

미국이 초강대국으로서 자유 민주 수호를 위해서 그 나라를 지원해도 자국의 국민들이 공산주의를 선호하는 국민이 많아지면 미국도 어떻게 할 도리가 없다. 그 대표적인 예가 인도차이나반도의 남베트남과 캄보디아였다. 인도차이나반도는 프랑스의 식민지였다. 프랑스가 민주주의를 심어놓고 떠나려 하는데 공산주의자들의 입김이 어떻게나 센지 잘되지 않았다. 그래서 한국전쟁에서 자신감을 가진 미국에 일임하고 인도차이나를 떠났다. 이제는 베트남에서 냉전 체제의 전선이 형성되었다.

미국은 한국을 비롯한 자유 우방들과 연합하여 북베트남과 싸웠다. 북베트남의 호찌민은 북한을 비롯한 공산 국가들과 연합하여 싸웠다. 근 10년 가까이 싸웠으나 결국은 미국이 손을 들고 물러나고 말았다. 남베트남 국민들이 스스로 베트콩이 되어 그네들을 도우러 온 미군 부대를 공격하는 데는 아무리 미국이라도 당해낼 재간이 없었다.

땅굴과 정글과 베트콩, 이건 어디가 전선이고 어디가 적군의 진지이고 누가 적군인지 도저히 구별되지 않는 그런 전쟁터였다. 미국은 미라이 사건과 같은 민간인 대량 학살이라는 오명만 남기고 베트남 전쟁에서 패배한 나라가 되었다. 미라이 사건은 베트콩들이 미군 부대를 기습 공격하고는 민간 마을을 방패로 숨어들자 많은 피해를 본 미군들이 분함을 참지 못하고 민간 마을을 마구 초토화해버린 사건이다. 이 일로 미국은 민간인들을 마구 죽이는 비인도적 야만국으로 전 세계에 타전되었다.

땅굴은 열대 정글의 낙엽이나 부산물로 교묘히 입구가 은폐되어 있어 출구가 잘 발견되지 않으며 또 발견되어도 베트남인들의 작은 몸매만 드나들게 되어 있어 몸집이 큰 미군들로서는 개가 닭 쫓다 지붕 위의 닭 쳐다보는 꼴이 되었다. 그리고 그 땅굴들은 야생 토끼 굴같이 사방으로 연결되어 있고 그것이 수천 킬로미터 베트남의 남에서 북까지 이어져 있어 지금에 와서는 세계문화유산 등재감이 되었다.

정글은 우리나라의 키 작은 대나무인 설대 같은 조릿대로 빽빽이 들어차 있어 베트콩들이 작은 몸으로 옆에 숨어 있어도 잘 보이지 않으며 사람이 다니는 길에 발자국도 생기지 않아 미군들이 일당백의 무기로도 당하기만 했다. 베트콩들은 숨고 기고 변장하고 은폐하고 엄폐하는 등 그 작은 몸매의 베트콩들이 수류탄 한 방으로 생때같은 미군 병사 수십 명을 일시에 몰살하는 전투가 베트남 전쟁이었다.

베트콩과 월맹군들이 정글을 교묘히 전투에서 은폐, 엄폐물로 이용하므로 미국은 그 성가신 숲의 나뭇잎을 말리는 작전을 썼다. 거기서 등장한 것이 그 유명한 고엽제였다.

오늘날 우리나라 농촌에서 여름이면 일상적으로 쓰고 있는 제초제가 월남전에서는 생전 보도들도 못한 고엽제였다. 미군의 고엽제 사용은 전쟁 수행의 별 성과도 없으면서 엄청난 민간인 피해만 야기했다. 우리나라 파월 장병들도 상당히 많은 수가 피해를 입었다. 미국은 인도차이나반도에서 프랑스가 하지 못하는 공산주의 파급의 확산을 막는 첨병의 역할을 한다고 큰소리치고 뛰어들었다가 이래저래 망신만 당하고 물러나고 말았다.

우리나라도 60년대 반공을 국시로 내걸고 장병을 파월하는 등 6·25의 남침을 상기하면서 북괴의 적화 야욕을 분쇄하였다. 실제로 북한도 인민군을 월맹에 파병하였으므로 역시나 우리의 휴전선이 세계의 냉전 체제에서 가장 뜨겁게 활활 타올랐고, 지금도 남북의 대치성은 단순한 남북을 넘어 세계의 이목이 집중되는 곳이기도 하다. 세계의 어느 곳이라도 냉전의 불꽃이 튀는 곳이라면 남북은 달려가 싸운다는 의미로 이데올로기가 무언지 참 오지랖도 넓은 민족이라는 느낌도 든다.

북한도 베트남의 적화 통일에 자신감을 갖고 60년대 말부터 대남 적화 통일에 시동을 걸기 시작했다. 1968년 1월 11일, 세칭 일일일 사태, 북한 특공 부대 김신조 일당의 청와대 기습 사건이 있다. 정말 아찔했다. 그 전날 오후에 도봉산 뒤쪽의 송추 유원지 근방에서 수상한 군 분대의 이동을 포착했으나 오리무중으로 있다가 다음 날 새벽에 청와대 근방에서 나타나는 바람에 정말 간담이 서늘했다. 가까스로 청와대 정문 근방에서 사살 제압했으나 단 한 명 김신조만 생포했다. 만약 청와대가 습격을 당했다면 어떻게 되었을까? 전면전이 되었을 것이고 우리의 망신살은 전 세계에 뻗쳤을 것이다.

그해 11월에는 울진, 삼척 공비 침투로 나라가 참으로 뒤숭숭했다. 120명이나 되는 대량 침투로 강원도 일대는 완전히 전쟁터가 되었다. 그 유명한 이승복의 "공산당이 싫어요"는 그 시절 우리나라의 반공 의식 고취의 제일의 슬로건으로 국민들의 가슴에 멍으로 남아 있다. 이승복 가족 외에도 많은 사람이 희생되었다. 이승복 기념관은 지금도 반공의 성역으로 빛나고 있다. 침투한 공비들은 다 사살되었으나 단 1명만 잡지 못했다.

공비들과 이승복의 문답에서 보면 학용품을 모두 미제로 질문하였다고 한다. 북한은 6·25 전쟁이 터진 지 20년이 다 되었는데도 아직도 그 20년 전의 남한을 세뇌하고 있음이 확인되었다. 6·25 전쟁 때만 해도 그 공비들의 세뇌된 의식처럼 우리에게는 종이 한 장, 연필 한 자루 변변히 없었다. 북한이 남한을 매우 깔보고 있는 것 같았다.

지나고 보니까 북괴의 특공대와 공비의 침투가 단순한 사건 사고가 아니라 베트남처럼 전면전을 앞두고 벌이는 사전 탐사 작전이었음이 분명한 듯하다. 북한도 베트남처럼 전국을 땅굴로 연결하고 여러 개의 남한 침투 땅굴도 완성하여 남침 준비가 완성된 상황이었던 것 같다.

그 후로 우리나라는 향토예비군을 창설하고 곧이어 민방위 군도 조직되어 북한의 전면 남침에 대비하는 한편 전국 해안선에 철조망으로 간첩과 공비 침투에 대한 대비를 철저히 했다.

73년에는 베트남이 북베트남의 승리로 공산화 통일되고 75년에는 이웃 캄보디아가 적화되면서 킬링필드의 대재앙이 일어났다.

식민지에서 해방된 우리 민족은 남북으로 분단되면서 분단의 책임을 서로 상대방에게 전가하고 있다가 6·25라는 통일 전쟁을 북한의 기습 공격으로 시작했다가 역시 외세의 개입으로 민족의 씻을 수 없는 상처만 남기고 거의 원상회복 수준으로 끝났다. 그러면서 분단의 고착화가 더 심화하였다. 휴전 상태에서도 역시나 분단의 책임은 상대방에게 있었다.

북한은 끊임없이 우리 대한민국을 미국의 식민지로 규정하고 있다. 그 이유는 자주독립 국가에 외국의 군부대가 주둔할 수 없다는 것이다. 그들의 남침을 역으로 남한의 북침으로 억지 주장하면서 과거 남북 전쟁에 대한 반성의 기미가 전혀 없었다. 어릴 때의 슬로건이었던 북진 통일을 북침의 증거라고 주장하는 통에 우리나라에서는 북진 통일이라는 말이 없어졌다. 북진 통일을 빌미로 삼는 것은 잔류파 좌익들의 책동인가 싶은데 그것을 북한에서 원용하고 있는 것으로 보인다.

북한의 침략을 저지하기 위해서 우리가 원해서 있는 것이 미군 부대이다. 미군 부대가 떠나간다면 우리의 안보 불안은 견딜 수 없는 지경이 된다. 보라! 북한, 중국, 일본, 러시아 등 우리가 아무리 자주국방을 한다 해도 견딜 수 없는 구한 말기보다 더한 불안 상황이다.

남북통일이 되어도 마찬가지다. 하물며 공산 통일은 자유 분단국만도 못한 것이다. 통일이 되려면 필수 자유 민주국가로 통일되어야 한다. 북한은 지금 공산주의는 실패작이라고 하면서 강력한 독재 체제를 보장하는 남북통일을 원하고 있다. 핵을 가지고 있으니까 통일된 한반도에 자주국방은 문제가 없다고 마음을 숨기면서 주장하는 것이다.

지금 북한은 남북의 인적 교류는 차치하고 물자 교류만 우선 추진하자고 하고 있다. 인적 교류는 선택 사항으로 하고 물자 교류의 자유 왕래만 하면 그것도 일종의 남북통일이 아니냐고 한다. 이에 남한의 진보 진영의 정부가 환영의 화답을 하면서 남북 화해 무드가 무르익고 있다. 북한은 핵과 체제 보장을 맞바꾸기 위해서 한국을 배제한 미국과 협상을 추진하고 있다. 한국의 보수 진영은 인적 교류를 우선으로 하고 있다. 핵은 기본으로 철폐하고 체제 보장과 인적 교류를 맞바꾸자고 하는 것이 보수 진영의 입장이다.

물자 교류를 통해서 북한을 개방시키자는 진보 진영의 것과 인적 교류를 통해서 물자 교류를 하자는 보수 진영의 방법은 궁극적으로는 북한을 개방의 길로 이끄는 것으로 목표는 같다. 그러나 어느 쪽에서는 분명히 자유라는 말이 빠져있음에 매우 당황스러운 것이 사실이다.

전후 공산주의의 확장을 막는 저지선인 분단국 3국 중 한국의 남북 전쟁부터 시작해서 베트남으로 이어지는 공산주의의 팽창 전선에서 결국은 베트남이 적화 통일이 되지 않을 수 없을 만큼 세계 공산주의자들의 활동이 극렬했다. 우리나라 6·25 전쟁이 신호탄이라도 된 듯이 세계 공산주의자들의 준동은 맹렬했다. 중남미에서 카스트로는 쿠바 공산화에 성공했고 체 게바라는 중남미 전역에 걸쳐 사회주의의 열풍을 일으켰다. 중남미에서 미국식의 경제 건설에 성공하는 듯하던 나라들이 체 게바라가 일으킨 공산주의 바람으로 거의 다 선진국 문턱에서 주저앉고 말았다. 그곳에서 매판 자본이라는 말이 나왔다.

매판 자본이란 경제 건설의 첫 단초가 되는 외국의 차관 도입이 이윤을 빼앗는 빨대가 되어 결국은 국부를 유출하게 되고 끝에 가서는 자본국의 식민지가 된다는 이론이다.

우리나라도 60년대 매판 자본론의 열풍이 불었다. 그러나 우리나라는 어떻든 경제 개발과 발전에 성공했다. 1976년이 북한과의 국민소득 수준에서 우리가 앞서가는 것으로 역전되는 해였다고 한다. 70년대가 중화학 공업으로 경제 도약의 시기였다. 해방 후 30년 동안 북한이 우리를 얼마나 무시했는가를 짐작하는 대목이기도 한데, 그때도 그전에도 몰랐지만 북한은 남한이 항상 자기들보다 못사는 것으로 알면서 지내왔다.

비약적인 경제 발전으로 1988년 세계 올림픽을 개최했다. 싸우면서 건설하자는 우리들의 구호가 진실로 알찬 열매를 맺은 결과를 보여주는 것이 88올림픽이었다. 우리나라의 올림픽을 계기로 세계의 이데올로기 전선에서 이상 신호가 왔다. 70년의 막강하던 공산주의의 본산인 소련이 무너진 것이다. 사방으로 뻗쳐 있는 공산주의라는 거미줄의 가운데서 움켜쥐고 있던 손을 놓아버린 것이다. 공산주의의 중심이 사라진 것이다.

공산주의의 중심 그물망이 끊어지니까 맨 먼저 반응이 나타난 곳이 독일의 장벽이었다. 그동안 서독의 자유 물결이 줄기차게 때려도 끄떡없던 베를린의 장벽이 일시에 무너진 것이다. 묘하게도 그 장벽은 서독 쪽으로 넘어졌다. 장벽 안에 갇혀 있던 동독의 시민들이 봇물 터지듯 서독 쪽으로 밀려왔다. 동베를린 시민들의 자유를 향한 압력이 얼마나 컸었던가를 말해주는 것이었다. 드디어 독일은 통일되었다.

베를린 장벽은 전후 냉전 체제의 상징적 산물이었다.

독일인들은 히틀러 같은 냉혈한도 있기는 하지만 합리적이고 이성적인 사고를 하는 민족으로 알려져 있다. 칸트 같은 이성 철학의 대가도 배출했다. 전쟁을 일으키는 무서운 민족성도 있기는 하다.

패전국으로서 반성의 뜻도 있기는 했겠지만, 아무튼 우리나라처럼 섣불리 통일하겠다고 싸우지는 않았다. 전승국 미소가 그어준 선으로 그대로 살았다. 공산주의라는 이데올로기에 관해서도 너무나 차분하게 대하고 이성적으로 판단했다. 히틀러도 그렇게 악마적 전체주의 혹은 독재 정치를 하면서도 공산주의는 극구 반대하고 증오했다.

독일은 패전국으로서 물어야 하는 전쟁 배상금 대신에 동서독의 분단선으로 대신했다. 1차 대전 후의 막대한 배상금에 눌려 기가 팍 죽어지내는 독일인들에게 배상금 대신에 차라리 전쟁을 하자고 부추긴 히틀러 때문이었는지는 몰라도 독일의 가운데를 남북으로 선을 그어 이데올로기의 장막을 쳤다. 동독 쪽에 있는 수도였던 베를린도 도시 가운데를 동서로 갈라 아예 장벽을 쌓았다. 서베를린 사람들은 공산주의에 둘러싸인 섬이 되어 비행기를 타야만 서독으로 왕래할 수 있었다. 독일도 서독과 동독, 서베를린과 동베를린의 왕래는 불가했다. 공산주의는 주민의 자유가 없기 때문에 타국과의 왕래는 말할 것도 없고 자국 내의 이동도 일일이 신고를 하고 허가를 받고 하면서 사는 것이 특징이다.

이렇게 해서 분단국 3국 중 두 나라는 통일되었다. 베트남은 70년대에 공산 통일되었고 독일은 90년대에 민주 통일되었다. 독일의 통일은 꿈같은 기적이 일어난 것으로 되어 있다. 두 나라의 통일을 보노라면 분단은 강대국들이 하지만 통일은 그 나라 국민들이 한다는 것을 알 수 있다. 특히 국가 정체의 선택은 그 나라 국민들이 한다는 것을 절실히 알 수 있다. 남베트남은 미국과 자유 우방에서 그렇게 물량을 지원해도 국민들이 공산주의 국가를 하겠다고 그래야만 진정한 자주독립 국가가 된다는 데는 미국이 떠날 수밖에 없었다.

정작 공산주의 종주국 소련은 없어졌는데도 아시아나 중남미, 아프리카 등지에서는 공산주의를 선호하는 나라들이 더러 있다. 소련은 공산주의가 없어지면서 나라도 없어지고 소련이 지배했던 20여 개의 나라가 모두 다 독립했다. 동유럽의 공산주의 국가들도 모두 다 공산주의를 버리고 자유 민주 국가로 변신했다. 공산주의의 본산과 종주국은 몰락하고 공중분해 되었으나 그 뿌리나 씨앗은 멀리 혹은 가까이 퍼져 뿌리를 더 단단히 내리고 종자 개량한 듯 변신하여 더 번창하는 나라도 없는 것은 아니다.

변신에 성공한 나라로는 중국을 들 수 있다. 지금은 중국이 공산주의의 종주국 역할을 한다. 단 개량된 공산주의 종주국이 되었다. 우리나라가 60년대 경제 개발의 눈을 뜰 때 중공은 모택동의 1인 체제를 구축하여 진실한 공산주의를 하여야 한다고 하면서 전국적으로 문화 대혁명이 있었다. 이때 중국 공산 혁명의 원조인 팔로군 시절의 제2인자였던 등소평은 슬그머니 뒤로 몸을 감춘다. 소나기는 잠시 피해야 한다는 것이 그의 처세술이었다. 모택동 일인 체제 구축의 칼날이 돌아갈 때 그 칼날의 끝에 걸리면 남아날 수 없다는 것을 등소평은 잘 알았다.

모택동은 낡은 자본주의 의식을 일소하고 철두철미하게 공산주의의 경제와 생활방식을 하는 소위 문화 대혁명을 한다고 하면서 날 가는 줄 모르고 다그치고 있었다. 이 문화 대혁명 시절에 중국의 내륙 특정 지역에서는 전통 방식의 경제생활 차단으로 물류가 불통하여 무려 3천만 명이나 굶어 죽었다고 한다. 북한에서도 김일성의 타계 후 94년에 시작된 고난의 행군에서 300만 명의 아사자가 발생한 것과 같은 유형의 경제난이 중국에서는 벌써 30년 전에 있었다. 또한 중국 모택동이나 북한의 김정일은 그렇게 수많은 아사자가 발생해도 모르는 척하고 그냥 넘어갔다. 어쩌면 인의 장막에 가려져 진짜 몰랐는지도 모르는 일이다. 인구 비율이나 국토 비율로 따지면 북한이 훨씬 더 심각했음을 알 수 있다.

모택동 서거 후 80년대가 되어서 등소평이 다시 등장했다. 팔로군 시절의 10인 체제에서 모택동에게 거의 다 제거되고 유일하게 살아남다시피 한 등소평이 바통을 이어받듯 자연스럽게 정권을 물려받았다. 이때 등소평이 내건 흑묘, 백묘론은 중국의 역사를 바꾼 명언으로 현재 눈부시게 발전하는 중국의 아주 튼튼한 초석이 되었다. 검은 고양이든 흰 고양이든 쥐만 잘 잡으면 된다는 것이 흑묘, 백묘론의 핵심이다. 그 말은 어떻게 하든 국민이 잘사는 공산주의를 해야 한다는 것이었다. 국가 발전을 너무 이념의 구호만 외치지 말고 현실 생활에 맞고 실체가 있는 실물 정치를 해야 한다는 것이었다.

그 실체적인 국가 발전이 경제 개방이었다. 공산주의 경제론에 있는 매판 자본론의 무용론을 주장한 것이다. 외국 자본의 도입을 극구 꺼리는 것이 그동안 공산주의 경제 이론이었다.

등소평이 은둔 칩거 생활을 할 때도 미래를 위해서 세계의 움직임을 유심히 살피고 있었을 것이다. 홍위병들이 설치면서 역사 수레바퀴를 과거를 향하여 거꾸로 돌리고 있음을 절감하였다. 문화 대혁명은 전국적으로 홍위병들의 대행진으로 수천 년 역사와 전통을 버리고 공산주의 이념에 충실해야 한다고 구호를 외치는 것으로 국민들의 생활은 점점 더 피폐해져 갔다. 전통의 문화재마저 오히려 파괴되고 있는 실정이었다.

북한은 모택동의 문화 대혁명의 수단인 홍위병들의 대행진을 본받아 평양에서 일 년에 한 번씩 문화 대축전을 했지만 미래 지향적 행사가 되지 못하고 이념의 구호만 너무 외쳤기 때문에 오늘날 경제 후진국이 된 것이라고 볼 수 있다. 등소평의 중국처럼 지도자의 교체 시기를 놓친 결과도 한몫했을 것이다.

북한의 경우는 무엇보다도 한국 민족 특유의 권력 고착화 정신 때문이다. 한 번 최고위 권력의 자리에 앉거나 등짝에 붙으면 때가 되면 일어나거나 등짝에 붙은 권력을 스스로 뗄 줄을 모른다. 유일사상까지 만들어 강철 의자를 만들거나 등짝의 권력에 용접을 해버린다. 그래놓고는 300만 국민이 굶어 죽어도 나 몰라라 할 만큼 움켜쥔 권력을 놓지 않는다.

천부인권설을 바탕으로 하는 민권 사상은 눈곱만큼도 없는 것이 북한 위정자들의 정신이다. 사회적 동물로서 인간성은 어디 가고 악마적 동물의 인간성으로만 진화된 것 같다.

인도차이나반도의 공산화와 중국의 홍위병들이 휩쓸고 지나간 자리는 너무나 어수선하고 허망하였다. 과거 유교 시대의 관념적 사고를 강요하던 그 허상을 향한 이념보다도 더 허망하고 삭막한 이념의 세상으로 변했다. 인간의 기본적 본능인 개인적 욕망이나 자유를 완전히 유린당한 식물인간으로서만 사는 사회와 세상이 되었다.

우리나라는 중국과 인도차이나반도와 북한이 공산주의 사상과 이념의 틀을 완전히 굳힐 때 경제 개발 5개년 계획의 3차 연도에 해당하는 기간으로 굳건한 반공의 무장과 동시에 중화학 공업의 시대에 진입하는 데 성공하였다. 70년대의 눈부신 경제 발전을 바탕으로 80년대 후반부의 아시안게임과 세계의 올림픽을 유치하게 되었다. 양대 올림픽의 유치는 세계 역사의 유사 이래 빛나는 금자탑이었다. 식민지 국가에서 분단국으로 해방, 그 결과 남북이 교전하고 이념 전쟁을 하고 후진국이라는 부스럼 딱지 같은 멍에를 훈장처럼 안고 살았던 대한민국이 양대 올림픽을 치른다는 것은 인류 문화사에 빛나는 민족의 횃불 같은 것이었다.

올림픽까지 치르며 눈부신 성장을 보여준 우리 민족을 눈여겨 본 사람이 중국의 등소평이었다. 그가 1984년에 정계에 복귀했으니까 은둔 생활 중에 한국의 올림픽 개최 소식을 들었다. 참으로 기가 찰 노릇이었다. 역사를 보나 국력을 보나 어디 하나 중국과 비교 대상에서 도저히 상대가 될 수 없는 한국이 중국은 감히 꿈도 못 꾸는 올림픽을 개최할 수 있는 국가로 발전했다는 것에 놀라지 않을 수 없었고, 다시금 자국을 돌아보는 계기가 되었다.

등소평의 흑묘, 백묘론도 아마 이때쯤 나왔을 것이다. 물론 모택동의 문화 대혁명의 표상인 홍위병 시절의 중국이 처한 처참한 상황도 읽었을 것이다. 정통 공산주의로는 도저히 인민들의 삶이 나아질 수 없음을 통감했을 것이다. 그렇다고 공산주의를 버릴 수도 없고.

어떻게 하든 공산주의를 하면서 잘살 방법에 착안했을 것이다. 그것은 한국의 경제를 배우는 것이다. 그렇다고 마구 한국에 물어볼 수도 없고 그것은 그들의 자존심이 허락하지 않는 것이었다. 그래서 등소평은 모택동 타계 후 제1인자 자리에 오르자마자 바로 경제 개방과 동시에 발전 모델을 배우기 위해서 선발대를 서구의 선진국으로 보냈다. 물론 미국과 일본으로도 보냈다. 그러나 속으로는 한국을 배우고 싶었다.

우리나라가 해방 후 남북 분단으로 몸살을 앓고 있을 때 중국도 모택동 팔로군의 공산당과 미국의 지원을 받는 장개석의 국민당이 전후 정치 체제의 선택을 놓고 싸우고 있었다. 미국의 막강한 전쟁 수행 무기를 받은 국민군들이 부패한 데다 공산주의에 대한 선망 때문에 미국이 지원한 무기는 대부분 공산군의 수중으로 빼돌려졌다. 중국 국민들이 공산주의를 하겠다고 하는 데는 미국도 어쩔 수 없었다. 결국 장개석은 대만으로 쫓겨나고 중국의 본토는 공산 통일되었다. 이후 중국은 죽의 장막으로 그들만의 세상을 만들어 외부 세계와는 단절되었다. 세계 올림픽은 말할 것도 없고 아시안게임에도 참가하지 않았다. 70년대까지 아시안게임은 그 무렵 일본의 독무대 시절이었다. 세계 올림픽에도 일본만이 아시아 국가로 유일하게 금메달을 따는 등 일본은 선진국 대열에서 경제 대국이었다.

등소평의 경제 개방 정책이 시작될 무렵에 우리나라에서 86년 아시안게임이 열렸고 중국에서도 대거 참가했다. 물론 중국의 독무대였다. 중국의 기지개가 시작된 것이다. 동시에 우리나라의 경제 발전을 배우기 시작했다. 그들의 눈에는 대부분 시시하고 규모 면에서 보잘것없지만 국민소득과 인프라 면에서 한국에 비하면 중국은 아직 잠자고 있는 것이나 다름없음을 보았다.

특히 우리나라의 포항 제철소를 보고는 눈이 휘둥그레졌다. 양적으로는 중국의 제철이 훨씬 많겠으나 일개 제철소의 규모 면이나 생산성 면에서 중국은 감히 따라올 수가 없었다. 한국 경제 발전의 요체가 원자력 발전소와 함께 무엇인가를 알았다. 전기와 제철과 중화학 공업, 그것은 중국이 마음먹으면 별것 아님을 확신했다.

아시안게임 2년 후에는 다시 서울에서 88 세계 하계 올림픽이 열렸다. 70년대까지 세계 스포츠 무대에서 존재도 없었던 중국이 세계 무대를 주름잡았다. 공산주의 국가 특유의 집중적 훈련법으로 올림픽에서 최상위권에 다다랐고 민주 국가의 대표격인 미국과 쌍벽을 이루었다. 대신 공산권의 대표격이었던 소련이 뒤로 물러났다. 그리고는 90년대 초 소련이 무너졌다. 공산주의 종주국 소련은 사라지고 러시아로 다시 옛 이름으로 바뀌면서 대통령을 선거로 뽑는 민주국가로 변신했다.

그 뒤 공산주의를 대표하는 나라로 중국이 등장했다. 중국의 개방 정책, 소련이 러시아로 바뀌면서 우리는 해방 이후 반세기의 숙원인 러시아와 중국과 국교를 수립했다. 국교가 수립되었으므로 과거의 적이었던 공산주의 국가들과 무역과 왕래를 자유롭게 할 수 있었다. 중국과 러시아의 수상들이 우리나라의 발전상을 보기 위해서 우리나라를 방문했다. 이어서 베트남과도 국교가 수립되면서 전 세계의 공산주의 국가들의 수뇌들과 개발도상의 후진국 수상들이 대거 한국 방문의 러시를 이루었다. 중국은 대놓고 한국의 경제 발전 모델을 벤치마킹했다. 물론 우리도 일본을 본받아서 발전했지만 우리는 일본을 선망의 대상으로 여기면서 힘겹게 발전했다. 그러나 중국은 우리를 깔보면서 맹추격하고 있다. 규모 면에서 우리와 상대가 되지 않는 중국이다. 경제의 특성상 산업 기술적인 측면도 있지만 그보다는 실질적으로는 규모의 경제가 더 크게 작용하는 면이 있기 때문이다. 산업혁명의 근간인 대량 생산, 원가 절감이나 생산성 면에서 우리가 조그만 언덕이라면 중국은 큰 산이었다.

중국은 우리보다 더 압축적인 경제 성장으로 세계의 경제를 빨아들이고 있다. 중국의 바람에 휩쓸리지 않는 나라는 미국뿐이다. 중국은 이제까지의 발전을 바탕으로 향후 30년 후에는 명실공히 세계 1위 경제 대국으로 자리매김하기 위한 야심찬 계획을 갖고 있다.

88 서울 올림픽은 우리나라의 위상을 세계에 알리는 계기도 되었지만 그보다는 우연의 일치인지는 몰라도 올림픽 이후 소련이 무너지면서 중국은 개방되고 탈이념의 시대, 탈냉전의 시대가 도래했다. 공산주의 종주국이 사라지고 동유럽 공산 국가들이 자유 민주국가로 바뀌고 독일이 통일되면서 이념 대결의 냉전에서 결국은 미국의 자유 민주의 이념이 승리하는 형국이었다.

러시아 혁명 이후 전 세계의 공산주의 확장을 저지하기 위해서 미국은 불철주야 애를 썼으나 가는 곳마다 푸대접이고 냉대를 받았다. 아프리카나 서남아시아의 회교권 지방, 중남미 등지에서는 미국인들이 함부로 여행할 수도 없었다. 미국을 적으로 간주하고 미국인들을 저주의 대상으로 삼았다. 미국은 그런 나라들의 인권을 지켜주기 위해서 무진장 애를 썼으나 번번이 푸대접만 받았다. 그러나 우리나라에서만큼은 미국이 절대적 지지를 받았고, 자유 민주 이념이 가장 뜨거웠다. 상징적으로 우리나라 휴전선이 냉전의 최일선이고 최전방이었다. 우리나라 올림픽과 경제 선진국의 상징인 OECD 가입은 우리나라의 위상도 물론 높였지만 바로 미국 원조의 승리이고 미국 이념의 승리를 의미하기도 했다.

우리나라는 원조를 받는 나라에서 세계에서 유일하게 원조를 주는 나라가 되었다. 미국이 전 세계를 상대로 엄청난 물량의 원조를 쏟아 부었지만 유일하게 효과를 본 나라는 우리나라뿐이었다. 이후로 전 세계의 후진국들은 미국 원조의 효용성을 절실히 느끼고 미국의 원조뿐만 아니라 각 선진국의 원조를 요청하는 시대를 만들었다.

경제 개발의 첫 단초가 외국 자본의 도입에 있고 그것을 한국처럼 잘 활용하면 한국처럼 부국이 될 수 있음을 알고 후진국들은 한국 발전을 모델로 삼아 배우기 위해서 교류하는 나라들이 매우 많아졌다. 중국도 미국과 경제 교류를 하면서 발전하였고 그것은 바로 한국이 모티브가 된 것이다.

3장

순
례

순례의 먼발치

어느 민족이나 인류에게는 순례의 본성이 있다. 그것은 인류의 동물성 때문이다. 인류는 식물처럼 붙박이 생활을 하는 것이 아니고 끊임없이 움직이고 살며 기회만 닿으면 이동한다. 이동하면, 때로는 이동하지 않아도 환경이 달라지고 달라진 주변 환경에 따른 생활을 하게 된다. 그러다 보면 본래 출발할 때의 정신이나 마음의 자세를 잃게 된다. 처음의 자세를 잃다 보면 갈 길도 잃게 되고 정신이 혼미해진다. 그래서 처음으로 돌아가고픈 마음이 순례의 본성이다. 어쩌면 마음의 고향을 찾아가는 여정이 순례인지 모른다.

한때 우리 민족은 역마살에 시달렸다. 암울한 시대에 암울한 마음을 달래기 위해서 관상이나 점집을 찾아가면 대부분의 사람은 역마살이 있다고 진단을 받는다. 그 까닭이 무엇일까? 바로 나라 잃은 설움을 이야기하는 것이다. 나라 잃은 국민은 마음 기댈 곳이 없고 마음의 안정을 찾지 못한다. 어딘가 떠나고 싶고 제자리에 있어도 마음은 흘러 떠다닌다. 역마살은 역마의 시대에 역마를 따라 돌아다니기를 좋아하는 기질을 말한다. 따지고 보면 당대의 여행가들이었다. 여행가의 기질이 없는 사람이 세상에 과연 몇이나 있을까? 그러니 역마살은 인간의 본성과 거의 같은 것이라고 할 수 있을 것이다.

또한 나라 잃은 민족이나 국민은 누구나 다 역마살이 있기 마련이고 유랑인, 방랑자에서 순례자가 된다. 순례자의 가슴에는 무엇이 있을까? 아마 한이 있을 것이다.

도보 시절의 여행가들은 세상과 소통하는 소식의 전수자들이었다. 흔히들 가객이라고도 했다. 우리의 선대들은 마을마다 사랑방이라는 것이 있어서 언제든지 각 마을에서는 가객을 맞을 준비가 되어 있었다. 가객들은 세상의 소식을 전하는 대가로 무료 숙식을 제공받았다. 역마살 있는 사람들에게 잠시간 숙식 해결의 한 방편이었다.

역마는 일정 지역이나 거리마다 있었던 공식적인 교통망의 관공서로 반드시 주막과 같이 있었다. 주막은 굳이 역마가 아니더라도 곳곳에 나그네를 위하여 전국적으로 산재해 있었다.

반세기 전만 해도 나그네란 말이 흔했다. 구름에 달 가듯 가는 나그네. 길로 다니는 사람을 나그네라 할 수 있을 것이다. 나그네 후에는 방랑자란 말도 많이 나돌아다녔다. 나그네란 말이 우리 어릴 때는 흔했는데 요즘에는 사라진 옛말과 같은 느낌이 든다.

나그네나 방랑자 하면 우리는 방랑 시인 김삿갓을 떠올릴 수 있다. 늘상 삿갓을 쓰고 다닌다 하여 붙여진 별명이고 본래 이름은 김병연이다. 삿갓은 요즘 같으면 선글라스를 쓰고 다니는 것과 같은데, 우선 햇볕을 가리고 얼굴도 가리고 비 가림도 되어 김병연에게는 일석삼조의 요긴한 물건이었다. 그중에서 가장 중점을 둔 것이 얼굴 가림일 것이다. 얼굴 가림이 그렇게 대수로운 것은 아니었지만 일상의 문전걸식을 할 때 그래도 조금은 염치와 체면을 표해야 했을 것이다.

염치와 체면은 인류 고유의 생태로서 우리 민족이 세계 어느 나라나 민족보다도 강하다. 우리가 못살고 가난하고 나라 잃은 백성일 때는 모두 흉으로 다가왔으나 세계 선진국 반열에 오른 지금에 와서는 아주 유익한 자산으로 세계가 부러워하는 안전하고 살기 좋은 나라의 국민이 가져야 하는 국민 정신의 필수적인 밑거름이 되고 있다. 적당한 염치와 체면은 국민 생활의 정신적 민도를 높인다고 할 수 있다.

조선 말기에 정사에는 전연 흔적도 없고 야사에만 국민의 가슴에 아로새겨진 두 인물이 있는데 김삿갓과 암행어사 박문수다. 박문수의 "암행어사 출두요"의 마패는 너무나 유명했다. 지방 관청의 비리를 척결하는 데 대단히 큰 역할을 하였으나 나중에는 전국에서 동시다발적으로 박문수의 마패가 출두하는 바람에 세상 혼란의 선봉이 되고 말았다.

아무리 좋은 제도나 시책도 망조 든 나라의 관리들에게는 계란으로 바위 치기였다. 거의 관습화된 관행이나 부조리가 완전히 악화가 양화를 구축하는 세상이 되어버렸다. 둘 다 과거에 장원 수석 합격의 천재들로 서로 매우 다른 방향의 삶을 살았으나 역사의 정사에 남지 못한 것은 같은 입장이다. 부조리와 고정 관념으로 점철된 난세의 시대상이었다. 두 천재의 비운은 결국 국가와 민족의 비운이 되고 말았다.

삿갓 김병연은 대원군이 야인생활하던 그 무렵의 인물로 예측된다. 홍경래의 난이 1811년에 일어난 것을 감안하면 김삿갓의 방랑 시대가 짐작이 된다. 평안도 출신이면서 방랑 생활은 강원도를 포함한 남도를 휩쓸고 다녔다.

그의 유랑 생활의 계기는 익히 잘 알려졌다. 평안북도 압록강이니까 국경선 부근에서 반란을 일으킨 홍경래가 이웃 고을들을 하나하나 점령하고 있었다. 이때 살기 위해서 반란군에게 항복한 김익순을 질타하라는 것이 과거 시험의 시제였다. 또 다른 이웃 고을의 수령은 반란군과 싸우다가 장렬하게 순국하였다고 한다. 순국한 수령을 영웅으로 칭송하고 김익순을 매도하는 글을 호기 있게 쓰고는 장원 급제한 김병연은 모친에게 달려가 그 자랑스러움을 고했다.

어머니는 김익순이 그의 조부라 했다. 전근대적 혈족 사회 시대에 제 할아버지를 욕하고 그 공로로 벼슬을 한다는 것은 지금 시대도 용납될 수 없는 일일진대 하물며 조선 시대에는 말해 무엇하랴. 조상에 대한 불효의 상처가 죽음 같은 모진 고문으로 다가왔다.

갑자기 세상이 허허실실 해졌다. 마음을 안정시킬 수가 없었다. 어디론가 떠나지 않으면 견딜 수가 없었다. 유랑 생활의 시작이었다. 정처 없이 떠다니는 부평초 인생이 되었다.

김삿갓은 당대 최고의 가객이었다. 그리고 최고의 시인이며 문장가였으며 자유인이었다. 시대의 풍운아 김삿갓은 가는 곳마다 세상을 풍자하는 글을 남겼다. 전국 곳곳에 그가 남긴 시구가 남아 있다고 한다. 방랑 시인 김삿갓은 세상을 떠도는 순례자였다.

김삿갓이 세상을 떠도는 순례자라면 세상과 완전히 결별하는 순례자도 있다. 단순한 은둔이나 귀양살이가 아니라 세상과 완전히 차단하고 스스로 갇히는 것이다. 죽장에 삿갓 쓰고 방랑 삼천리 흰 구름 뜬 고갯마루 가는 객이 누구냐? 신라 마지막 임금인 경순왕의 아들 마의태자이다. 그는 신라 천년 사직의 한을 안고 금강산으로 들어갔다. 죽을 때까지 베옷을 입었다고 하여 마의태자라고 불렸다.

바깥세상은 어제의 세상이 아니었다. 어제까지만 해도 천년을 이어온 신라의 태자였다. 태자의 몸으로 오늘의 세상인 고려를 맞이할 수가 없었다. 물론 오늘은 태자가 아니었다. 천 년 사직의 신라를 잃은 죄인이 되었다. 눈앞에서 사라지는 신라의 천 년 사직, 찬란한 천년의 역사가 짐이 되어 무게로 다가와 당신의 업보가 되었다.

왕자의 제복을 벗는 대가로 어떤 혜택도 시혜도 입을 수가 없었다. 차라리 풀옷을 걸치고 살았다. 영원한 역사의 죄인, 고려라는 나라에서의 삶이 그가 살아야 하는 터전이 아니었다.

천 년 사직의 한을 안고 세상과 결별해야만 했다. 태자의 몸으로 사직의 한을 안을 수밖에 없었다. 아무리 같은 동족에게 사직을 넘겨준다 해도 천 년의 맥이 끊어지는 아픔은 있는 것이다. 그 아픔의 한은 신라를 대표하여 오롯이 태자의 몫이었다.

금강산 최고봉인 비로봉에는 마의태자의 무덤이 있다는 전설이 전해지기도 한다.

신라를 고려에 넘긴 경순왕은 결코 역사의 죄인이 될 수 없다. 그것은 커다란 결단이었다. 그러나 당시의 왕자 마의태자는 죄인이 될 수밖에 없다. 경순왕의 역사적 결단은 왕자를 죄인으로 만드는 아픔을 남겼다. 마의태자는 천 년 사직 신라의 영원한 역사의 순례자로 남게 되었다.

우리가 일본에 나라를 빼앗겼을 때는 신라의 마지막과 너무나 다르다. 고종과 순종이 폐위되고 왕자와 공주들은 볼모로 일본에 잡혀가고 동시에 전 국민이 죄인이 되었다. 따라서 전 국민이 순례자가 되었던 역사가 있었다. 과거 우리 민족의 정신적 기반은 한이었다. 한 맺힌 민족의 역사, 세계로 뿔뿔이 흩어진 순례자가 되기도 했다.

마의태자의 금강산 칩거 순례는 가상적 전설일 뿐이고 실제로는 설악산의 한계령에 얽힌 전설이라고 한다. 한계령의 한이 마의태자의 한이라고 한다. 한계령 근처의 해발 천 미터의 고도에는 마의태자가 끝까지 국권 수복을 위해서 버티고 살았던 성벽이 있다고 한다. 또한 마의태자의 후손은 훗날 함경도로 가서 여진족의 수장이 되었고 또 그 후손은 여진족의 금나라를 세워 훗날 중국을 지배하는 청나라의 왕손이 되었다고 한다.

지구상 모든 인류는 각자 나름의 한이 있다. 거대한 민족의 한이
나 나라의 한도 있겠지만 한 사람만의 한이 있기 마련이다. 한이나
가슴의 응어리에 관한 한 각자 개인의 미미한 한이 민족의 한이나
국가의 한보다 더 거대한 한이 되는 것이 우리 삶이다.

흔히들 우리가 말하는 팔자나 운명이라고 하는 것이 백이면 백 모
든 사람이 다 다르듯이 사람마다 가슴에 맺힌 한도 다 다르다. 때로
는 그 다름이 삶의 방식으로 나타나기도 한다.

자연인이라면서 보여주는 화면도 더욱 독특한 삶의 방식을 채택한
것이다. 자연인들이 선택한 독특한 삶의 방식의 계기에 대해서 궁금
증이 간다. 그것을 사연이라면서 그 사연을 세상에 털어놓는다. 기
막힌 사연은 한이 되어 심금을 울린다.

환갑 안팎의 나이쯤 되어 보이는 남자가 깊은 산 속 높은 곳에서
혼자서 산다. 통나무집을 짓기 위해 매일 통나무를 톱으로 잘라 어
깨로 메어다 쌓는다. 벌써 몇 년째 그 일을 계속해 왔다고 한다. 매
일 톱질을 하고 통나무를 어깨로 메다 나르고 하는 바람에 전신은
온통 근육 덩어리였다. 신체 건강의 절정에 다다른 것 같았다. 건강
의 절정을 넘어 초인이 되었는가 아니면 괴물이 되었나 추위를 몰랐
다. 사방에 흰 눈이 쌓인 한겨울인데도 웃통을 드러내고 맨몸으로
통나무를 메다 나르고 있었다. 전연 춥지 않다고 했다. 심지어 눈밭
에 맨몸으로 뒹굴기도 했다. 찬 눈을 온몸에 비비기도 했다. 어떻게

그런 상황이 가능한지 보통 사람들의 눈으로는 도저히 이해할 수가 없었다. 참으로 괴이한 자연인이었다.

자세한 사연은 이야기하지 않았다. 가족으로 아들도 있고 딸도 있다고 했다. 그런데 아무리 기다려도 자식들에게서 연락이나 소식이 없다고 했다. 수십 년간 기다렸으나 오지 않고 소식도 없는 자식들, 가족들, 그럴 바에야 차라리 산속에서 혼자서 살겠다고 해서 산으로 들어왔다고 했다. 차라리 혼자라면 세상보다는 산속 생활이 더 편하다는 마음이었을 것이다.

인간이 사회적 동물이라고 하지만 그것은 어디까지나 집단생활의 질서나 관계를 염두에 두고 하는 말이고 진짜 삶의 기본 단위는 개인이다. 생명체의 유지는 개체일 수밖에 없다.

가정이나 가족이라는 가장 작은 단위의 집단이나 관계에서 벗어나면 철두철미 혼자다. 혼자서도 충분히 살 수 있지만 그러나 외롭다. 외로움은 그리움을 동반한다. 외로움은 이길 수 있지만 그리움은 극복할 수가 없다. 영원한 것이다. 외로움을 극복하면서 사는 의미에서 사회적 동물이라는 말이 나왔을 것이나 그리움은 이래도 저래도 가시지 않는다. 그리움의 대상은 참으로 다양하고 복잡하고 미묘하고 짜릿하다. 그리움은 삶을 유지하는 윤활유 같은 역할을 한다. 생명체 유지는 먹성이지만 삶의 활력소는 그리움이다.

그리움은 기다림이다. 누구를 기다린다고 하는 것은 그리움의 아주 현실적이고 구체적인 표현이다. 기다림의 연속이 일상을 이어가는 삶의 연명 줄일 수도 있다.

그리움은 보고 싶음이다. 보고 싶으면 볼 수 있는 그리움도 많지만 보고 싶어도 볼 수 없는 그리움도 많다. 진정한 그리움은 보고 싶어도 볼 수 없는 그리움인지도 모른다.

그리움은 소망이다. 그리움이 쌓여 소망이 되고 소망이 모여 기도가 되고 기도의 연속이 종교가 된다. 그러나 그리움의 순기능은 종교 쪽으로 가지만 그리움의 역기능은 원망이나 원성이 된다. 그리움에 상처를 입거나 병이 들면 원망이 되는 것이다. 즉 한이 되는 것이다.

그리움은 슬픔이다. 누구를 기다리다 지치고, 보고 싶어도 볼 수가 없고, 그리워 그리워서 한이 맺히면 슬픔이 된다. 슬픔은 눈물이 되고 눈물은 심신을 카타르시스로 이끈다.

그리움은 사랑이다. 그리움의 최종적이거나 궁극적 종착점은 사랑이다. 사랑을 위하여 삶을 이어가고 사랑을 찾아 헤맨다. 사랑은 마음의 보금자리이며 기쁨의 매개체다. 주기도 하고 받기도 하는 사랑은 마음의 평화이며 외로움을 벗어나는 수단이다.

추운 겨울 웃통을 벗고 통나무를 나르는 그 사람은 기다리다 지치고 보고 싶어도 볼 수가 없는 자식들에 대한 한없는 그리움이 슬픔이 되어 마음의 평정을 가눌 길이 없었다. 한 많은 인생사, 길을 떠나는 것이다. 비록 몸은 산속에 와 있지만 마음속 자식들을 향한 그리움은 세상천지를 떠돌아다닌다. 혼자서 외로움을 이기며 사는 것이다.

그리움 속에 묻힌 외로움쯤이야 아무것도 아니다. 산속에서 혼자 사는 동물이 되어 하루 세 끼 생계의 막다른 끼니에 허덕이다 보면 그리고 무언가에 집중하다 보면 외로움이나 그리움, 슬픔 등은 사치가 된다. 인간만의 고귀한 감정은 허접한 쓰레기가 된다.

아무리 그래도 그렇지 사연이야 어떻든 자식들이 천륜을 저버리고 찾지 않는다는 것은 자식 쪽에서는 가능하지만 내리사랑의 부모 쪽에서는 견딜 수 없는 슬픔이 되고 한이 되는 것이다. 자식들의 생사에 관한 궁금증이 가슴에 못이 되고 한이 되는 것이다. 몸은 비록 산속에 있지만 마음은 정처 없이 떠돌아다니는 것이다. 혹시나 생전에 있을 단 한 번의 만남을 위하여 자식들이 찾아올 연고지가 되는 집을 버리고 산으로 들어온 심정은 이미 정상인의 심기가 아닐 것이다. 이승을 하직하는 저승길의 마음이었을 것이다.

죽음을 초월한 삶, 슬픔으로 채워진 몸의 화기가 복받쳐 이미 몸은 추위도 더위도 잊었다. 내리사랑이라고 자식들은 부모를 안 보고 살 수 있어도 부모들은 자식을 못 보고 산다면 그건 사는 것이 아니다. 몸은 비록 이승에 있지만 정신세계는 이미 저승에 가 있는 격이라 살아도 사는 것이 아니다. 한 많은 인생길이 순례의 길이다.

순례의 첫발

순례는 신앙 행위의 하나로 종교단체에서 영험한 장소나 성지를 찾아다니는 것으로 그 목적은 신심의 고양과 소원 성취 및 속죄 효과를 기대하기 위함이다. 대부분 종교에서는 그 발생지를 성지라고 확신하고 신심 고양의 필수 과정으로 순례를 한다. 그 외에도 영험한 장소나 종교적 기적이 일어났다고 소문이 난 장소와 어떤 형상 등이 순례의 대상지가 되어 순례자들의 발길이 끊어지지 않는다.

순례는 굳이 종교가 아니더라도 인간의 본성에서도 찾아볼 수 있다. 궁금증과 호기심과 무엇을 바라는 마음이 불안으로 작용하면서 마음의 안정을 위하여 어디를 가게 된다. 우리가 어린 시절까지만 해도 꼬부랑 할머니가 많았다. 꼬부랑 할머니가 꼬부랑 고갯길을 꼬부랑 지팡이를 짚고 넘다가 길가 쉼 돌에 앉아 큰 한숨을 쉬는 경우가 많았다. 친정에 오지 못하는 시집간 딸들을 직접 보러 길을 나서는 것이다. 이제나저제나 올해가 마지막이 될지 몰라서 나서다가 보면 거의 해마다 순례가 되어버리는 것이다. 사실은 시집간 딸들이 일 년에 한 번쯤은 친정 나들이를 해야 했다. 그것마저 허용되지 않았던 것이 우리 어머니 시대 여자의 운명, 그렇게 꼬부랑 할머니가 되어버린 할머니는 자신의 분신을 찾으러 꼬부랑 고갯길을 넘는 것이다.

금강산도 식후경이란 말이 있다. 이 말은 인간의 먹성에 관한 다급함과 절실함을 일깨우는 말이지만 바꾸어 말하면 금강산이 경치가 빼어나다는 것을 의미하는 것이기도 하다. 금강산은 우리 민족 필생의 관광지였다. 팔도강산 유람할 때 천하의 제일의 명승지로 우리나라 사람이면 누구나 한번은 가보고 싶은 꿈의 여행 목적지였다. 일생을 두고 금강산을 한 번 보는 여행을 할 수 있는 삶이 최고 경지의 삶이었다. 금강산은 어쩌면 우리 민족의 궁극의 삶의 목적지이기도 했고 영원한 순례의 장소였다.

순례는 고대 유대인들이 그들의 종교 행사로 예루살렘에 일 년에 한 번씩 모여드는 데서부터 생겨났다. 종교와 민족의 정체성을 일치시키는 유대인들의 특성상 아마 그들의 정체성을 찾기 위해서 과거 그들의 땅이었던 예루살렘을 약속의 땅으로 하여 모여들었던 것이다.

지구상 대부분의 민족은 국토를 바탕으로 붙박이 생활을 한다. 국토를 토대로 하여 풍속이 생겨나고 민족의 풍속을 중심으로 민족의 정체성을 확립한다. 그런데 유대인들은 국토보다는 종교로 민족의 정체성을 확립한다. 국토가 없어도 타민족 속에 살아도 타 국가에 살아도 그들 민족의 정체성을 잃지 않는 민족이 유대인들이다. 바로 유대교를 통하여 민족의 동질성을 지켜가고 있는 것이다. 그것의 단점은 민족의 이기심이다.

수천 년 유럽 각 나라 각 민족의 질시 대상으로 살아오다가 급기야는 히틀러에게 말살 대상 민족으로 낙인 찍혀 홀로코스트라는 끔찍한 수난을 당하고 말았다.

물과 기름처럼 섞이지 않는 종교라는 이름의 민족 정체성 또는 종교의 교리, 현재 지구 가족의 가장 뜨거운 감자로 부각되고 있다. 천부인권설을 바탕으로 하는 인류 사회의 보편 타당성의 생태적 현상에 비추면 종교나 민족의 풍속을 근거로 하는 민족의 동질성의 지나친 강조는 인류 사회의 평화를 유지하는 공적이 되고 있다.

특히 이슬람교의 이기적 교리는 인류 사회 보편적 생존의 공적이 될 뿐만 아니라 공포의 대상으로까지 거론되고 있는 실정이다. '한 손에는 코란, 한 손에는 칼'이란 말이 있다. 이슬람 세력의 점령지는 누구나 다 이슬람교를 믿어야 하고 그렇지 않을 경우는 죽음을 택하라는 말이다. 우리 북쪽의 공산주의 세력도 마찬가지로 인류의 공적이 되고 있다.

매우 지엽적이지만 이슬람교의 이기적 교리의 예를 하나 들고 싶다. 그들은 하루 다섯 번씩 사우디아라비아의 메카를 향하여 절을 하여야 한다. 이 교리를 실천하기 위해서 어느 아랍인 신자는 우리나라에서 가장 번잡하고 복잡한 서울의 광장 시장 좁은 회랑에서 종이 상자를 납작하게 하여 깔아놓고 그 위에서 무릎을 꿇고 동쪽을 향하여 절을 한다. 자기 개인의 자유, 신앙의 자유, 종교 활동의 자유, 인권의 자유가 있는데 때와 장소와 시간이 뭐가 문제가 되느냐는 것이다. 자기는 이슬람교 교인으로서 교리를 충실히 따르는 것뿐이라는 것이다.

'로마에 가면 로마법을 따르라'는 말은 어디 갔단 말인가? 서울에도 이슬람 교회가 있다. 타국의 종교 율법이 현지의 사회법이나 윤리보다 우선할 수는 없다. 굳이 우리의 풍속을 따를 것까지는 없지만 우리 사회 활동에 방해가 되는 그들만의 특유의 종교 활동은 길거리에서 전시성으로 해서는 안 될 것이다. 우리 땅에서는 그들의 교리보다 우리의 시선이 더 우선이다. 우리의 시선을 의식하지 않는 종교 활동은 우리를 무시하는 행위이다. 일제 강점기 일본 당국이 천황 숭배를 강요하는 것이나 무엇이 다른가?

유대인들이 예루살렘을 향하여 순례를 하고 그 순례를 통하여 그들 민족의 정체성을 지킨다면 아랍인들은 사우디아라비아의 메카를 향하여 순례를 한다. 아랍인들의 정신인 이슬람교의 신심을 돈독히 하기 위함이다. 메카에 수백만의 인구가 모여든다. 떠돌이 민족인 유대인들이 민족적 정체성을 지키기 위해서 순례를 한다면 아랍인들은 다분히 세력 과시형의 순례다.

아랍인들 생존의 근거지가 사하라 사막에서 아라비아 사막에 이르는 주로 사막 지대이다. 사막 지대에서는 기후적 특성상 큰 도시를 이루고 살 수가 없다. 오아시스가 있는 곳이 마을이고 도시이다. 그러니 인구의 밀집에 한계가 있을 수밖에 없다. 아랍인들은 고대부터 동서양을 잇는 실크로드의 중개 무역을 통하여 생활해 왔다. 낙타의 대상과 아라비아 상인들이 유명한 것도 괜한 말이 아니다. 낙타 대상들의 행렬은 장관이다. 그것은 곧 떠돌이 생활을 의미한다. 떠돌이 생활을 하는 떠돌이 민족인 것이다. 떠돌이 민족에게 절실히 요구되는 것은 그들의 정신을 하나로 묶어주는 끈이다. 이슬람교 신자는 전 세계 어디에 있어도 메카를 향하여 절을 하고 기도한다. 그리고 필생에 단 한 번이라도 메카를 방문하여야 한다. 그것이 곧 순례이다.

이슬람교의 순례지는 오직 단 한 곳, 사우디아라비아의 메카뿐이다. 아랍인들은 이슬람교를 통하여 그들의 정체성을 확립한다. 그러나 오늘날 자유와 인권의 시대에 이슬람교 정신의 지나친 경직성은 인권의 존엄성에 장애가 되는 면도 있다. 그리고 이슬람권은 중세의 유럽처럼 정교가 분리되지 않은 탓에 종교 율법이 바로 국법이 되고 생활 법률이 되는 통에 국민들의 자유와 인권에 치명적 올가미가 되고 있다.

막막한 사막 가운데 오아시스가 있어야 생존이 가능하고 뿔뿔이 흩어져 살아야 하며 중개 무역으로 순례 같은 낙타 대상의 이동 생활을 하는 민족으로서는 당연히 이슬람교 같은 정신적 성전이 필요 불가결로 대두될 수밖에 없다. 또한 거대한 세력 규합으로 생존 전략을 구축할 수밖에 없을 것이다. 그러나 현대의 지구 가족 시대에는 종교라는 이름의 너무 높은 울타리는 나와 타인의 소통에 막대한 지장을 초래한다. 종교를 기반으로 하는 거대한 세력끼리의 불통은 문명의 충돌을 야기한다.

현재 서구 사회에서는 서구 문명과 아랍 문명의 대충돌이 서서히 진행되고 있다. 결국은 중세의 십자군 전쟁 같은 양상이 되풀이되고 있다. 십자군 전쟁은 예루살렘을 중심으로 전선이 형성되었지만 오늘날의 전쟁은 전선이 따로 없다. 이슬람 신자의 전사들은 자기 목숨을 문명 충돌의 최일선 무기로 사용하고 있다.

형이상학을 향한 순례 길의 발생

이집트 시대의 미라들은 영혼 불멸설에 의해 만들어졌다. 영혼 불멸설이란 인간의 개체를 육체와 영혼으로 나누고 인간의 죽음은 신체의 파괴이고, 영혼은 영원히 살아 있다고 보는 것이다. 그래서 육체를 썩지 않게 보관하면 언젠가는 빠져나갔던 영혼이 돌아와 재생 부활할 수 있다는 믿음에서 생겨난 것이다. 현대는 고냉 보관으로 재생 부활을 꿈꾼다.

중세 시대의 성직자들은 까마득한 절벽 위나 범인들이 감히 범접할 수 없는 곳에 수도원을 지어놓고 고행과 수양을 통하여 고도의 정신세계를 연마하였다. 인간의 일생은 원죄의 땅에서 사는 기간이 너무나 짧다. 하느님의 부름을 받아 천국의 세계에서 영원히 살기 위해서 짧은 한 생을 희생하면서까지 기꺼이 고행을 감수하였다.

동양 사상에서도 도교를 중심으로 하는 신선의 등장은 인간 정신세계의 상위 개념을 확립하는 데 큰 역할을 하였다. 무위 자연성에 기초한 물욕과 허욕에서의 탈피와 도를 닦고 정신수련을 통하여 신선으로 입문하는 길로 삼천갑자 동방삭이가 되는 것이다.

우리나라 전통 이데올로기인 선비 사상도 고도의 정신세계를 이상으로 하여 사회의 궁극적 목표를 설정한다. 공맹 사상을 주축으로 하는 유교 사상의 사회화로 세상이 굴러가도록 유도한다. 인생살이의 진실한 내면인 물질과 물욕의 형이하학을 너무 배척하는 바람에 세상은 너무 공허하게 되었다. 허상이 온통 난무하는 세상은 결국은 몰락할 수밖에 없다.

인간의 삶 속에는 물질과 욕망과 호사로 채워지지 않는 끝없는 이상향의 그 무엇의 정신세계를 찾는다. 찾다가 비로소 안착하는 곳이 종교다. 반대로 종교는 함부로 날뛰는 인간의 정신세계를 안도의 길로 안내한다. 그리고는 평화와 안식의 비를 내리기도 한다.

종교에서의 순례는 신심을 고양하기 위한 것이라고 하지만 따지고 보면 고도의 정신세계의 추구이다. 형이상학의 실천인 것이다. 돈 주고도 살 수 없고 어떤 물질적 욕망으로도 채워지지 않는 무엇을 얻기 위해서 사람들은 기꺼이 순례 길에 오른다.

크리스트교에서의 순례

순례의 정신은 종교보다도 더 거룩한 포괄적인 인간의 내면이다. 그러나 종교인이나 그 신자들은 그들의 끝 간데없는 깊은 수렁의 불안한 내면을 그들이 믿는 종교의 교리나 창시자의 가르침에 의탁하여 구원의 손길을 내민다. 그러므로 인간의 다면적인 정신세계를 한정 짓고 구세주로서 전적으로 의존한다. 그것이 종교적 복종이다. 종교적 복종의 정신은 차라리 단순하고 일목요연하다. 수많은 갈래길의 정신세계를 한 줄기 빛으로 인도받는다.

그 한 줄기 빛으로 인도되는 길의 끝에는 구세주와 그를 추종했던 수많은 성인이 있다. 그들의 삶을 추적하는 것이다. 구세주의 삶이나 정신에의 접근은 전연 불가하지만 그를 추종했던 수많은 성인 중의 누구 하나, 그것도 그가 걸었던 고행의 길을 걸어보는 것이나 신념을 실천해 보는 것이다. 그것이 종교에서의 순례다.

대부분 종교가 그렇듯 그 발생지가 순례의 장소가 된다. 그보다는 순교의 장소가 순례의 목적지가 되는 경우가 더 흔하다. 창시자의 출생지나 깨달음을 얻어 구원과 열반의 경지에 이른 장소라든지 성인들이 순교한 장소를 성지로 하여 정기적으로 참배함으로써 자연스럽게 순례의 길에 오르게 되는 것이다.

이스라엘의 예루살렘은 세계적 성지로 수많은 사람의 순례 목적지가 되고 있다. 예수 크리스트의 출생지라는 면에서도 그렇지만 순례의 장소로 거룩한 성지로서의 터전을 마련한 사람들은 유대인들이다. 유대교를 믿는 유대인들은 예수의 출생과 수난과 부활의 장소로 의미를 두는 것보다는 예루살렘을 그들의 고대 국가의 중심지로서 그들의 뿌리를 확인하는 차원에서 매년 정기적으로 참배함으로써 당연한 순례지가 되었다.

수천 년 나라 없는 민족으로 살면서 민족의 정체성을 굳세게 그리고 굳건히 지켜가는 민족이 유대인들이라 했다. 유대교라는 종교의 교리와 정신만으로는 부족하여 인간의 가장 기본적인 생존의 터전인 땅을 정하여 그곳을 중심으로 정체성을 확인하자는 곳이 예루살렘이었다. 그 후로는 크리스트교의 확산으로 세계적 순례지가 될 수밖에 없었다. 순례지라는 말은 사람들이 가보고 싶어 하는 면에서는 관광지와 같으나 인간의 고차원적인 정신면으로 볼 때는 명승지나 관광지와는 근본적으로 다르다.

예루살렘은 현재도 세계에서 가장 뜨거운 장소이다. 순례지로서의 명성 때문에 아득한 옛날부터 너무나 시끄러웠고 역사의 중심에서 벗어나 본 일이 없다. 우리나라의 휴전선과 함께 세계의 화약고로 언제 심지에 불이 붙을지 모르는 항상 뜨겁고 긴장된 곳이다.

우리나라의 휴전선은 너무나 당연한 상대적 화약고로 작은 욕심을 버리고 우리 민족의 번영과 안정 및 평화를 염두에 둔다면 언제든지 심지에 불은 끌 수 있다. 그러나 예루살렘의 화약고는 인간들의 생리로 해결이 거의 불가능한 절대적 화약고로 그 심지의 불은 언제든지 연소 가능하다.

11세기에서 13세기에 걸친 십자군 전쟁도 예루살렘을 향한 순례지로의 명성 때문이었다. 기원전 3천 년의 이집트의 피라미드 문명, 기원전 천 년의 그리스 문명, 기원후 천 년의 로마 문명 후의 오백 년간 오스만 터키의 이슬람 문화가 유럽을 휩쓴다.

로마 시대 이후 천 년의 동양과의 통로였던 실크로드가 막혔다. 물길도 막히고 갇히면 물이 썩듯이 지중해 시대의 로마 문명의 본산이었던 지중해 문명도 몰락하고 말았다.

서구 문명에서 근대화의 싹은 어떻게 하면 실크로드를 벗어나 극복할 것인가 하는 노력에서 출발한 것이다. 실크로드는 어디까지나 물질적인 것이었다. 그러나 유럽인들의 정신적인 고통은 실크로드가 아니었다. 예루살렘이었다. 유럽인들의 종교적 성지인 예루살렘을 순례할 수 없는 것이 더 큰 고통이었다. 심지어 아랍의 팔레스타인들이 예루살렘의 십자가 성전을 무너뜨리고 그 자리에 금빛 찬란한 이슬람교의 성전을 지어버렸다. 그 성전은 지금도 남아 있다. 이에 유럽의 각 나라들은 힘을 합쳐 예루살렘을 탈환하기 위해 수 세기에 걸쳐 오스만 터키와 싸운 전쟁이 십자군 전쟁이었다. 그러나 결국은 실패하고 만다.

예루살렘이 다시 순례의 성지로 회복된 것은 세계 2차 대전이 끝나고 이스라엘 건국 이후였다. 동시에 예루살렘에는 통곡의 벽이 생겼다. 2천 년 동안 나라를 잃고 유럽 각 나라의 도시에서 중심지를 지배하고 살았던 유대인들이 히틀러에게 6백만 명이 무참히 학살되면서 깨닫고 세운 나라가 이스라엘이었다. 나라 없는 민족의 설움, 아무리 잘살아도 아무리 종교에 심취해도 아무리 뿌리와 정신을 잃지 않고 살아도, 그리고 수천 년을 남의 나라에 정착하고 살아도 소용없었다. 그리고 나라 없는 민족의 설움은 결코 남의 일이나 이야기가 아니다. 바로 우리의 어제였다. 그 후유증은 지금도 유일한 민족 분단으로 남아 있다.

이스라엘의 예루살렘은 지금은 단순한 종교적 순례의 땅이 아니라 바로 유대인 민족의 나라이다. 그리고 바로 그들의 정신이며 뿌리며 종교이며 총 집합체인 것이다. 예루살렘에 있는 이슬람 성전은 이스라엘이 영원히 안고 살아야 하는 암적인 존재이나 그러나 그곳이 상호 소통으로 아름다운 문화의 전당으로 자리매김하는 시대가 도래하여야 할 것이다. 문명의 충돌이 문명의 어울림으로 전환되어야 할 것이다.

예루살렘이 전통적이고 역사적이며 약간 편협하고 고집스러운 순례지라면 현시대에 가장 보편타당하고 거룩한 성전이나 순례지로서 각광받고 있는 곳이 있다. 로마에 있는 바티칸 시국의 교황청이다. 가톨릭 신자로서 마땅히 가 보아야 할 필생의 순례지지만 일반 사람들도 일생에 단 한 번 여행해 보아야 할 곳이 있다면 교황청과 더불어 바티칸 시국이 아닐 수 없다.

지구상의 인류에게 교황청이 꼭 있어야 하고 꼭 가보아야 하는 것은 아니지만 그러나 인류가 구현하고픈 세상이 있다. 그것이 교황청이다. 크리스트교에서 추구하는 영원한 이상향인 에덴동산은 될 수 없지만 그런 세상을 만들고 싶은 염원은 있는 것이다.

교황청은 인류의 이상향을 실현하고 그것을 세상의 전 인류에게 파급하는 곳이다. 교황청이 인류에게 파급하는 이상향의 첫째 요건은 평화이다. 평화로운 세상이다. 평화라는 메시지 속에는 순방향으로 행해지는 인간사의 모든 덕목이 다 들어 있다. 개인의 행복, 가정의 화목, 사회의 안정, 국가의 번영과 발전, 국제 사회의 평화 등 인류 사회가 직면한 제 문제의 해결을 위한 정신적 지침을 제시하고 안내하고 인도하기도 한다. 바로 아리스토텔레스가 말한 형이상학이다. 교황청이 형이상학을 추구하는 곳이라면 그것의 형이하학을 실현하는 곳은 국제기구인 유엔이다.

유엔은 직접적으로 힘과 물질로서 교황청의 이상향을 실현하는 곳이라고도 볼 수도 있다. 인류에게 다급하고 진정 절실한 것은 유엔이지 결코 교황청이 아니다. 그러나 교황청의 고결함과 성스러움 앞에는 유엔의 그 막강한 힘과 세력이 무색해지는 연유가 무엇일까?

아무래도 인간에게는 물질로서 채워지지 않는 정신적 메커니즘이 따로 있는 것 같다. 고전적 심리학자 오스트리아의 프로이트는 인간 심리의 가장 밑바탕에는 오이디푸스 콤플렉스가 있다고 했다. 오이디푸스 콤플렉스란 무의식 세계의 성적 욕구이다. 그럴듯한 가설이다. 그 뒤에도 수많은 심리학자나 철학자들도 인간의 심리나 행동 방향, 삶의 의미에 대해서 각자 나름대로 정곡을 찌르고 그럴듯한 주의나 이념 등을 주장하고 설파하기도 했다. 모두가 다 장님 코끼리 엉덩이 만지는 꼴이고 어느 한 부분이지만 그럴듯하기도 하다.

순례에서 지향하는 인간의 심리는 심리학자들이 주장하는 기본 심리보다는 단순하고 철학자들이 내세우는 삶의 의미보다는 덜 스펙터클하다. 뉴욕에 있는 유엔 본부도 훌륭한 견학이나 관광지로 매우 가보고 싶은 곳이기도 하지만 그보다는 교황청에 교황을 보고 싶은 마음이 더 간절하다는 바로 그것이 순례에서 찾고자 하는 인간의 심성일 것이다. 삶의 호화스러움에서는 전연 찾을 수 없는 그 무언가에 대한 간절한 소망을 풀기 위해서 직접 고행의 여정에 오르는 체험의 과정일 것이다.

산티아고로 가는 길

산티아고로 가는 길은 크리스트교 신자들의 순례 길로서보다는 종교 신앙인을 포함한 일반 사람들의 트레킹 코스로 더 널리 알려져 있다. 처음에는 기독교 신자들이 신심을 고양하고 마음을 정화하기 위해서 본래 취지의 순례 길로서 그 길을 다녔을 것이다. 그러다가 점차 일반인들도 순례의 길에 동참하다 보니까 세계적 트레킹 코스가 되어 드디어 1993년에는 유네스코 세계 문화유산으로 등재되었다.

프랑스의 서쪽 끝 지역에 있는 도시 생장피에르모르에서 스페인 북서쪽 도시 산티아고 데 콤포스텔라까지 피레네산맥을 넘어 장장 800km에 이르는 길을 대략 30일에서 40일간 여행한다고 한다.

산티아고로 가는 길은 야고보 성인이 걸었던 길을 걷는 길이라고 한다. 산티아고는 야고보 성인을 지칭하는 스페인 말로서 예수의 12 제자 중 베드로, 요한에 이은 제3 순위의 제자로 1세기 중반 예루살렘의 교회 지도자였다. 기독교의 초기 단계에 복음 전파를 위해서 그 길을 걸었다고 한다. 9세기경에 야고보의 무덤이 발견되면서 순례자의 발길이 시작되었다. 11세기에서 15세기까지 가장 번성하다가 그 뒤에 쇠퇴하였다고 한다. 그러니까 중세 시대에 가장 번성한 셈이다.

근대화되면서 과학이 발달하고 사람들이 현실 세계에 대한 각성과 성찰을 하면서 생각이 냉정해지고 그러면서 중세 시대에 심각하게 빠져들었던 무모한 종교의 내면성에서 조금은 벗어나게 되었다는 말도 되는 것이다. 그러다가 최근에 와서야 산티아고로 가는 길이 순례자의 길로 다시 각광을 받게 된다.

1982년 교황 바오로 2세가 산티아고를 방문하고 1987년 중남미 출신 작가 파울로 코엘료가 순례자라는 소설로 노벨 문학상을 받으면서 순례와 트레킹 코스로 폭발적인 인기를 얻게 되었다. 드디어는 세계 문화유산으로 소중한 인류의 자산으로 등재되었다. 순례길이 소중한 인류 문화의 자산이 되면서 순례란 무엇인가에 대한 생각도 다시 한 번 더 하게 되었다. 단순한 하이킹은 결코 아닐 것이고 그렇다고 마구 고행을 하면서 하는 트레킹도 아닐 것이다. 어떤 마음의 자세로 걸어야 하는 것도 아닐 것이다.

순례자의 길에 들어서면 어쩔 수 없이 순례자의 마음의 자세가 될 수밖에 없는 것이 특징이다. 국가, 민족, 신분, 관습, 사회적 제도 등 인간 사회의 어떤 굴레나 속박도 없이 누구나 공평한 신분이며 환경이다. 걷는 것이 주가 되겠지만 숙식과 위생, 건강 등 인간 생명 유지의 가장 밑바탕을 유지하면서 고행을 수행으로 버티면서 목적지에 도달한다는 것은 굳이 종교인이 아니더라도 득도의 경지가 아닐까 가늠해 본다.

다음은 힐링과 카타르시스일 것이다. 현대 사회는 참으로 거대하고 복잡하다. 그 속에서 살아가는 현대인들은 어쩔 수 없이 견딜 수 없는 긴장과 고통에 시달리게 된다. 이런 모든 사회적, 제도적 틀에서 벗어나 보는 방편 중의 하나가 순례일 것이다.

반대로 인간 개체의 순수 본성의 자세로 돌아가 보는 계기를 마련해 보는 과정이기도 할 것이다. 지위와 계급과 신분이 전연 구별되지 않는 오직 개체의 생명 유지만 오롯이 남게 되는 그런 처지를 뼈저리게 경험해봄으로써 진정한 자신의 존재에 대한 확인을 해보는 계기가 될 것이다. 배고프면 먹어야 하고 걷다가 지치면 쉬어야 하고 잠 오면 꼭 자야 하는 것만이 능사지 다른 어떤 허욕도 물거품이라는 것을 체험으로 알게 될 것이다.

불교에서의 순례

석가모니는 인간 사회에서 가장 호사와 부귀를 누릴 수 있는 왕좌의 자리를 마다하고 궁궐을 박차고 고행의 길에 나섰다. 절대자의 존재에 귀의하는 길의 지극히 일면만을 볼 때는 예수와 다르다. 예수는 반대로 왕의 자리를 노린다고 로마 당국에서 오해하는 바람에 처참하게 참수를 당하고 승천하였다. 예수가 억울한 참형을 당한 것으로만 승천한 것은 절대 아니다. 예수도 한때는 인간 삶의 진리에 대한 깊은 고뇌로 광야를 방황하고 고행을 감내하는 시절이 있었다. 선지자의 길은 호사와 사치와 영광으로는 절대로 되지 않음을 인류 사회의 가장 거룩한 두 성인이 적나라하게 보여주고 있다.

석가모니의 고행길은 훗날 불교 승려들의 순례로 이어진다. 그런 면에서 볼 때 순례가 종교보다도 더 원초적이고 더 광범위한 인간의 내면적이고 실제적인 행위라는 것이다.

절대자의 길로 가는 길목에 고행과 방황과 순례의 길이 있음을 알 수 있다. 석가모니는 6년 동안이나 깨달음과 해탈의 경지에 이르기 위해서 고행을 업으로 삼았다. 범부들이 고생을 사서 한다는 것과는 너무나 다른 것이다. 생각해 보라. 왕자의 몸으로 무엇을 위해서 그렇게 고역을 치르겠는가? 깨달음을 얻기 위해서였다.

생로병사라는 지극히 평범한 진리, 아무리 호사를 누리고 살아도 하루 생계에 시달리며 거지처럼 가난하게 사는 사람들과 조금도 차이가 없는 이런 인생의 삶과 진리에 대한 고민을 해결하고, 그것이 인간의 삶이라는 것을 깨달아 구도의 길을 가기 위한 방편으로 고행의 길을 떠나는 것이었다. 고행의 길에서 만나고, 보고, 체험하는 수많은 사람의 삶의 방식, 아무리 그래도 구도의 길은 멀었다. 아무리 느끼고 생각하고 고민과 고생을 해도 해결되지 않는 번뇌는 끝 간 데가 없었다.

어쩔 것이냐? 그렇게 세월은 6년이나 흘렀다. 이제는 모든 것을 포기할 수밖에 없었다. 석가모니가 구도의 길에서 포기한다는 것은 다시 궁궐로 돌아간다는 뜻은 절대 아니었다. 그것은 삶을 포기한다는 의미였다. 더 살고자 하는 욕망마저 버린다는 뜻이다.

석가는 목숨이 다하는 운명 직전 깨달음을 얻고 고요히 눈을 감는다. 해탈의 경지에 이른 것이다. 드디어 부처가 되었다. 살아서 구도의 길에서 했던 모든 설법은 모두 불교의 경전이 되었다. 석가는 궁궐을 박차고 나온 이후부터 이미 살아 있는 부처였다. 예수가 하느님의 아들로 태어난 것과 같은 이치이다.

석가모니의 출가와 고행과 순례는 불법문에 입문하는 모든 승려에게 전수된다. 승려들의 출가야말로 불교에 입적하는 첫출발로 결단이라기보다는 고통과 고행의 시작이라고 할 수 있다. 아픔으로 점철된 인간사의 모든 고리를 끊는 작업이 출가다. 출가에서 오는 고통, 그것의 첫 번째는 외로움일 것이다. 외로움은 곧 혼자다.

인간이 사회적 동물이라고 해서 무리 지어 사는 것 같지만 알고 보면 지극히 혼자서 살고 혼자서 죽는 동물이다. 생로병사라는 원초적 번뇌의 정글 속을 혼자서 헤치고 나가야 하는 존재가 인간이다. 순례자의 길도 철두철미하게 혼자일 수밖에 없다.

혜초의 왕오천축국전

불교에서 대표적 순례의 예는 신라 시대 고승 혜초의 왕오천축국전이다. 불교의 발생지 인도의 천축국까지 오로지 걸어서만 가야 하는 구도의 길, 옛 고승들의 순례의 길은 너무나도 장엄하고 엄숙을 넘어 숙연해지기까지 한다. 그러나 혜초는 왕복으로 걷기란 너무 무리한 시도라고 생각했는지 갈 때는 배로 가고 돌아오는 길이 진정한 순례의 길이 된 셈이다. 그것도 어디까지나 중국과 인도 사이이지 신라에서부터의 길은 아닌 것으로 되어 있다. 혜초는 완전한 8세기 시대의 인물로 그 시기는 신라가 삼국을 통일한 이후 찬란한 역사 시대로 원효와 의상, 자장을 비롯한 고승들이 많이 배출되고 불교문화가 번창하고 꽃피는 시기였다. 혜초도 불교문화 창달에 일익을 담당했을 것이다.

오늘날 우리나라의 지식인들이나 위정자들이 외국에 유학 가서 선진 문물을 배워오고 박사 학위를 따듯이 당시도 통일 신라의 지식인들이라 할 수 있는 불교의 승려들이 대거 당나라에 가서 선진 불교 문화를 배워오는 것이 시대적 조류였을 것으로 생각한다. 그런 면에서 혜초는 후발주자였다. 왜냐하면 자장이나 원효 등은 7세기 인물들이다. 승려들이 7세기에 중국에 유학 갔다면 8세기의 혜초는 중국을 넘어 인도까지 순례했다고 보는 것이다.

혜초는 중국의 광주에서 인도에서 온 승려 금강지에게 사사하였다. 그리고는 4년에 걸쳐 인도여행을 하였다. 혜초가 인도 여행을 하게 된 계기가 인도 고승 금강지의 영향일 것이며 불교 법문의 일맥인 금강경도 금강지에서 유래된 것으로 본다. 혜초가 인도에 있을 때 기거했던 절이 중인도에 있던 나란타사로 그 절은 중국의 4대 괴서 중의 하나인 서유기에 나오는 현장법사도 5년간 살았던 것으로 알려져 있다. 시기적으로 앞뒤의 연결이 불가하지만 혜초는 중국 장안의 전복사에 거주했고 우리나라 오대산에도 거주했다고 한다. 오대산이라면 자장이 세운 월정사에 있었을 것이다. 혜초에 관해서는 이 정도의 흔적이 있을 뿐 입적과 적멸에 관한 기록은 연원 불가다.

왕오천축국전은 혜초가 인도의 천축국을 다녀오면서 순례의 길에서 보고 느낀 것을 쓴 기행문이다. 이것이 천 년을 넘게 잠자다가 중국의 돈황 막고굴에서 발견되었다. 산시성의 운강 석굴, 하남성의 용문 석굴과 더불어 중국의 3대 석굴로 돈황 석굴은 실크로드의 관문으로 당나라 시대에 서역과의 교역이 활발했던 곳이다. 그리고 가장 먼저 시대의 석굴로 중국 불교문화 대중화에 앞장선 흔적의 증표

이기도 하다.

18세기 후반부터 산업혁명 이후로 서양 사람들의 세계 탐험은 미국 서부 개척사의 금맥을 찾는 사람들처럼 세계 구석구석을 찾아 눈이 부시게 활동하였다. 또한, 그만한 성과들도 다들 있었다. 프랑스의 탐험가 펠리오도 그중의 한 사람이었을 것이다. 왕오천축국전은 1909년 펠리오가 중국의 돈황 석굴에서 발견하였다. 중국인 나진옥과 일본인 다카쿠스준지로에 의해서 세상에 알려졌다. 현재 소재는 프랑스라고 한다. 나진옥의 연루는 왕오천축국전이 한자로 표기되어 있는 것 때문일 것이고, 일본인의 개입은 서양의 모방에 앞장선 인문학의 세계화 때문일 것이다. 그 책이 프랑스에 있다는 것은 그 시절만 해도 무주점유의 원칙을 적용해서 발견자의 소유물로 처리했던 것 같다.

혜초의 왕오천축국전이 나온 당나라 시절만 해도 모든 기록물은 종이가 없기 때문에 동물의 가죽에다 썼다고 한다. 그러나 혜초는 불교의 대원리인 살생의 금지로 패엽을 이용하였다고 한다. 패엽은 불교 경전을 기록하는 기다란 나뭇잎으로 종이로 치면 고급 종이에 해당한다고 한다. 팔만대장경을 연상해 보면 될 것 같다.

역사는 기록의 산물이다. 왕오천축국전이 천 년의 시공을 넘어 세상에 알려짐으로써 혜초라는 인물은 물론이고 당시 사람들의 삶과 의식의 일면을 들여다볼 수 있다.

인도에서 발생한 불교는 서역으로는 진출하지 못하고 동방으로만 진출했다. 남 방향의 동남아시아로 뻗어 간 불교를 남방 불교라 하고 실크로드를 타고 북쪽의 중국으로 들어온 불교를 북방 불교라 한다. 흐름의 방향에 따라 수행의 방법이 현격히 달라진다. 남방 불교는 신체적 고행을 정신 수행의 한 방편으로 삼는다. 정신은 신체에 깃들므로 신체의 단련을 통해서 사람의 마음속에 있는 수많은 근심 걱정을 잊는다. 신체는 백팔번뇌의 온상이므로 고행과 정진을 통해서 백팔번뇌를 쫓고 맑은 정신세계를 이룬다. 남방 불교의 대표적 수행 방법이 삼보일배로 우리 주변에서도 흔히들 볼 수 있다.

북방 불교는 정신 수양에다 더 중점을 둔다. 인간의 개체를 신체와 정신으로 이원화하고 신체는 모든 동물에게서 공통적으로 볼 수 있는 생존의 불가결한 본능에 의하므로 인간만이 가지는 정신세계의 고양으로 육체적 본능을 통제 내지는 조절해서 번뇌의 온상이 되지 못하도록 기도와 염화시중을 통해서 부처의 정신에 빠지게 하는 것이다.

동양 사상의 두 거류인 유학 사상과 불교문화가 다 정신세계를 지나치게 강조함으로써 국력이 극도로 쇠약해져 훗날 서세동점의 빌미가 되었다. 정신세계의 지나친 강조는 자칫 허상에 빠지기 쉽다. 역사에서 허상을 더듬던 민족이나 종족은 모두가 다 몰락했다.

혜초가 인도까지 순례하게 된 것은 남방 불교의 영향 때문일 것이다. 남방 불교에서는 순례를 수행의 주요 덕목으로 보편화하였고 전인미답의 길을 걷는 전통이 있었다. 그런 전통은 구도의 길을 따라 걸어간 순례자들에게서 찾을 수 있다.

신라의 승려들이 불교의 본디 모습을 보기 위해서 중국에 갔는데 그것으로는 불교의 원류가 아님을 알고 다시 인도로 갔다. 인도로 가는 길이 얼마나 험했는지 가장 구체적으로 오늘날 전해준 사람이 혜초였다. 차디찬 눈과 얼음 찬바람은 매섭다. 끝 간데없는 낭떠러지 험한 길, 하늘을 나는 새도 넘지 못한다. 그 옛날 실크로드의 설산과 험준한 산맥을 넘는 길의 찬바람, 서역으로 가는 차마고도를 혜초는 상당히 구체적으로 순례의 길에서 체험한 바를 설명하고 있다.

돌아오지 못한 수많은 순례자들
그러나 끝내 그곳이 돌아갈 곳이었는지 모른다
외로운 배 달빛 타고 몇 번이나 떠나갔건만
이제껏 구름 따라 한 석상도 돌아오지 못했네

여기서 석상은 순례자들을 일컫는다. 그만큼 인도로 가는 길은 너무나도 험난하고 악조건이었음과 성공하고 돌아온 이가 극소수임을 말해주고 있다.

고향에선 주인 없는 등불만 반짝이리
누가 알리오 고향 가는 길

고국에 돌아가지 못하고 인도에서 죽은 한 승려의 죽음을 애도하여 혜초가 남긴 글이다.

원효 대사의 무애 사상

우리나라 역사상 불교 최고의 고승 원효 대사의 사상이나 득도도 순례 길에서 탄생하였음은 세상이 다 아는 주지의 사실이다. 원래 순례의 본 취지에는 배움이나 깨달음 등의 목적이나 목표가 없다. 굳이 있다면 걷는 길의 목표 지점만 있을 뿐이다. 무엇을 얻거나 배우기 위해서 걷는 길이 아니다. 흔히들 단체로 하는 국토 순례나 북한에서 하는 백두산 순례 등은 순수 의미에서 순례가 아니고 개인을 의식화하는 단체 훈련이라고 할 수 있다.

더 엄격한 의미에서 목적이 있다면, 나약해지거나 건방져지는 사고나 행동을 처음처럼 돌리는 자기 추스름과 잊지 말자는 것, 정신적 신체적 카타르시스 등이다. 이런 것들도 처음부터 목적을 가지고 출발하는 것이 아니고 걷는 길의 고행을 통하여 주변 산천경개와 어우러져 저절로 얻어지는 성과라 할 수 있다.

신라 시대 승려들의 당나라 유학길은 순수 의미에서는 순례 길이 아니다. 교통수단이 발달하지 않은 시대에 도보나 보행은 먼 길을 가는 나그네의 여행 방법으로 당연한 것이다. 하물며 승려들의 유학길은 도보 여행이 제격이라 할 수 있다. 그러나 승려들의 유학길은 의미가 다르다고 할 수 있다. 석가모니가 출가하면서부터 부처가 되었듯이 승려들의 유학길도 집을 나서면서부터 단순한 여행이 아니고 순례가 되는 것이다. 범부들이 괴나리봇짐 지고 닷새 시장 가는 것과는 근본적으로 다르다고 할 수 있다.

신라 승려들의 당나라 유학길은 저절로 순례길이 될 수밖에 없었다. 금강산 유람과는 차원이 다른 기일과 고행, 모험으로 이어지는 여행이었을 것이다. 승려들만이 가질 수 있는 현실을 초월한 구도의 자세가 되어야 가능한 여행, 순례자의 길이었을 것이다.

원효가 650년 진덕여왕 때 의상과 함께 당나라의 현장과 구기에게 당시의 신지식인 유식학을 배우러 요동으로 가는 길에 순라군에게 첩자로 몰려 돌아올 수밖에 없었다. 10년 뒤 다시 의상과 함께 해로를 통해 당에 가던 중 날이 저물어 길옆의 캄캄한 동굴에 들어가 잤다. 자다가 목이 말라 잠결에 손을 저어 잡히는 물그릇의 물을 마셨다. 잠결이지만 그 물은 너무나 달고 맛있었다. 고행으로 이어지는 순례의 길이라 피곤한 몸은 고달플 수밖에 없었고 꿀맛 같은 단잠을 잘 수밖에 없었다.

날이 밝아 잠이 깨어 일어나 보니 주변에 해골들이 흩어져 있었다. 그곳은 시체를 갖다 버리는 토굴이었다. 알았다면 도저히 잠잘 수 없는 곳이었다. 더군다나 잠결에 마신 물맛은 무엇이며 무슨 그릇의 물을 마셨더란 말인가? 해골에 고인 물을 마셨던 것이다. 하아! 이게 도대체 무엇이며 어떻게 된 것인가? 원효의 머리는 망치로 한 대 맞은 듯이 어안이 벙벙하고 정신이 없었다.

"그래 그 물맛! 바로 이것이구나!"

그것으로 원효는 세상의 이치를 깨달아버렸다. 모든 일은 마음먹기에 달렸다는 것. 그 해골바가지 속 한 모금의 물은 원효의 몸속을 씻어 내리는 세례수가 되어 원효의 마음은 너무나 맑게 정화되었다. 더 이상 수행과 정진이 필요 없을 것 같았다. 그 길로 원효는 의상과 작별하고 당나라의 유학을 포기하고 돌아왔다. 당나라의 법사들에게서 배워 얻고자 하였던 바와 부처의 은은한 미소의 의미를 알 것 같았다.

여기서 원효의 무애 사상이 설파된다. '모든 것에 거리낌이 없는 사람이라야 생사의 편안함을 얻느니라'라고 세상 사람들을 향하여 교화를 시작했다. 이것이 민중 불교의 시작이다. 누구나 알아들을 수 있는 무애가라는 노래도 만들어 불렀다.

원효가 승려가 될 무렵은 고구려 사람인 묵호자나 아도를 통하여 불교가 신라에 들어온 지 대략 300년 정도 지날 시기였다. 불교라는 새로운 이데올로기가 들어와 사회적 지배층을 중심으로 상당히 자리를 잡아가고 있었다. 그리고 점점 더 귀족화되어 가고 있었다.

종파에 따른 파벌도 심했다. 그렇다면 불교라는 새로운 세계관의 패러다임이 일부 지배층이나 상류층의 전유물이란 말인가? 그건 절대 아닐 것이라고 원효는 확신했다. 중국의 유학길도 선진 대법사들을 만나 그런 의문점을 해결하기 위해서 가는 길이었다. 석가모니가 궁궐을 박차고 나와 민중 속에 뛰어든 것도 불교가 일부 특정 계층의 전유물이 될 수 없음을 직접 몸으로 말해 주는 것이었다.

불교의 대중화가 원효의 목표였다. 무애 사상의 대중화가 목표였다. 모든 것에 거리낌이 없다는 것은 형식과 절차에 너무 구애받지 말고 불경의 해석을 대중들이 쉽게 알아들을 수 있도록 하라는 것이었다. 그러므로 원효는 종파적 불교 이론을 통일하여 모든 사람에게 회통되도록 애썼다.

모든 사람에게 불교 이론이 회통된다는 것은 불교의 대중화를 의미하는 것이었다. 불교의 대중화는 민중 불교를 일컫고, 민중 불교의 중심 사상은 일심 사상, 무애 사상, 화쟁 사상으로 누구나 이런 정신들로 무장됨으로써 진정한 불교 정신의 사회화로 평화와 자비의 세상을 구현하는 것이 원효가 한결같이 추구하는 이상 목표였다.

일심 사상이란 불교에 귀의해 반야의 지혜를 닦아 도달해야 하는 참된 마음으로 진실로 살아 있는 조화로운 전체가 일심이다. 단순히 한마음이라든지 하나라든지 통일이라든지 하는 그런 개념은 절대 아니고 거리, 크기, 무게, 색깔 등 인간의 감정이 있는 개념이 아니다.

화쟁 사상이란 대립적 불교 이론을 조화시키려는 원효의 중심 사상으로 형식적이거나 겉모습으로는 다르고 구별되는 것 같으나 실제는 대립하지 않음을 밝히는 사상이다.

원효는 불교의 대중화를 위해서 기존 승려들의 고고한 자태나 기품은 형식적이고 허울 좋은 겉치레라 주장하고 직접 민중 속으로 들어가 대중 교화에 힘썼다. 때로는 걸인들이나 광대들과 어울려 천촌

만락을 노래하고 춤추며 그들에게 불타의 참 정신을 구현하고자 애
쓴 민중 교화승으로 이름이 자자했다. 하도 기인의 짓을 하는 승려
로 소문이 자자하므로 그런 말이 당시 신라 임금의 귀에 들어갔다.
임금은 원효를 불러오라 하여 결혼에 실패하고 집에 있는 요석 공주
를 붙여 주었다. 원효가 하룻밤 요석 공주와 만리장성을 쌓고는 그
들 사이에서 설총이 태어났다. 설총의 출생으로 원효는 당시의 정통
불교 교단에서 쫓겨난 파계승이 되었다. 파계승이 되었건 말았건 원
효는 전연 개의하지 않았고 민중 교화에 더욱 전념하여 수많은 저서
를 남겼다. 이로써 원효는 우리 역사에서 최고의 고승이 되었고 설
총은 이두를 만들었다. 설총이 만든 이두로 적은 신라 향가가 고려
승 일연이 지은 삼국유사에 몇 편 남아 있다.

원효의 골장수로 인한 의미 있는 일화 한 편

예부터 사람들은 건강수에 관한 대단한 염원을 가지고 있었다. 원
시 자연 부락의 형성도 땅속의 물이긴 하나 물길 따라 생겼고 골짜
기마다 띄엄띄엄 있는 민가나 인가도 반드시 샘이나 흐르는 물이 있
는 곳이다. 이처럼 물은 인간의 생명수로 한 걸음 더 나아가 더 좋은
물을 찾게 되었고 좋은 물은 사람들의 건강과 너무나 밀접함을 알게
되었다. 그래서 찾아낸 세 가지 건강수가 있다. 국화수와 명로수와
지장수이다.

국화수는 천연의 샘가에 들국화가 있어 강력한 들국화 향이 밴 물

이고 명로수는 깨끗한 자연 속의 풀잎에 맺힌 물을 받아 모은 이슬 물이다. 지장수는 깨끗한 황토를 물에 섞어 독에 담아 가라앉힌 물이다. 우리가 가장 흔히 접할 수 있는 건강수는 지장수일 것이다.

그런데 사람들은 제4의 건강수에 관한 약간의 미신적 염원을 가지고 있었다. 그것이 골장수인데 이것은 채취가 거의 불가능하다. 그런데도 사람들은 끊임없이 염원을 가지고 있었다. 그러므로 현실에 없는 것을 탐하는 미신적이고 주술적인 것이었다.

우리가 어릴 때까지만 해도 대가족 제도에 다산주의였다. 아이들을 많이 낳고 많이 죽고 스스로 살아남는 놈들만 키우는 시대였다. 아이들이 죽으면 어떻게 하느냐인데 대부분 땅속에 묻지만 어떤 사람들은 묻지 않고 아기 덤불을 만든다. 작은 장독의 밑동을 깨고 그 속에 시체를 넣고 인가와 떨어진 으슥한 산기슭에다가 덤불을 만든다. 뚜껑은 없다. 사방으로 돌을 쌓아 무덤을 만든다. 덤불은 돌무덤이다.

그렇게 하는 이유를 말해 준 사람이 없었기 때문에 확실히는 모르지만 대체로 여우 때문일 것으로 짐작하고 있었다. 아기 시신을 깊게 묻고 다지지 않기 때문에 여우란 놈들이 파먹는다는 것이다. 죽은 것도 서러운데 그 여린 시신을 여우에게 뜯긴다고 상상하면 견딜 수 없는 고통이다. 우리 시대에는 아기 덤불을 만드는 사람들이 없었지만 간혹 땅에다 묻고 그것을 돌을 쌓아 여우가 덤비지 못하게 하는 경우는 있었다.

여우가 아기의 시신을 파먹는 것은 상식화되어 있지만 말도 안 되는 아주 억측의 미신을 믿는 사람들이 간혹 있었다. 예를 들면 문둥병은 사람의 간을 먹으면 낫는다는 미신 같은 것 말이다. 민간 설화로 예전부터 전해져 내려왔기 때문에 무지몽매한 민간인들 사이에서는 거의 상식화되어 있었다. 하물며 천벌을 받아 나병에 걸린 이들의 입장에서는 거의 확신에 가까운 상식일 것이 분명하다. 또한 천병에 걸리면 가족과 가정을 떠나야 하는 고통은 모진 목숨 차라리 죽지 못해 한으로만 얼룩진 숨 쉬는 시체가 되는 것이었다.

이따위 억측 때문에 우리들의 어린 시절은 간이 콩알만 해졌다. 우리 동네 앞길에는 왜 그리도 문둥이들이 많이 지나갔었는지! 거의 전부가 동에서 서로 가는 환자들이었다. 봄이 되어 보리 이삭이 패어 올라올 무렵이면 확실히 들려오는 소문은 어디서 문둥이가 어린 아이들을 잡아먹었다는 그런 것 등이었다.

고개 너머 이쪽저쪽 사방으로 동네가 보이지 않는 후미진 공동묘지 길에서 두 남자의 문둥이와 마주칠 때의 긴장감! 사실 알고 보면 비록 환자들이긴 하지만 엄청 좋을 사람들일 터인데 당시에 그들은 확실한 사이코패스들이었다. 그놈의 소문들 때문에 학습된 나의 두뇌는 그 소문의 주인공이 될지도 모르는 그 잠시의 무서움이나 고통은 어린 날 우리에게는 최대의 성장통이었으며 고소를 금치 못하는 에피소드였다.

현시대에는 노인들의 치매가 사회 문제가 되고 있다. 그 시절에는 치매가 오기 전에 다 작고 해서 그런지 치매보다는 중풍 환자들이 많았다. 국민의 건강 관리나 혈관 관리가 거의 제로인 시대에 나이 들어 중풍에 걸리지 않는 것은 거의 요행에 가까운 행운이었다. 멀쩡하다가 갑자기 찾아온 중풍, 사지를 못 쓰고 주저앉게 되면 그 고통은 이루 말할 수 없었다. 모든 병에는 명약이 있기 마련인데 명약이 없다는 것이 더 안타까웠다.

어떤 중풍 환자 중에는 스스로 명약이 있을 것이라고 확신했다. 사람의 뼛가루가 명약일 것이라고 주문을 거는 것이다. 그러다가 앞산 줄기의 높은 봉우리에서 앞산 너머의 마을 사람 어떤 이가 시신을 태웠다는 소문을 듣고는 그 뼈를 줍기 위해서 쓰지 못하는 두 다리를 끌고 길을 나서는 처지를 보았다. 인골 가루 처방은 실패했을 것이다. 옛날 사람 중에는 불치병의 처방약이 인체 안에 있을 것이라고 몽매한 믿음을 가지는 사람도 있었다. 불치병으로 생긴 고통스러운 상상일 것이다.

초동 시절에 산에 풀을 베러 갔다. 음침한 골짜기, 실비는 내리고 풀이 무성한 망개 가시덩굴 우거진 덤불을 헤치면 이끼로 검게 탄 검은 돌무더기가 나온다. 아기 덤불이었다. 그 길로 모든 것 포기하고 집에 돌아왔다. 입에 침이 마르고 밥맛은 달아나고 아무도 모르는 무서움에 시달리는 것이다. 풀 속의 무너진 돌무덤에는 아무것도 없었다.

간혹 흙으로 메워진 더미 위에는 물이 고여 있기도 했다. 바로 그 물에 몹쓸 상상이 생겨났다. 언젠가 죽었던 그 아기의 눈동자가 떠

있는 것이다. 눈동자는 순전히 나의 상상이지만 실제로는 낯선 노파
가 그 물을 뜨러 다니는 것이다.

세월이 흘러 원효의 순례 길에서 먹었던 골장수와 노파가 뜨러 다
녔던 그 물을 연관지어 보았다. 분명히 그 노파가 찾아다녔던 그 물
은 골장수임이 틀림없었다. 굳이 골장수가 아니더라도 그 아기 무덤
에 고인 물은 지장수로서도 약의 효험을 볼 수도 있겠다. 원효가 마
신 물은 산삼 못지않은 좋은 약물을 마신 것이다.

티베트인들의 순례

인류 문명의 불가사의 중에는 석조 문명이 많다. 이집트의 피라미
드, 중국의 만리장성, 안데스 산맥의 마추픽추 등 그 외에도 수없이
많다. 중국의 만리장성이 역사 시대로만 본다면 그렇게 길 필요가
없다. 만리장성의 길이만큼 인류 문명의 역사가 역사 시대보다 선사
시대가 더 길었음을 만리장성이 말해 주고 있다.

진시황은 만리장성을 일부 보완해서 쌓은 것일 뿐이다. 만리장성
으로 본다면 선사 시대 이래로 칭기즈칸을 비롯한 그 이전부터 대륙
의 기세가 얼마나 등등했는지 짐작할 수 있다.

대륙의 기세로 본다면 티베트도 만만치 않았음을 증명하는 역사가
있다. 한때 당나라의 수도를 위협할 정도로 티베트의 위세가 등등한
시절이 있었다. 티베트의 국위가 강대했던 시절은 7세기경의 손체
감포왕 때이다.

그 무렵은 우리나라 역사로 치자면 삼국 시대의 끝 무렵으로 삼국이 으르렁거리면서 밀고 당기고 치고받고 싸우다가 당나라와 동맹한 신라가 삼국을 통일한 시기이다. 대륙의 기세라면 몽골이나 만주도 있지만 우리 역사에서는 중국의 기세를 말한다. 그런 당나라의 위세를 위협할 정도라면 진정한 대륙의 기세가 한때는 티베트에도 있었고 그 기세가 얼마나 위력적이었는지 짐작할 수 있다. 더군다나 당태종은 고구려와 백제를 멸망시킨 대가로 안동 도호부와 웅진 도독부를 설치하고 신라와 동맹하여 삼국을 통일한 대가를 두둑이 챙기고 있었다. 대륙의 기세가 한반도에서 판을 치고 있었다.

그런 당당한 당나라의 기세가 신라의 화랑 기세에게 밀려 힘을 쓰지 못한 배경에는 당나라의 뒤통수에 있었던 진짜 대륙의 기세인 티베트의 위협 때문이었던 것 같다. 티베트의 손체 감포왕은 당태종에게 문성 공주와의 결혼을 요구했다. 그렇게 당당했던 당나라의 기세는 티베트의 기세에는 힘을 쓰지 못하고 요구를 들어줄 수밖에 없었다.

문성 공주가 티베트에 시집가면서 종이 만드는 기술이라든지 앞선 당나라의 문화를 몇 가지 가져간 것이 있는데 그중에서 가장 확실한 것이 중국의 대승 불교라고 한다. 문성 공주는 티베트 라마교의 존상으로 티베트의 종교 역사에 길이 빛나고 있다고 한다.

서양에서는 이집트, 그리스, 로마라는 지중해의 해양 문화가 고대부터 있었다. 아시아에서는 중앙아시아를 비롯한 유목 민족들의 목초 지대를 중심으로 한 평원 문화가 활개를 쳤다. 그에 비하면 해양으로 연결되는 강을 끼고 발달한 농경 사회 문화인 평야 문화는 유목 민족들의 막무가내식 힘의 문화보다는 문을 중시하는 인문이 발달하였다. 그러니까 고대에는 평원 문화가 평야 문화보다도 힘이 더 강대했고 문화의 흐름이 평원 쪽에서 평야 쪽으로 흘렀다는 것이다. 문성 공주가 아시아 역사 최초로 문화 흐름의 역류 현상을 가져온 인물이었다는 것이 엿보이는 대목이다.

티베트라는 거친 힘의 대륙 문화에 문성 공주가 부드러운 정신문화인 불교를 가져와 심음으로써 티베트 민족의 정신세계는 한층 더 고양되었다. 종교라는 정신문화는 거칠고 황량한 무력의 문화를 금방 부드럽게 잠재우기는 했으나 또 금방 쇠약한 민족이 되었다. 종교라는 것이 인간의 거칠고 황량한 동물적 심성을 부드럽고 고요한 인간적 심성으로 전환하는데 큰 역할을 한다는 것이다. 사회적 동물인 인간 사회에서 그리고 다종교라는 인간의 본성에서 새로 유입되는 종교는 그 집단의 새로운 정신적 사조가 되고 그 사조를 타고 정신세계의 초점이 맞춰지는 큰 힘이 되는 집단의 정신적 지침이 된다.

티베트는 금방 불교의 세계에 빠져들었다. 중국의 대승 불교만이 아니라 인도 쪽에서 남방의 소승 불교도 받아들였다. 티베트는 완전 불교국이 되었고 문성 공주 이후로 거의 1500년 동안 불교라는 이데올로기에 갇힌 잠자는 나라가 되어버렸다. 티베트 사람들에게서 불교는 일상화되었고 풍습이 되었다.

그들은 마니차라는 것을 들고 돌리면서 다닌다. 마니차는 불경이

들어있는 경통이다. 티베트 사람들은 마니차를 한 번 돌리면 불경을 한 번 염불한 것과 같은 효력이 있다고 믿는다. 우리나라 사람들이 사월 초파일 절에서 하는 연등회에 참석하는 것이나 같은 풍속이다. 단지 우리나라는 일 년에 한 번인데 반하여 그들은 일상적으로 마니차를 수시로 돌린다. 연등이나 마니차나 다 민도가 낮은 문맹인 시절에 어떻게 하면 불교의 경전이나 정신을 일반인들에게 주입시킬까 하는 방안에서 나온 수단이었다.

또한 티베트의 곳곳에는 타르초라는 것이 있다. 타르초는 우리나라의 서낭당과 같은 풍속에 불교의 정신이 가미된 것이다. 108개의 깃대에 꽂힌 깃발이 바람에 펄럭이는 광경이 타르초이다. 108이라는 숫자는 불교에서는 백팔번뇌를 의미한다. 사람 신체의 마디마디에는 번뇌가 들어있고 그 마디가 인체에는 백 여덟 개가 된다고 한다. 타르초는 우리 인체의 마디에 끼어 있는 번뇌를 바람에 나부끼는 깃발로 멀리 날려 보내는 부처님의 손짓인 것이다.

마니차나 타르초는 북방 불교의 영향인데 반하여 오체투지나 삼보일배는 남방 불교의 영향이다. 온몸과 이마를 땅에 대며 하는 오체투지야말로 남방 소승 불교의 대표적 사례다.

티베트인들은 평생에 한 번은 순례를 떠나는 꿈을 품고 산다. 순례는 티베트인들의 삶과 연결되는 풍습이라 자신들의 정체성을 지켜주는 요소로 본다. 유대인들이 수천 년 디아스포라 기간 떠돌이 생활을 하던 유대인들을 묶어 두던 유대교와 같은 역할을 하는 불문

율의 장전으로 티베트인들의 삶의 지침서며 지향점이다.

티베트인들은 주로 남방 불교의 영향으로 오체투지나 삼보일배를 통하여 고행과 순례를 함으로써 불교의 가르침을 몸소 실천하는 신자로서의 마땅한 도리로 인식한다. 순례의 목적지는 라싸나 남쵸, 매리설산, 카일라스 설산 등이다. 가장 서쪽에 있는 카일라스 설산은 세상에서 가장 아름다운 순례길로 인식되고 있으며 그 거리는 2,500㎞에 달한다. 하루에 10㎞씩 250일에 걸쳐 가는 동안 사계절이 바뀌는 수행이다.

티베트의 불교를 라마교라 한다. 원래 라마승에서 따라온 이름의 라마교다. 티베트는 원래 관음보살의 교화의 땅으로 달라이 라마가 정해져 있고 달라이 라마는 관음보살의 화신이다. 달라이는 바다라는 뜻이고 라마는 큰 스승을 일컫는다. 그러니까 큰 바다 같은 깨달음을 얻은 자로 종교의 수장이며 티베트 민족의 지도자가 되는 것이다. 지금까지 티베트의 수도인 라싸의 파탈라 궁에 기거했으나 이제는 그곳에 머물 수 없게 되었다. 파탈라궁은 수많은 신자를 수용할 수 있는 거대한 사원이다. 그리고 수많은 순례객의 집합지이기도 했다.

티베트는 중국의 점령지로 자주 독립국이 아니다. 그러므로 달라이 라마는 파탈라궁을 떠날 수밖에 없었다. 인도 북부의 작은 도시 다람살라에 티베트는 망명 정부를 구성하고 달라이 라마는 그곳에 머물며 티베트 민족의 마음을 달래주는 등불이 되고 있다. 티베트인들에게 이제는 순례의 목적지가 라사의 파탈라궁이 아니라 인도의 다람살라이다.

한때는 거대한 중국을 호령했던 티베트가 왜 이렇게 되었을까? 중국을 호령하면 세계를 호령한 셈이 된다. 칭기즈칸의 몽골이 그랬고 여진족의 금나라가 그랬다. 여진족은 함경도에서 출발했고 여진족을 다스리던 종족은 바로 한 많은 마의태자의 후손들이라 했다.

몽골은 한때 중국을 점령하여 원나라를 세웠고 여진족의 금나라는 명나라를 멸망시키고 청나라를 세웠다. 명나라는 임진왜란 때 소극적이나마 우리를 지켜주었으나 청나라는 제 발등의 불도 못 끄고 지리멸렬하는 바람에 그들도 망했고 우리도 일본의 식민지가 되었다. 티베트는 중국을 점령한 것이 아니라 점령을 당했다. 왕년의 문성공주가 거대한 힘의 왕국 티베트를 약화시키기 위해서 불교를 가져갔다는 말이 전해지기도 한다.

중국에는 어떤 종교도 번성하지 못한다. 이유는 중국인 자신들은 세상의 어떤 종교보다도 고도의 정신문화를 가지고 있기 때문에 외부에서 유입된 종교나 정신문화를 깔보거나 얕보는 경향이 있다. 그러므로 외부의 정신적 메커니즘이 침투하지 못한다. 결국 티베트는 종교에 너무 심취하는 바람에 영영 나라를 빼앗기고 말았다.

종교는 고도의 정신문화다. 정신문화에 너무 심취하면 물질문명을 소홀히 하게 되고 그것은 곧 국력을 약화시킨다. 국력이 약해지면 필연적으로 외적의 침입을 받게 된다.

나라를 잃은 티베트인들에게는 한이 서려 있다. 그렇게 화려했던 파탈라궁이나 불교문화가 의미가 없게 되었다. 그들의 지도자 달라이 라마가 없기 때문이다.

티베트인들은 그들의 정체성을 확립하고 민족의 정기를 되살리며 자신들을 되돌아보기 위해서 그들의 정신적, 종교적 지도자 달라이 라마를 매년 찾아간다. 그곳이 다람살라이다. 다람살라를 걸어서 찾아가는 것, 그것이 티베트인들의 순례길이다. 티베트인들의 순례는 필연적이다. 대부분의 사람은 달라이 라마를 관음보살의 화신으로 믿지만 갈수록 그렇게 생각하지 않는 사람이 늘고 있다. 종교적 의미를 빙자해서 민족의 한을 풀고 있는 것이다. 그리고 차세대의 달라이 라마를 키우고 있다.

또한 다람살라에는 티베트 어린이들을 위한 학교가 있다. 고향에는 중국에 충성하고 중국 국민화하는 교육을 하기 때문에 뜻있는 티베트 부모들은 그들의 자녀를 먼 이국땅 다람살라로 보내는 생이별을 하고 있다. 당장의 행복보다 먼 훗날을 기약하며 살을 도려내는 아픔을 견디는 사람들이 점점 많아지는 경향이 현재의 티베트 사회의 현실이며 그들은 슬픈 역사를 감내하고 있다.

티베트 시골 마을의 어느 어머니가 어린 아들과 이별을 하고 있다. 초등 6년쯤 된 아들이니까 웬만한 제 치다꺼리는 해결할 것으로 보고 인척 어른에게 딸려 보낸다. 어머니는 담담하고 아이는 의젓하고 말이 없다. 달라이 라마가 있는 다람살라로 보내는 것이다. 한적한 시골 마을에서 어린 자식을 멀리 떠나보내는 어머니 마음, 그들 모자도 세상의 어느 모자 못지않게 정 많고 눈물이 많다. 자식을 멀리 보내고 살아가야 하는 가족들, 그리움을 이겨내고 견디면서 공부해야 하는 아들의 마음, 그렇게 살아야 하는 운명이 바로 현재 티베트 민족이 처한 운명이다.

나라 잃은 국민이나 민족의 운명은 동서고금을 통하여 똑같다. 한 세대 전의 우리나라의 운명도 현재의 티베트와 같았다. 가족들의 생이별, 징병, 징용, 보국대, 정신대, 학도병, 부역 동원 등 한 번의 이별은 영원으로 통하는 경우가 많았다. 다시 돌아오지 못할 것을 알면서 보내야 하는 부모, 가족들의 마음이 어떠했을까를 상상해 보라. 조국의 독립이나 해방은 아득하고 당시 우리나라 사람들은 모이면 말이 없었고 한숨뿐이었다. 굶주림과 배고픔, 질병과 우환, 이래저래 집집마다 근심 걱정들로 넘쳤다.

티베트의 그 어머니는 유식한 애국자이거나 지식인은 아닐 것이다. 조국이 처한 입장을 본다면 자기 가족이나 자기만의 소소한 행복에 전연 의미를 느끼지 못할 것이다. 먼 미래를 위해 몇 세대를 그렇게 살아야 하는지는 기약이 없다. 그래도 나 하나의 삶이 훗날 조국의 해방과 독립에 도움이 된다면 자기 일생의 불운쯤이야 기꺼이 견디면서 살겠다는 의지가 그 어머니에게서 보였다.

우리나라도 일제 강점기를 살아온 선대들을 생각하면 눈물겹지 않을 수 없다. 뜻있는 사람들이나 독립투사들의 고행과 고투는 눈물 그 자체였다. 굳이 애국지사들만 그러했겠는가? 무지렁이 시골 촌부들도 다 일제의 만행에 시달렸다. 그리고는 또 우리는 북한의 공산주의자들에게 시달리고 있다. 혹자는 북한은 우리 민족이니까 일본과 다르다고 한다. 과연 그럴까? 피도 눈물도 없는 공산주의 사상이야말로 민족이란 이름으로 오히려 일본보다 더 잔인하게 자유를 억압하고 있다. 민족과 공산당이란 이름으로 개인의 자유가 완전히 억제되고 있는 것이 현재 북한의 현실이다.

분단보다는 통일되어서 중국이나 베트남처럼 살면 되지 않느냐고 여기는 사람들이 있지만 천부당만부당한 말이다. 그곳은 일당 독재로 개인의 자유가 허용되지 않는 나라들이다. 그럴 바에야 과거의 유신 시대나 5공 시대로 사는 것이 훨씬 낫다. 세상에 이념이 없어졌다고 하지만 공산주의는 여전히 건재한 것이 사실이다. 우리는 자유 통일되어도 완전한 독립의 자유를 누리기 어려운 약소국임을 명심하면서 살아야 할 것이다.

잉카 후예들의 순례

인류 문명이 문자가 생기면서 한층 더 인간다운 사회가 되었을 것이고 문자를 바탕으로 한 종교가 생기면서 인간의 정신세계는 그야말로 폭발적으로 성숙하였다. 문자라든지 종교 등은 인류 자체의 자각에서 생겨난 것이다. 우루루 떼로 몰려다니는 동물들과 어떻게 하든지 차이가 나는 생명체임을 강조하고 일반 동물들과 다른 삶의 방식을 구사하다 보니 사회적 동물인 인간 사회에 질서가 필요하고 질서를 지키자는 약속의 표시에서 문자가 만들어졌을 것이다. 또한 인간의 동물적 본성을 인간답게 하는 것이 종교이다. 사실 문자보다는 원시 종교가 먼저 있었다. 원시 종교는 종교라기보다는 인간의 본성에 가깝다. 다른 동물들과 확연히 구별되는 정신세계의 표시가 원시 종교이다.

고대 국가에서는 종교는 없어도 신은 있었다. 그 신들의 세계를 인간 사회와 교합시킨 것이 종교이고 그 신들을 인간의 세계로 끌고 오는 매개 역할을 한 사람들이 종교의 창시자들이다. 종교 창시자들을 성인이라 하지만 그것은 과학 문명 이후의 지칭이고 본래는 신의 화신으로 인간 세상을 구원하기 위해서 잠깐 현신하였다가 다시 영원한 신의 세계로 돌아갔다.

그 구세주를 따라가기 위해서 잠을 깊게 잔 시대가 중세시대였다. 중세에서 잠을 깬 인간 사회는 과학 문명을 발전시켰고 과학 발전은 금방 세계를 지구 가족으로 만들어버렸다. 수십만 년 전연 다른 세계에서 따로 살아오다가 갑자기 지구의 한가족이 되는 과정에서 첫 대면의 절차가 잘못 단추가 끼워지는 바람에 오늘날에도 그 상처가 아물지 못하고 목구멍의 가시가 되어 특정 지역에서는 피를 토하는 아픔을 가지고 있다.

서구 문명과 아메리카 인디언 문명의 충돌 과정에서 원만하지 못했던 과거사가 아직도 중남미 국가들의 사회 불안 문제로 대두되고 있다. 여기서 서구 문명의 국가 세력들이 신대륙 아메리카 대륙의 인디언 문명을 점령하는 과정에서 북미와 중남미를 구별해서 살펴볼 필요가 있다. 인디오들의 순례는 중남미 지역에 해당되기 때문에 북미와 다른 역사적 연유가 분명히 있을 것이다.

콜럼버스가 신대륙을 발견한 시대가 1492년이다. 이때는 15세기 말기로서 15세기야말로 서양 역사에서는 천지가 개벽하는 듯 엄청난 개혁과 변화가 일어났다. 최소 500년간 잠들었던 중세에서 깨어나 이탈리아를 중심으로 한 르네상스가 일어난다.

르네상스란 휴머니즘 사상으로 신의 세상에서 인간 중심의 사상으로 탈바꿈하는 것으로 과거 그리스 시대를 그리면서 일어났다. 중세란 사후의 천국을 향한 신에게 기도하는 시대로 영원한 저승을 위하여 짧은 이승을 희생하는 것이다. 그 바람에 유럽 거의 전역이 아랍의 이슬람교 세력의 침략을 받고 근 500년 가까이 지배를 당했다. 유럽에서 중세 시대의 대가는 참혹했다. 르네상스의 세상이 되니까 종교 개혁이 일어나고 인간 중심 사상이 되니까 과거 그리스 시대처럼 과학이 발달하기 시작한다. 과학 발전은 바로 지리상의 발견으로 이어진다. 그중 하나가 콜럼버스의 신대륙 발견이었다.

콜럼버스는 이탈리아의 항해사로 그들의 권역은 지중해나 아프리카 해안 정도였다. 콜럼버스는 당시에 과학자를 찾아가 지구가 둥글다는 것을 확인하고는 대서양을 건너는 모험을 강행하였다고 한다. 강력했던 로마의 후예들은 이탈리아에서 르네상스는 일어났지만 콜럼버스의 강한 항해 모험의 욕구를 채워줄 여력이 없었다. 그러므로 콜럼버스는 스페인의 과거인 에스파니아를 찾아간다. 에스파니아는 이사벨 여왕의 시대로 당시 유럽의 제해권을 장악하고 있었다. 에스파니아의 적극 지원으로 신대륙 발견을 성공한 콜럼버스는 그 후로도 두 번이나 더 신대륙에 갔으나 끝내 신대륙인 줄 모르고 인도인 줄만 알았다고 한다.

콜럼버스와 거의 같은 시대에, 역시 같은 나라 이탈리아의 항해사 아메리고 베스푸치가 콜럼버스가 세 번이나 가본 인도가 동양의 인도가 아니라 신대륙임을 확인하고 제 이름을 붙여 아메리카로 했다는 일화는 널리 알려진 이야기다. 베스푸치도 역시 에스파니아의 무역 회사에 근무하면서 근무차 신대륙에 갔었는데 콜럼버스가 인도인 줄만 알았던 그곳이 지금의 중남미에 있는 열도인 서인도 제도라고 한다.

콜럼버스가 15세기 끝 무렵에 신대륙을 발견했는데 채 30년도 되기 전 1519년에 에스파니아의 신대륙 침략이 시작된다. 그것도 너무나 잔인하고 무자비한 침략이었다. 아마 신대륙임을 알고 땅을 차지하기 위함이었을 것이다. 감히 다른 나라들은 범선으로 대서양을 건널 엄두를 내지 못하는 시기를 이용하기 위해서 서둘렀을 것이다.

16세기야말로 스페인, 포르투갈의 시대였다. 마젤란이 1522년에 세계 일주를 하였으니까 진짜 지구가 둥글다는 것을 실증도 하기 전에 침략부터 했다는 말이 된다. 마젤란도 포르투갈 태생이지만 스페인의 재력으로 세계 일주를 완성했다. 마젤란이 남미 대륙의 끝인 파타고니아를 지나 최초로 태평양을 가로질러 필리핀에 도착했다. 필리핀에서 원주민의 독화살에 맞아 마젤란은 죽고 그의 부하들이 마젤란의 옷을 가지고 본국에 감으로써 그를 최초의 세계 일주자로 역사는 기록하고 있다.

포르투갈은 아라비아 상선을 물리치고 인도양을 장악하고 있었고 우리나라 임진왜란과 연관되는 일본에다 조총 기술을 전해주기도 했다. 인도양은 중국 명나라의 해양 전성시대를 구가한 정화 장군의 시대가 가고 아라비아 상선의 시대였으나 포르투갈이 물리치고 인도의 후추를 유럽에 팔아 막강한 국부를 창출한 포르투갈의 제해권 시대였다. 또한 포르투갈은 훗날 브라질이란 거대한 신대륙의 식민지를 갖게 된다.

한편 북미 대륙의 침략은 미국의 개척사이다. 영국에서 종교 박해를 받은 청교도들이 메이플라워호라는 범선 세 척으로 미국의 동부 해안에 도착한 것이 미국 개척사의 첫 시작이다. 청교도들은 노아의 방주처럼 온갖 가축, 씨앗을 싣고 다시는 돌아오지 못할 길을 신대륙이란 이름만 믿고 그야말로 정처 없이 떠나갔다. 그렇지만 훗날 본국인 영국의 식민지가 되었다가 1776년 7월 4일이 미국의 독립기념일이 된다.

청교도들이 대서양을 건널 무렵이 우리나라에서는 병자호란의 시기였고 이때는 대서양의 제해권이 스페인에서 영국으로 바뀌는 시대이기도 했다. 스페인이 포르투갈과 연합하여 제해권을 가졌다면 영국은 네덜란드와 손잡고 제해권을 뺏음으로써 이후 해가 지지 않는 대영 제국의 식민지를 확보하는 계기가 된다. 그리고 미국의 개척도 네덜란드와 같이한다.

현재 미국 금융가의 상징 월가는 인디언들의 습격을 막기 위한 통나무 벽을 친 것에서 유래된 것이라고 한다. 그 방벽 안에서는 상업 활동의 귀재들인 네덜란드인들이 주가 되어 오늘날의 경매 활동 같은 거래 활동이 맹렬히 일어났다.

17세기가 되면서부터 해양의 제해권이 스페인에서 영국으로 바뀐다. 15, 16세기 지리상 발견의 시대에서 비롯된 근세사를 휩쓴 해양 시대의 표상이 된 스페인 시대는 해가 저물고 이후 300년간 19세기 말까지 대영 제국의 시대가 된다.

영국의 식민지에 대한 식탐은 상상을 초월할 정도다. 북미 대륙과 오세아니아, 인도, 남아연방까지 그야말로 세상천지는 영국의 신천지 시대였다. 지리상의 발견 이후 신대륙의 지배권을 영국과 스페인이 양분한 것이나 다름없었다. 특히 신대륙은 경쟁적으로 먼저 가 깃발을 꽂는 시대였다. 인도는 신대륙이 아니지만 영국의 식민지가 되었다.

영국의 인도 식민지 지배에서 보듯 스페인은 오직 신대륙에서만 식민지를 확보한다. 아무리 신대륙이라 해도 지구상의 어디를 가도 사람은 살고, 임자 없는 땅은 없는 법이다. 그러므로 새 땅을 밟으면 반드시 수십만 년 살아왔던 원주민들의 저항은 필수적이었다.

원주민들에게 접근하는 방식에서 영국과 스페인은 확연히 달랐다. 영국은 신천지에 발을 디디면 원주민들의 습격을 막기 위해 방벽을 쳤다. 그리고는 그들과 끊임없이 통상을 요구했다. 첫 대면의 방식이 어디까지나 통상과 교섭의 대화 방식이었던 것이다. 강대한 무력의 힘을 감추고 무역을 빌미로 서서히 인간적 침투 방식으로 침략했다.

이에 비해 스페인은 어디까지나 무력 침공이었다. 그리고 야비하기까지 했다. 닥치는 대로 죽이고 약탈하고 강간하고 점령하고 빼앗았다. 농장을 빼앗고 원주민들을 노예로 삼았다. 인디언 전사들과 화해를 신청하며 무장 해제시킨 뒤 추장부터 마구 쏘아 죽였다. 지금까지 평화롭게 살던 원주민들은 그 땅의 주인이었다가 노예와 학대로 생지옥이 되어버렸다. 추장을 비롯한 전사들을 야비하게 살해하는 것을 목격한 원주민들이 도망쳐 군대를 조직하여 점령군들과 4년 동안이나 싸우고 버텼으나 결국은 실패하고 농노가 되고 말았다. 스페인의 1519년에 시작된 중남미 신대륙의 침공이 1533년 잉카 제국의 마지막 왕 아타우 일파가 처형됨으로써 완성되었다. 불과 14년 만에 침략의 대장정이 끝난 것이다.

코이요리티 축제

중남미 전역에는 수만 년 전부터 몽골계 민족의 특징인 엉덩이 꼬리뼈 위의 몽고반점이 있는 인디오들이 살았다. 남북 아메리카 인디오들은 수만 년 전에 알래스카의 베링해를 건너 아시아 대륙에서 간 몽고인들일 것이라고 학자들은 추론하고 있다.

멕시코 고원의 아즈텍 문명과 과테말라를 중심으로 하는 마야 문명, 페루의 잉카 제국이 있었다. 이 세 문명을 이룬 민족들의 공통적 신앙은 태양신이었다. 거석 문화의 유적으로 본다면 아즈텍의 신전인 피라미드와 잉카의 마추픽추는 전 세계의 거석 문화와 맥을 같이 하고 있다. 거석 문화의 대부분은 현시대 사람들의 관점에서는 불가사의로 되어 있다.

태양신을 믿는 이들 민족들의 세계관은 태양이 꺼지면 세상의 종말이 온다는 것이었고, 태양신에 대한 종교적 의식과 주술이 매우 거창했다. 잉카 제국에는 없었지만 아즈텍과 마야 문명에서는 태양신에게 인신 공양하는 종교 행사를 했던 흔적이 남아 있었다. 살아 있는 사람을 신에게 바쳐야 했기 때문에 공인의 제물을 확보하기 위해서는 전쟁이 일상화되어 있었다. 다른 부족에게서 제물을 잡아와야 하기 때문이었다.

멕시코 아즈텍 멸망의 비화에서는 그들의 신앙과 관련된 일화가 있다. 그들 고유의 민속 신앙에는 한 번 떠난 신은 반드시 돌아온다는 믿음을 가지고 있었다. 스페인 침략군들이 무장하고 말을 타고 나타났을 때 인디오 황제는 떠났던 신이 돌아왔다고 반겼다. 백인들을 궁궐 안으로 불러들여 신에 대한 예를 갖춰 파란 눈의 그들 앞에 꿇어앉았다. 이때 침략군들의 잔인성은 바로 악마 그 자체였다. 무장 해제하고 그들을 반가이 맞이하는 인디오들을 무참히 살해하고 궁궐 안의 모든 것을 빼앗고 파괴해버렸다. 이 인신공양과 백인들의 살인마적 행태의 역사적 진실이 오늘날 멕시코의 정치와 사회 불안 요소의 뿌리 깊은 정신에 남아 있는 것으로 치부하고 있다.

스페인 침략자들은 총칼과 채찍으로 수천 년 그 땅에 뿌리박고 살아왔던 원주민들의 전통과 정신마저 빼앗아버렸다. 본국의 성직자들을 앞세워 전통 신앙과 종교를 천주교로 개종시키기 위해서 무자비한 방법을 썼다. 개종하지 않는 자는 모두 죽여 버렸다. 원주민들은 살아남기 위해서 모두가 할 수 없이 개종할 수밖에 없었다. 그러나 몸에 밴 그들의 전통과 의식은 쉽게 버려지지 않았다. 왜냐하면 토속 신앙과 태양신은 그들의 정체성이기 때문에 마지못해 천주교를 믿었지만 진정한 그들의 전통 신앙도 동시에 믿고 있었다.

그들이 전통을 이어가는 방법은 문자가 없었기 때문에 주술과 춤, 노래 등의 잔치였다. 기회만 되면 전통과 정체성을 찾기 위해서 주술과 몸짓, 잔치는 계속되었다. 매년 과달루페 성모의 대축제가 열려 전국의 순례자들이 모이면 과달루페 광장의 한쪽에는 주술적이고 광란적인 아즈텍 댄스가 함께 어우러진다. 아즈텍의 토착 여신이 성모로 성화되면서 가톨릭과 토착 여신이 하나로 융합되는 잔치가 되었다. 그러니까 천주교의 축제와 행사 속에 교묘히 토착 신앙을 삽입하여 그들의 정체성을 지켰던 것이다.

그들의 전통적 정서에는 세상이 혼탁할 때 순백의 만년설에 올라가 하늘을 향해 기도하고 주술과 춤으로 더러워진 자신과 타락한 세상을 정화할 수 있다는 믿음이 있었다. 그들의 기도를 하늘에 전해주는 매개체는 콘도르였다. 높은 설산의 이 산 저 산을 마음껏 하늘 높이 나는 독수리야말로 그들의 답답하고 꽉 막힌 마음의 한을 풀어

주는 신의 사자였다. 콘도르에게 보내는 그들의 기도와 소망은 곧장 하늘에 닿아 잉카의 모든 신에게서 언젠가는 소망과 축원의 울림이 그들의 가슴에 퍼지리라는 확신을 갖고 있었다.

코이요리티 축제는 잉카 사람들의 정서가 녹아있는 축제로 잉카 후예들의 아픈 민족사를 성찰하는 내용이 담겨 있다. 십자가와 예수를 앞세우고 그들의 태양신에게 경배하는 축제이다. 잉카 후예들의 정신과 전통의 맥을 이어간다는 의미에서 인류 무형 문화재로 등재되었다.

잉카의 모든 신에게 올리는 눈물의 기도와 경배는 별처럼 빛나는 눈이란 의미를 지닌 코이요리티의 주님 성소 순례에서 잉카 후예들의 심금이 표출된다. 8개 지역의 후예들이 각기 다른 원색의 무늬로 된 전통 의상과 상징 깃발을 들고 설산을 오르는 여정에 임하는 그들의 순례길은 자유분방한 것 같지만 사뭇 엄숙하고 진지하다. 잉카 제국의 수도였던 페루의 쿠스코 인근에서 온 9만여 명의 순례객이 시나카라 골짜기에 있는 성소로 모여든다. 3일간의 대축제에 5박 6일 동안 걸어오는 순례객들도 있으나 요즘은 자동차로 필수 장비와 사람들을 운반하는 것이 보통이라고 한다.

페루 안데스 산록의 해발 5,200m 은의 문이란 뜻을 지닌 콜케푼쿠산에서 벌어지는 축제는 잉카 후예들의 혼과 열정이 송두리째 드러나는 대서사시이다. 잉카의 후예들이 그들만의 에덴에서 펼치는 3일간의 축제는 마치 경쟁이라도 하듯 열정적인 춤사위와 노래로 신에게 다가가는 벅찬 감정을 느끼게 한다.

십자가를 진 잉카의 후예들에게 십자가와 토속 신앙이 함께하는 독특한 축제의 모습은 과거 스페인 식민지였던 슬픈 역사와 관련이 있다. 침략의 역사와 그들의 종교 모두를 품어낸 잉카의 후예들이 신에게 다가가는 여정은 괴로운 시련이 아닌 구원을 믿는 신념의 길인 것이다. 마침내 만년설 위로 십자가를 세우면서 축제는 절정에 이른다. 하나님과 예수 그리고 태양과 잉카의 신 모두에게 기도를 올린다. 고난과 역경을 이기고 걸어온 잉카의 후예들에게 신이 무엇을 보여주고 무엇을 말하고 있는가를 코이요리티 축제를 통해서 그들은 자각하고 되새긴다.

4장

근원을 찾아서

발원지에 대한 소묘

　낙동강이나 한강 등의 큰 강도 물줄기를 따라 거슬러 올라가면 발원지가 있다. 물줄기가 끊어지지 않은 최말단 끝점, 따지고 보면 시작점이다. 발원지라고 하는 큰 강의 시작점은 대부분 물이 용솟음치는 작은 샘물이다. 작고 빈약하다. 그 작은 샘이나 물이 흘러가는 작은 개울을 보면 거세고 도도히 굽이치며 흘러가는 대하의 소용돌이가 연상되지 않는다.

　백두산 천지 같은 거대한 호수의 발원지도 있고 히말라야 설산에서 흘러내리는 빙하수가 발원수가 되어 큰 강의 시원이 되는 경우도 있다. 그런데 우리나라 강의 원류는 유독 작고 초라한 옹달샘인 경우가 많다. 그것은 우리나라의 기후나 지형이 그렇다는 것이고, 그 작은 샘물의 줄기가 모여 큰 강이 되는 산천경개는 오히려 더 아름답다고 할 수 있다.

발원지서 시작되는 개울물의 줄기, 아래로 흘러갈수록 어디서 오는지 수없는 물줄기들이 모여든다. 그러니까 모여드는 물줄기만큼이나 발원지가 많다는 것이고 어떤 경우는 흘러가는 개울이나 강의 바닥에서 샘이 솟아 발원수가 될 때도 있다.

어디 있는지 어디서 오는지 알 수 없는 수많은 샘물과 개울물들, 이름 없고 작고 초라하고 빈약한 발원지들이 모여 여울이 되고 내가 되어 강이 되는 것이다. 강이 되어서야 이름을 얻는다. 이름 하나 얻기 위해서 수많은 곡절과 모퉁이와 회오리를 돌았다. 흐르는 물이 되어 흘러가는 대로 바람 부는 대로 흐르고 모이다 보니까 큰 강이 되었다. 어디서 왔는지 왜 왔는지 묻지를 않는다. 그냥 모여서 흐를 뿐이다. 강물일 뿐이다. 흐르는 강물은 세월이고 그 세월 속에 우리 인생이 있다. 그리고 민족도 있다.

한강이나 낙동강의 발원지를 찾아서 보는 것은 우리 민족의 조상이 단군이라는 것과 같은 피상적 개념으로 의미가 없다. 하나의 강을 이루기 위해서는 수많은 발원지가 있기 마련이고 우리 민족의 조상이 단군이라고 하는 것은 하나의 발원지만을 일컫는 것과 같다.

민족의 발원지는 개인이다. 더 구체적으로 말한다면 각 가정이다. 가정들이 모여서 사회가 되고 세상이 되고 민족이 된다. 민족이 모여서 국가가 되는 것은 아니다. 민족 자체가 바로 국가라 할 수 있다. 여러 민족이 모여서 국가가 된 나라는 미국밖에 없다. 대부분의 나라는 민족이 곧 국가이다. 특히 우리나라는 단일 민족 국가로 지내왔다. 민족이 국가라 하지만 민족과 국가가 완전히 일치할 수는 없다. 나라는 없어도 민족은 있기 마련이다.

근대사에 우리는 나라를 잃고 엄청난 민족의 수난에 봉착했었다. 국가는 민족의 울타리라 할 수 있다. 국가라는 울타리가 쳐지면 그 안에서는 민족이 아니고 국민이 되는 것이다. 우리나라는 우리 국민이나 우리 민족이나 거의 같은 뜻으로 쓰일 수 있다. 최근에는 민족이란 말이 이기적인 단어로 전락하고 있는 추세다. 국민이 시민으로 되어야 하는 시대가 되었다. 국민의 시대가 아니고 시민 사회의 시대가 되었다. 시민 사회의 시대가 거대한 강물이 되어 도도히 흘러간다.

요즘 우리는 발원지 미상의 수많은 개울이 모여 된 커다란 강줄기가 유유히 흘러감을 목격한다. 그리고는 그 강물에 휩쓸려 사정없이 떠내려가고 있다. 그러면서 은근한 만족의 미소를 살짝 내비친다. 왜냐하면 우렁차게 흘러가는 거대한 강줄기의 어느 부분에 빈약하고 초라했던 자신의 발원지에서 샘솟은 한 방울의 물이 섞여 있음에 대한 자부심의 표시이다.

까마득한 발원지 시절, 부딪히고 깨어지고 부서지고 씻기면서 이렇게 대하의 한 방울이 되었다. 망망한 바다를 눈앞에 두고 그래도 흐름을 멈출 수 없는 것이 우리네 인생이다. 발원지에서 샘솟은 물이 강이 되어 바다까지 가는 것이 우리네 인생이라면 바다를 눈앞에 둔 시점은 분명히 황혼이다. 인생의 황혼에서 아스라이 멀어져 간 어린 날들의 그 시절을 기억한다. 도저히 추억이 될 수 없는 까마득한 기억들, 그래도 우리는 우렁차게 살아냈다. 우리 부모 세대들의 일생의 삶을 송두리째 거름으로 만들어 자양분을 빨아들였다.

부모 세대들의 박토에 비하면 우리 세대들은 너무나도 옥토에서 자랐다. 부모 세대가 밑거름이 되었기 때문이다. 부모 세대의 한 생을 생각하면서 눈물겨움을 느끼지 못한다면 인간도 아닐 것이다. 비운의 일생, 일제의 잔악한 착취에서 대동아 전쟁, 6·25까지 죽지 못해 버티면 또 죽어라 죽어라 하는 운명의 일생이었다. 그 선상의 끝 무렵에 우리가 생겨났다. 내가 처음 본 세상은 전쟁이 휩쓸고 간 잿더미였다.

세계에서 가장 빈국이었던 대한민국, 우리는 그래도 새 나라의 어린이들이었다. 오천 년 전의 모습이 그대로 있는 자급자족의 시대였다. 오일장은 있었으나 시장 경제라는 개념은 없었고, 물물교환의 성격이 강했다. 물건을 가져가서 팔고 필수품을 사왔다. 생존의 가장 기본인 의식주만 있는 그런 삶, 그것도 간신히 기아선상이었다. 그런 출발이 대하가 되었고 격류가 되었다.

세계 2차 대전이 끝나고 수많은 신생 독립 국가들이 생겨났다. 식민지 시대의 종언이었다. 그중에서 분단국, 북괴의 침략으로 인한 남북의 전쟁, 잿더미 등이 우리나라 위상이었다. 식민 지배에서 해방된 독립국 중에서도 가장 가난하고 저소득인 국가가 우리나라였다.

그로부터 반세기가 지난 시점에 우리나라는 경제 강국이 되었다. 무역 규모가 세계 10위 안팎을 들락거린다. 간신이나마 선진국 대열에 합류하였다. 선진국이 되었다면 그에 걸맞은 역할을 해야 진정한 선진국이 되는데, 그것이 후진국이나 개발도상국에 원조를 하는 것이었다. 우리도 한때는 개발도상국이라는 말을 신물이 나도록 해왔고 들었다.

원조를 받는 나라에서 원조하는 나라로 위상 변화를 한다는 것, 아무나 아무 나라나 아무 국민이나 하는 것이 아니다. 오직 우리나라뿐이었다. 몇 번을 감동해도 기적 같다. 세계 1위 기업, 올림픽, 월드컵 유치, G20 진입, 올림픽 메달 획득 10위권 안팎, 세계 무역 규모·10위권 안팎 등 생각만 해도 가슴이 벅차다. 어떻든 우리는 해냈다.

세계 200개가 넘는 나라들에서 국민 소득이 가장 꼴찌일 수밖에 없었던 이유는 반세기 동안 일제 식민지였다가 건국되자마자 북괴 공산 괴뢰의 침략으로 나라가 완전히 도탄에 빠졌기 때문이었다. 일본의 식민 지배는 서양의 식민지와 달랐다. 민족말살 정책을 썼기 때문에 우리 국민의 생명은 전연 아랑곳하지 않고 마구 착취만 해갔다. 식량은 일본군의 군량미로, 다른 물자들은 그들의 군수품으로 빼앗겼기 때문에 우리 국민은 굶어 죽으면 그뿐이었다.

미국의 2차 대전 승리로 기적같이 찾아온 해방에서 또 북괴의 남침, 그것 또한 미국의 힘으로 간신히 막아냈다. 이 기회에 미국의 힘으로 통일할까 했는데 북괴 또한 중공군을 끌어들이는 바람에 서로 엄청난 피해만 입고 휴전으로 끝났다.

북한은 어디까지나 공산주의 통일을 하려다 공산주의가 무너지는 바람에 김씨 일가의 왕조 체제 통일을 획책하고 있다. 현대의 시민 사회 시대에 국민의 자유는 눈곱만큼도 염두에 두지 않는 체제가 북한이다.

내가 어릴 때를 생각하면 우리나라의 과거는 그대로 있다. 과거는 과거일 뿐이라고 한다면 우리의 미래는 어쩌면 다시 과거로 돌아갈지 모른다. 오늘날의 이 한국의 세상이 그냥 사는 대로 살다 보니까 이렇게 잘살게 된 것이라고 한다면 큰 오산이며 착각이다. 대단한 고난과 역경을 이겨낸 대가로서 얻어진 결과물이 현대 사회이다.

흔히들 땀과 눈물의 시대라고들 한다. 엄청난 고역의 날들이었다. 아무리 그래도 몇 가닥의 줄기는 있을 것이다. 막막한 잿더미에서 기적을 일궈낸 저변의 발원지가 아무리 각개전투였다 해도 개인의 힘을 용솟음치게 하는 원천의 줄기가 있을 것이다. 그 줄기를 찾아 발전의 원동력을 탐색해보고자 한다.

자유의 나라

자유가 국가 발전의 원동력이라고 확실히 보여주는 나라는 북한이다. 해방되고 국가 부강이나 산업 자원으로 치자면 북한이 훨씬 부자였다. 산업혁명에서 보여주었던 공장 공업이나 지하자원의 90%

가 북한에 다 있었다. 그러니까 해방되고 30년 동안이나 국민소득 수준이 북한이 우위였다. 그런데 1976년에 남한과 역전되었다 하니 쓴웃음이 난다. 왜냐하면 그때까지 우리는 북한보다는 잘사는 것으로 알고 있었고 배웠기 때문이었다.

1970년대 초 우리가 북한에 어느 체제가 더 잘사는 나라가 되는지 서로 선의의 경쟁을 하자고 하니까 그들은 단박에 남한에 면박을 주었다. 선의의 경쟁을 그들은 군비 경쟁으로 받아들였다. 서로 잘살기 위해서 노력하는 경쟁이 없기 때문이었다. 북한에서는 사상 경쟁, 즉 김일성에게 충성하는 경쟁만 있었다. 군비 경쟁은 암암리에 하는 것이지 굳이 떠들면서 할 것 없지 않느냐는 의미였을 것이다.

공산주의라고 하는 체제는 자유가 억제되지 않으면 할 수가 없다. 반면 잘살겠다는 욕망과 개인주의에서 자본주의는 생겨난다. 공산주의는 개인 자본주의가 아니고 국가 자본주의다. 이론적이거나 탁상공론으로 보면 분명히 공산주의가 잘될 것 같지만 막상 해 보면 잘되지 않는다. 공산주의는 초기 단계에는 너무나 잘 된다. 여러 사람이 공동으로 경쟁하지 않고 느긋하게 하니까 너무나 평화롭고 즐겁다. 그러다 보니 생산 능률이 오르지 않는다. 생산 능률을 위해서 감독을 두고 독촉을 하다 보니 어느 사이 노예가 되어 있는 것이다. 노예에겐 자유가 없고 기본 생계를 위해서 할 수 없이 노력 동원이 되는데 날이면 날마다 개인 욕망을 채우지 못하는 그 짓을 반복한다면 견딜 수 없는 고역일 것이다.

우리도 일본의 식민지 시절에 자유가 없었기 때문에 해방되고 자유에 대한 갈망은 하늘 높이 치솟았다. 그러므로 일상생활에서 자유를 노래 부르듯 했다. 걸핏하면 '내 자유다'라는 말을 예사로 했다. 어릴 때부터 예의범절이라고 하는 도덕률에 너무 시달리며 컸고 일본의 속박이 심했기 때문에 자유를 누리고 산다는 것 자체가 해방이었고 독립이었다.

지금의 자유 정도라면 자유가 아니라고 생각했다. 인생의 황혼에서 되돌아보면 진정한 자유는 이 세상에 존재하지 않음을 알게 되었다. 그러나 미국을 위시한 자유주의 국가 정도라면 진정한 자유를 누리고 사는 것이 아닌가 싶기도 하다. 힘들 때는 공산주의와 일제 강점기를 상기하면 금방 자유에 대한 고마움을 알게 된다.

무엇보다도 국가 발전의 원동력이 되는 것은 경제적 자유일 것이다. 인간의 재화에 대한 욕망은 바로 본능이다. 자기 능력껏 열심히 노력해서 잘살아보고자 하는 욕망이야말로 경제 발전의 원동력이고 그것은 곧 국가 발전의 원동력이다.

누구나 공평하게 잘살자고 하는 공산주의는 재산을 분배한다는 의미도 있고 개인의 사유재산을 인정하지 않기 때문에 혼자서 열심히 해서 부자 되겠다는 욕망이 생기지 않게 된다. 공동을 위해서, 당을 위해서, 나라를 위해서, 수령님을 위해서 열심히 하라고 하는데 이게 구호는 그럴듯한데 도대체가 실체가 보이지 않는 것이다. 이론상으로는 개인의 노력들이 모여 커다란 산이 되고 큰 강이 될 것 같은데 실제로는 전연 되지 않는다. 이유는 인간의 개별적 심리에 있다.

서로가 조금씩 하향 평준화시키기 때문이다.

　탈북한 어느 동포의 말로는 북한의 경제 정책은 서로가 못사는 방향의 정책이 될 수밖에 없다고 한다. 개인의 능력이나 노력과 상관없이 똑같은 소득이 주어진다면 인간의 심리는 가능한 한 노력을 덜하기 위해서 수단껏 요령을 피우게 되는 것이다. 서로가 노력을 조금씩 덜 하는 것이 쌓여서 금방 경제는 정체된다. 현재 북한의 경제가 반세기 전의 수준에서 정체된 상태로 더 발전하지 못하는 것은 변화의 노력을 하지 않기 때문이다. 변화를 위한 노력은 바로 개인의 자유주의에서 나온다. 변화를 시도하다 실패해도 개인 책임이다. 자유는 개인에게 칠전팔기의 기회를 준다. 더 나은 세상을 위해서 변화를 시도하고 도전하고 실패하고 개인의 발전을 위해서 각자가 노력하는 것이 쌓여서 나라 전체를 보면 규모도 커지고 대단한 변화가 일어나고 경제는 발전하는 것이다.

　물론 국가도 국민들을 위하여 노력할 수 있는 받침대인 인프라를 깔아 주어야 한다. 경제에서 자유를 말한다면 개인 재산과 사기업이다. 개인 재산에서 개인 자본이 나오고 개인 자본의 경제가 사기업이며 자본주의이다.

　개인 재산을 인정하지 않는 공산주의에서는 모든 기업을 국유화한다. 그리고 계획 경제라 한다. 과거 소련이 공산주의 계획 경제로 반세기 정도는 너무 잘 나가다가 70년 만에 완전히 망하고 말았다. 초기 단계에 너무 잘 나가니까 기세가 등등하더니 어느 시기가 지나니까 일시에 꽉 막혀버렸다. 일체 경제가 돌아가지 않는 것이다. 앞에서 말한 하향 평준화되다 보니까 도대체 발전이 없고 오히려 퇴보하는 것이다. 모든 국민이 거지가 되어가고 있었다. 공산주의 경제로는 도저히 안 된다는 결론이 났다. 그래서 소련은 망하고 말았다. 소련이 지배하던 20여 개의 나라는 모두 독립하고 소련은 다시 러시아로 돌아갔다. 국가 주도의 계획 경제는 지속 가능한 경제가 아니라는 판단이 났다. 결론은 공산주의 이념으로는 국가 경제가 돌아가지 않는다는 것이다.

　북한도 중국도 옛 소련 같은 사태가 났다. 나라가 망할 판이었다. 그러니까 중국은 경제 개방화로 물꼬를 텄고, 북한은 독재로 싱가포르처럼 할 것이라고 억지를 부리고 있다. 중국도 지금 시험대에 오르고 있다. 인권의 자유가 없는 경제 자유만으로 지속 가능한 정치 체제가 될 수 있을지의 시험대인 것이다. 카를 마르크스나 엥겔이 그렇게 확신하고 주장했던 공산주의 이념의 국가 체제는 지구상에서 조종을 울리고 말았다. 그들의 사상은 세상을 분란 시키고 말았다. 그 바람에 우리나라만 애먼 분단국의 비극을 겪고 있다.
　해방되고 많은 지식인이나 뜻있는 사람들이 공산주의를 따라서 북으로 간 것을 상기하면 가소로운 일이다. 허상의 공산주의 이념에 대한 판단착오였다. 황장엽이 유일사상을 만들 때인 70년대 말만 해도 베트남의 공산 통일 등으로 북한에서는 공산주의 기세가 등등했었다. 황장엽이 무너지고 있는 이념을 미처 감지하지 못하고 말뚝을 박아버렸다. 그 바람에 북한에 300만의 아사자가 생기고 말았다. 공산주의 구호의 허상이 얼마나 무서운 결과로 이어지는지 확실히 보여주는 사례였다. 중국도 3천만 명이 죽은 것을 감지한 등소평이 그나마 경제의 개방화로 현재에 이르렀으며 변질된 공산주의를 하고 있다.

자유는 개인의 창의력이 창달된다. 모든 일은 자기 책임하에 추진되기 때문에 개인의 창의력이 마음껏 발휘된다. 자유의 세상은 각 분야에서 변화와 발전을 위해서 대단한 힘으로 굴러간다. 생동감이 넘치고 활기차고 다이내믹해진다. 시민 사회의 일원으로 자기 발전이나 이익을 위해서 열심히 사는 것이다. 물론 초기 단계에는 생계 수단을 위해서 또는 자기 살길 바빠서 헤매는 것이었지만 그러나 어떻든 활기차게 발전하는 것이다.

자유의 세상은 어떻든 타의 간섭이나 구속을 받지 않기 때문에 개인의 능력이 마음껏 발휘된다. 우리나라도 초기 단계에는 대단한 제약과 형식과 명분과 허울이 심했다.

교육 열강의 나라 대한민국

지금도 교육계에 종사하는 사람들은 우리나라 발전의 원동력이 천하 없이 누가 뭐래도 교육이라고 장담하고 있다. 여기서 교육은 주로 학교 교육을 말한다. 학교 교육이 현대 사회라는 큰 강을 이루는 데 가장 큰 진원지이며 발원지라고 주저 없이 주장한다. 그래서 국가 발전의 한 방울의 샘물이 되었다고 대단한 자부심을 가진 사람들이 주변에 흔히들 있다.

각 분야에 종사하는 사람들은 누구나 과거의 건국 초기를 상기하면서 자기가 속했던 분야나 국가의 발전에 큰 역할을 하였다고 자부심과 긍지를 갖고 있다. 이처럼 누구나 다 큰 역할을 하였다는 자부심은 갖고 있지만 감히 자기를 내세우지는 못한다. 그 까닭은 도도한 세상의 흐름에 자기 역할의 미미함을 느끼기 때문일 것이다. 그런데도 함부로 동상을 세우면서 국가 발전의 큰 기둥이며 역사에 길이 남을 인물이라고 하면서 설레발을 치는 바람에 낭패를 본 사람들도 있고, 현재 버젓이 기념관을 세워 생색을 내는 사람들도 있다. 모든 것은 후세 역사에 맡길 일이다.

전 세계의 사람들도 한국 발전의 원동력을 교육에서 찾으려고 한국 교육 정책에 대단한 관심을 갖는다. 그동안 우리는 미국이나 유럽 선진국의 교육 제도나 인재 육성 방법을 배우거나 모방하면서 그들의 앞선 교육 환경을 부러워하기도 하고 우리 처지를 비관하기도 했다.

그런데 연전에 미국의 최초 흑인 대통령 오바마가 우리가 꿈에 그리는 미국의 교육 정책을 두고 한국의 교육 제도를 본받으라고 전세계 사람들에게 표방했다. 그러면서 그는 한국의 발전이 한국 교육의 힘에 있다고 주저 없이 주장했다. 그러면서 그의 고향의 나라 아프리카 케냐에 대해 호통을 쳤다.

"한국을 배워라."

그중에서 한국인들의 교육 열기를 본받으라는 것이다. 과거 한국은 국민소득이 케냐에 비해 비교가 안 될 만큼 가난했다는 것을 말하고 현재의 케냐와 한국을 비교해 보라는 것이었다. 그러면서 미국도 한국의 교육 정책을 도입해야 한다고 하면서 한국 교민의 어느 교사를 미연방 교육 자문 위원으로 추대하기도 했다.

지금까지 한국 교육의 중심에는 미국의 교육 철학자 존 듀이가 있었다. 그의 실용주의 경험 철학이었다. 그 요체는 실생활에 쓰이는 교육을 하는 실험주의, 경험주의, 과정주의였다.

우리나라의 교육 방법은 교육의 방향이나 철학은 미국이나 서양식이지만 실제로는 암기식 교육을 하는 경우가 많았다. 어릴 때부터 공부해서 훗날 취업을 하거나 인재를 선택할 때 뽑히기 위한 공부를 하는 것이었다. 그러기 위해서는 시험을 잘 봐야 하고 그래야 우수한 인재로 인정받아 좋은 직업을 갖게 되고 또한 훌륭한 인물이 된다는 교육이었다. 오바마 대통령의 한국 교육 정책 예찬은 우리로서는 반갑고 고마운 일이나 한편으로는 오해도 있고 또 교육 종사자들에게 진실한 교육을 하라고 경종을 울리는 것 같기도 했다.

사실 한국인의 교육열에는 일본의 식민지 지배에 대한 설움이 있다. 배우지 못한 사람에 대한 차별과 멸시와 천대의 설움이었다. 그래서 어떻게 하든지 자식들만큼은 공부를 악착같이 시켜서 벼슬을 하게 하고 부모 때의 설움을 받지 않게 하겠다는 포부와 결심이 있었다. 이것은 국가 정책으로도 반영되었지만 그보다는 각 마을의 공부에 대한 열기에서 시작한다. 이것은 상급 학교로의 진학으로 나타나는데 진학의 여부가 동네 부모들의 경쟁심으로부터 출발한다. 자식을 상급 학교에 보내지 못하는 사람은 부모의 도리를 다하지 못하는 것으로 여겨 자식들에게 미안함을 갖는 것이 구시대와 다른 것이었다. 자식을 공부시키지 않는 것은 자식을 하층민으로 만드는 첫 단초가 된다는 면에서 부모들의 자식에 대한 교육 열기는 정말로 치열했다. 자식 공부를 시키려는 경쟁심은 인척끼리 가까운 이웃끼리 더 심했다. 교육열은 한국을 후끈 달아오르게 했다.

초등학교에서 중학교 갈 때만 해도 모두 가정 형편상 그런대로 미미한 교육열이었으나 조금 여유가 생기니까 대학 교육의 열기는 그야말로 한국을 불타게 했다. 이번에는 부모 도리의 바로미터가 자식의 대학 교육이었다. 지금도 부모들은 자식들이 잘살고 있는데도 대학 보내지 못한 미안함을 실토하는 경우가 많다. 이것을 다른 나라에서는 인재 육성으로 평가한다. 한국 발전의 토대가 인재 육성에 있었다는 것이다.

어느 콩고 출신 난민 2세가 말했다. 그는 우리나라에서 어릴 때부터 자라서 우리말을 우리식으로 잘했다. 한국은 지하자원이 없기 때문에 인재 양성밖에 할 수 없었고 그것은 자기 모국 콩고에 비추어 보면 매우 다행이라는 것이었다. 콩고는 지하 광물 자원이 풍부하기 때문에 선진 강대국들이 눈독을 들이고 그로 인하여 선진국의 지원을 받는 반군들의 득세로 엄청난 내전에 시달린다는 말이었다. 차라리 한국처럼 지하자원이 없었으면 좋겠다는 말을 하는 것이다. 내전으로 인한 국가의 혼란을 강대국의 간섭으로 보고 있었다. 이처럼 후진국 사람들의 눈에는 한국은 교육으로 인재 양성을 하고 그로 인한 우수한 인재들이 산업을 일으켜 국부를 창출한다고 보고 있다. 맞는 말이다. 우리나라의 발전과 뜨거운 교육 열기의 중심에는 항상 우리가 있었다. 우리가 상급 학교에 진학하고 명분을 위한 대학에 다니고 했던 향학열은 가히 대단하긴 했었다.

향학과 진학과 학위를 위한 치열한 경쟁은 상위층의 임자 없는 빈 의자를 향해서 마구 돌진하는 형국이었다. 형설지공이니 상아탑이니 우골탑, 청운의 꿈 등의 말들이 난무했다. 주경야독과 고학생이라는 말도 흔했다. 누가 시키거나 권하지도 않고 공부할 가정 형편도 되지 않으면서 공부만이 살길이라고 고생을 사서 하는 학생들도 많았다.

아는 것이 힘이라고 하고 그것은 곧 국력이라고 했으며 졸업장의 위력을 실감하는 사회적 분위기에서 교육열은 맨땅에서 꽃이 피는 것이었다. 누구도 국가 발전에 공헌하겠다고 공부하는 사람은 없었을 것이다. 모두 다 자기 입신을 위해 다른 것을 돌아볼 경황이 없었다. 좋은 대학을 가고 공부 많이 한 사람이 좋은 직장을 구하는 것은 국가의 교육 정책보다도 더 확실한 교육 열기의 유인책이었다. 자식들은 부모처럼 가난하게 살지 않겠다고 공부했고, 부모들은 자식들만큼은 부모들처럼 가난하게 살지 않게 하겠다고 자식들 공부 뒷바라지에 일생의 몸과 마음을 다 바쳤다.

90%가 농민인 우리나라에 농촌 사람들의 자식 교육 열기는 정말 치열했다. 땅을 팔고 소를 팔아서 어떻게 하든지 자식들만큼은 시골에서 어려운 농사일 하지 않고 도시에서 양복 입고 하이칼라로 살게 해야 한다고 자식들 뒷바라지에 온 힘과 정성을 다 쏟았다. 그렇다고 도시 사람들이나 여유가 있는 부유층은 가만히 뒷짐 지고 있었을까? 아니었다. 교육열에 소극적이었다가는 미래의 좋은 일자리는 다 빼앗길세라 더 적극적으로 대응했다. 이런 경쟁과 상승 작용이 가히 대한민국을 교육 열기의 나라로 만들었다. 물론 여기에는 공부의 허상과 허세의 거품이 많이 끼기도 했다. 상급 학교에 가서 공부를 더 많이 한 사람이나 하지 않은 사람이나 다들 잘살기는 마찬가지였다. 많은 사람은 진학하지 않고도 잘살고 성공한 사례가 흔한 것이 사실이다. 역사에 남을 재벌들의 입지전도 있었다. 진학의 꿈만 성공의 길이 아님을 보여 주었다.

지금은 대학생의 수와 초등학생의 수가 거의 같다. 그래서 대학을 졸업하고도 좋은 직장을 구한다는 보장이 없는 시대가 되었다. 졸업장을 바탕으로 하여 새로운 창의력과 도전의 시대가 되었다. 항상 시대의 영웅은 교육열에서 나오는 것만은 아니었다.

식민지였던 역사에서 후진국을 탈피하여 세계 유일의 선진국 대열에 합류한 모범 사례로서 한국은 최첨단 산업인 IT 강국의 면모를 유감없이 발휘하고 있으며 그 바람을 타고 드라마와 아이돌 그룹들의 활약상이 전 세계 청소년들의 심장을 흔들고 있다. 이제 세계는 한국의 열풍에 휩쓸리고 있다. 그중에서 빈국일수록 한국인들의 교육열에 지대한 관심을 보인다. 오지의 나라 사람들도 후세들에게 전통의 고수보다는 새로운 세상을 향하도록 길을 열어주고 있다. 자식들의 미래를 열어주는 방법이 학교에 보내는 일이었다.

아프리카나 아시아 등의 빈국에도 자식들 학교 보내기 열풍이 불고 있다. 아이들의 아침 등굣길이 프로그램으로 제작되어 각국의 모습이 적나라하게 방영된다. 우리는 그 모습에 저절로 눈이 멈춘다. 왜냐하면 우리들의 과거가 보였기 때문이었다. 그리고 그들의 열악한 환경이 너무나 안쓰럽게 느껴졌다. 어쩔 것이냐? 태어난 환경이 그렇고 그런 나라 국민인 것을! 우리의 과거 모습이 그대로 투영되고 있었다. 아무리 개인이 발악해도 절대 되지 않는 것이 학교 교육이다. 절대로 국가의 유인책이 필요한 것이다. 국가는 어린아이들의 배움의 강한 욕구를 수용할 수 있어야 한다.

학교 교육은 세상을 보는 눈과 바깥세상으로 향하는 문을 열어주는 관문이다. 구시대적 사고로 보면 아무 쓸모 없는 것이 학교 교육이다. 그 쓸모없는 일에 부모와 가족들이 희생이라면 희생되었다. 학비 걱정에 가정 경제는 파탄이 났다. 가족 하나를 위해서 아무 대가 없는 봉사를 하였다. 그러나 그런 가족들의 정신은 훗날 선진국이 되면서 전 국민이 골고루 혜택을 받는 것이었다. 교육만큼은 나 하나의 욕심만이 아니라는 것이 판명되었다.

우리나라 국민의 가슴에는 우리의 민요 아리랑에서 보여주듯 한이 서려 있다. 그 한은 수천 년의 역사에서 외세의 침략과 지배에서 생겨난 가슴의 응어리들이다. 나라 임금도 어떻게 할 수가 없고 국왕이 외세에 수모를 당할 때 전국 백성들의 가슴에는 피멍이 맺혔다.

최근 일본의 지배는 우리 민족에게는 견딜 수 없는 한이었다. 거기다 북한의 공산주의 이념으로 인한 침략이나 분단은 불난 데 부채질하는 격으로 우리 민족의 가슴을 후벼 파는 아픔과 상처를 주었다. 그 바람에 극일의 기회를 놓쳤다. 결국은 일본과 다시 손잡고 극공해야 할 처지가 되었다. 공산 사상 이념의 해악이 민족의 상처와 한으로 고스란히 남았다.

한을 풀기 위해서는 민족의 웅지를 펼쳐야 한다. 웅지를 펼치기 위해서는 세상을 알아야 하고 세상을 알기 위해서는 공부를 해야 한다. 공부하기 위해서는 학교를 다녀야 하고 학교를 다니기 위한 고역은 이루 말할 수가 없었다. 모든 것은 도전이었다. 무에서 유를 창조하는 과정이었다. 분명히 이웃 동네만 해도 다 있는 것인데 우리 동네만 없었다. 상급 학교를 다녀서 취직해서 사는 월급쟁이가 없었다. 공부한 사람이 없었다는 말이다. 그래서 누구를 본받을 사람이 없었다는 것이다. 가서 물어볼 사람도 없었다.

링컨이 수 킬로미터 밖의 마을에 가서 책을 빌려 와서 읽었다는 것을 학교에서 배웠다. 가난하게 사는 링컨은 오두막집에 비가 새서 그 책을 적셨다고 한다. 이때 우리는 링컨이 어릴 때 가난했으나 훗날 대통령이 되었다는 사실에 감동했다. 그리고 그렇게 하라고 교과서에 일본 강점기 시절부터 있었다. 그런데 지금 와서 보면 우리가 배워야 할 대목이 링컨이 책을 빌리러 간 그 사실이다. 책을 읽고 배우고자 하는 욕망도 중요하지만 책을 빌리겠다는 결심과 빌리러 간 용기가 정말로 대단하고 또 우리가 본받고 배워야 했던 것이다. 창의력이 대단했던 링컨과 앞을 보지 않고 뒤만 보며 공부했던 것의 차이였던 것 같다. 학교에서의 공부는 하나의 지식보다는 창의력과 융통성, 좋은 심성을 길러주는 교육을 하는 터전으로 자리매김해야 할 것으로 본다.

경제 개발 계획

우리들의 10대 시절 부모들은 자식들의 상급 학교 진학이나 공부 시키는 데 대해서 매우 신중을 기했다. 잘못하다가는 어정잡이 만든다는 것 때문이었다. 어려운 형편에 억지 공부를 시켰다가는 집안 일도 못하고 떳떳한 취직도 못 하고 어정쩡한 놈팡이 만든다는 것을 염려했다. 주변에서 그런 이웃들이 비일비재했기 때문이었을 것이다. 놈팡이는 논다는 의미에서 나온 말이지만 사실은 룸펜의 와전으로 취직도 못 하고 집에서 논다는 뜻이다.

상급 학교에 다닐 때는 현실의 몸과 이상의 마음 청춘이 분리되어 있었다. 생활 환경은 기초 생계에 허덕이고 있었으나 교실에서는 선진국의 여러 생활상을 배우고 있었다. 미래에 미국을 위시한 선진국처럼 사는 것의 부푼 꿈에 사로잡혀 있었다. 선진국 세상이 되지 않더라도 자신만은 선진국 국민처럼 살 것이라는 희망과 꿈이 있었는데, 알고 보면 망상이나 다름없었다. 그런 식으로 마음이 들뜨지 않으면 학교에 다닐 수가 없었고 이런 모습은 집안일을 돕는 사람들 쪽에서 보면 제정신이 아닌 것으로 보일 수도 있었다.

휴전이 끝나고 10년 가까이 되니까 나라의 틀이 잡히고 학교 교육의 체계도 잡히기 시작했다. 초등학교 의무 교육에서 중학교 입시, 고등학교 입시, 대학 입시를 거쳐 피라미드식으로 해서 소수의 대학 졸업자들이 쏟아져 나왔다. 지금과 비교하면 극소수의 대학 졸업자들이지만 그들의 일자리가 없었다. 그 시절의 대학교 출신이면 고급 인력에 속했다. 그 무렵에 벌써 잉여 인간이란 말이 지식인들에게는 퍼지기 시작했다. 그것은 인력의 적체를 의미했다.

1960년 4·19혁명은 대학생들이 중심이 되어 정권을 바꾸어 세상을 바꾸자는 혁명이었다. 새로 들어선 정부에서는 인력의 적체를 해소하고 잉여 인간을 줄여야 할 소임을 갖고 있었다. 내각제 제2공화국에서는 신파 구파 하면서 파벌 싸움을 하느라 정국이 안정되지를 않았다. 시국 안정을 위해서 다음 해에 5·16군사 쿠데타가 일어났다. 군사 정부는 2년의 혁명 정부를 운영하다가 민간 정부에게 정권을 이양한다고 했다. 그 방법이 혁명의 주체 세력인 박정희 대장이 제대해 민간인 신분으로 대통령에 출마하는 것이었다. 그것이 1963년 경제개발 5개년 계획과 맞물린다.

경제 개발 5개년 계획은 박정희 대통령 후보자가 선거 공약 사항으로 대통령에 당선되기 위해서 내세운 경제 발전의 청사진이었다. 박정희 대통령이 당선됨으로써 제3 공화국이 생기고 경제 개발 계획이 시작되었다. 경제 개발 계획은 적체된 대학 졸업자의 인력 해소에서 출발하여 전 국민의 일자리 만들기의 계획으로 발전한다. 이 계획이 우리 민족의 5천 년 역사를 바꿔 놓는 쾌거의 업적이 된다.

내가 고등학교 다닐 때 사회과 교사들의 입에서 앞으로 이공계 계통의 직업에서 무수한 일자리가 생길 것이니까 대학 계열 선택하는데 참고하라는 말들이 나왔다. 그때는 1차 경제 개발 5개년 기간이니까 그렇게 실감이 나지 않았다. 아직은 미시적 움직임의 기간이었다. 그보다는 우리는 가정 형편 때문에 대학 계열 선택이 귀에 들어오지 않았다. 어떤 대학도 갈 형편이 되지 않는 입장에서 무수한 일자리는 닭 쫓던 개가 지붕 쳐다보는 격이었다. 그리고 무수한 일자리가 있는 세상이 잘 상상 되지 않았다.

경제 개발 계획은 200여 년 전의 영국의 산업혁명과 유사한 계획이었다. 18세기 후반 미국이 독립 선언을 할 무렵에 영국에서는 방직 공업을 가내 수공업에서 증기 기관을 이용한 자동 기계 공업의 공장 공업화를 하고 있었다. 1차 산업에서 2차 산업으로의 전환이 산업혁명이다. 우리나라의 경제 개발 계획도 1차 산업 시대에서 2차 산업 시대로의 전환이 주목표였다. 또한 수많은 정규 학교 교육을 받은 인력들의 적재적소 배치와 적체 인력의 해소, 잉여 인간의 감소 및 많은 일자리를 통한 국가 경제 활력 증강과 국민 소득의 향상을 목표로 하는 계획이었다.

근대화란 말을 많이 썼다. 산업적인 면에서 보면 서양보다 200년

늦은 산업혁명인 셈이었다. 100년 전에 세워야 할 국가 발전 계획을 이제야 한다는 면에서 근대화란 말을 썼을 것이다. 그만큼 우리나라의 현실이 전통적 농업 사회를 벗어나지 못했음을 의미하는 것이다. 우리나라의 근대화는 일본의 식민 지배를 통해서 했기 때문에 경제 개발 5개년 계획은 실제로는 우리나라의 현대화 작업이었다.

서양의 국가들은 500년 전에는 지리상의 발견을 통해서 신대륙을 발견하고 그 땅을 점령하여 식민지를 만들다가 산업혁명 이후는 동양과 아프리카 나라들을 식민지로 만들었다. 그것은 공업 원자재의 확보와 공업 제품의 소비를 위한 식민지 확장의 경쟁 시대가 된다.

경제개발 5개년 계획이야말로 직접 우리 스스로 계획하는, 우리 국민과 국가 부강을 위한 경제 발전 계획이라는 점에서 식민지를 벗어난 허약한 신생 국가의 국민들로서는 신선한 충격으로 받아들였다. 잘살아보자는 국민들의 여망과 학교 교육을 통한 인력 양성과 활용 방안의 모색이 잘 맞아떨어지는, 국가 백년대계의 확실한 출발점이 된다는 점에서 의의가 크다고 할 수 있다.

경제의 첫 출발점은 산업 생산이다. 생산을 위해서는 공장을 짓고 노동을 가해야 한다. 공장을 짓고 물건을 생산하기 위해서는 자본이 필요하다. 그때 넘쳐나는 것은 인력뿐이었다.

자본을 마련하기 위해서는 외국 부자 나라에서 돈을 빌려야 한다. 그것을 차관 도입이라고 한다. 차관을 도입해야 하는데 가난한 약소국에는 어떤 나라도 돈을 빌려주려 하지 않는다. 이유는 불확실한 부채 상환 능력 때문이다. 은행에서 담보 없이는 돈을 빌려주지 않는 것과 같은 이치이다. 그래서 생각해 낸 것이 대일 식민 지배 손해 배상금 청구권 문제였다.

일본은 우리나라 식민 지배에 대한 손해 배상을 해야 할 의무가 있는 나라이다. 일본은 세계대전에 패전은 했지만 미국이 전후 복구를 지원했고, 우리나라 6·25를 통해서 전쟁 물자를 공급하게 되어 금방 패전국답지 않게 경제 대국의 선진국이 되었다.

대일 청구권 회담을 김종필 장관과 오히라 일본 외상이 만나 시작했다. 회담이 성사된다면 그것은 곧 일본과의 국교 정상화가 되는 것을 의미하는 것이었다. 전국에서 다시 학생 데모가 일어났다. 일본과의 관계 정상화는 아직 이르다는 것이다. 일본이 진실한 사과와 손해배상을 해야 하고 그러기 위해서는 남북문제도 있고 진상 조사를 해봐야 한다는 것이었다.

제3 공화국 정부, 세칭 군사 정부에서는 조속한 관계 정상화가 국가 미래 발전에 더 도움이 된다는 것을 강조했다. 우리나라가 빨리 발전하는 것이 배일과 극일이 된다는 것이었다. 과거 청산을 빨리해야 발전된 미래로 나아갈 수 있음을 국민들에게 호소했다. 대일 청구 자금으로 경제 개발 계획의 자본으로 활용하기 위해서였다.

그런데 일본에서는 그 자금을 현금으로 주지 않고 공장 설비 시설이나 공장의 헌 기계를 주었다. 물론 새 기계를 주면 좋았겠지만 지나고 보니까 현금으로 준 것보다는 나은 것 같았다. 견물생심이라고 굶주린 당시의 위정자들이 현금을 어떻게 처리했을지는 알다가도 모를 일이기 때문이다.

대부분의 후진국 위정자들이 이런 단계에서 제대로 정상 처리를 하지 않기 때문에 개발도상국에서 선진국의 문턱을 넘지 못하고 있는 실정이다. 쿠데타와 부정부패, 독재자로 이어지는 악순환의 연결 고리를 끊지 못하는 데서 선진국의 문턱은 높을 수밖에 없었다.

우리나라도 콩고물 팥고물 파동이 있었으나 경제 개발 계획의 성과가 여실히 나타나는 바람에 콩고물 정도는 그들의 애국심의 대가로 보상하는 셈 치고 국민들이 이해해 준 셈이다. 1차 경제개발 5개년 기간인 68년까지는 일본과의 국교 정상화와 구로 공단 정도의 성과만 있었고 눈에 띄는 성과는 별로 없었다. 군사 혁명 시절에 못다 한 혁명 공약 실천의 기간으로 보면 더 타당할 것 같았다. 토목 건설 현장의 재건대라든지 국시로 삼았던 반공과 파월 장병, 기아선상의 식량 문제 해결 등의 문제로 세상이 뒤숭숭했지만 변화의 징조가 나타나기 시작했다. 사람들의 발걸음이 조금씩 더 빨라지고 전반적으로 경제 활동에 활력이 붙기 시작했다.

2차 경제개발 5개년 계획의 성과는 경제 발전의 징후가 본격적으로 나타나기 시작했다. 경부 고속도로를 비롯한 각종 분야의 기간산업과 인프라 구축이 상당했다. 도로, 철도, 항만, 항공 등과 각 지역의 공단 건설 및 교통, 통신의 발달이 뚜렷했다. 경제의 활력은 불이 붙기 시작했다. 도시로의 인구 집중과 과밀화, 주택난이라는 새로운 사회적 문제가 생기기도 했다. 일자리의 확충으로 산업 전반에 동력이 붙었고 국민들은 희망이 넘쳤다.

3차 경제개발 5개년 계획의 중점 과제는 중화학 공업이었다. 포항 제철을 비롯한 울산, 남동 임해 공업 공단의 중공업, 화학 공업, 조선, 기계 공업의 발달이 눈이 부시게 활발했다. 건설, 기계 공업의 발전은 국가 경제의 성장 동력에 가속도가 붙게 했고 수출을 비롯한 우리나라의 경제는 한 단계 더 도약의 발판을 마련했다. 5차 경제 개발 계획까지 가기로 되어 있으나 박정희 대통령의 갑작스러운 서거로 연속된 연차 계획은 중단되었으나 한 번 불붙은 경제 발전은 80년대의 호황기를 거쳐 88올림픽을 치르면서 중진국의 문턱을 넘어섰다.

경제개발 계획 기간에는 사실은 베트남의 공산화가 있었고 1·21 사태라든지 울진, 삼척 공비 침투 사건 등의 북한의 강력한 도발도 만만치 않았다. 그 시절 우리나라의 구호는 싸우면서 건설하자였다. 서양을 비롯한 외국인들이 휴전선의 삼엄한 철조망과 부족한 천연 자원을 감안한다면 도저히 경제가 발전할 수 없는 나라라는 판정을 내렸다.

개발 계획은 어느 나라나 다 세운다. 그러나 결과적 성과가 잘 나타나지 않는 것이 전 세계 후진국들의 실정이다. 그러나 우리는 해 냈다. 10개국 중의 하나라면 우등이지만 100개국 중의 하나였으니까 기적이라고 말하는 것이다. 국민 소득 60달러에서 3만 달러의 선진국의 문턱을 넘는 과정이 많은 사람은 기적이라고 예찬하면서 호의호식한 부류도 있지만 대부분의 사람은 일선 밑바닥에서 고역과 고통을 감내하면서 노력한 덕분임을 절대로 잊어서는 아니 될 것이다.

중남미 국가들의 국민성

우리나라가 경제 선진국이 된 근원을 여러 방면에서 찾고 있지만 솔직히 꼭 꼬집어서 이것 때문이라고 할 수 있는 것은 없다. 대체로 우리나라 국민의 민족성에서 찾으려고 애쓰지만 이것도 이것이라고 할 만한 아무것도 없다. 정이니 끈기니 성실함이니 한 많음이니 하지만 어떤 민족에게도 다 있고 어떤 인류에게도 다 있는 공통된 것임을 알아야 한다. 그래서 엄청난 부존자원과 여건을 갖추고도 도저히 선진국 문턱을 넘지 못하는 멕시코, 아르헨티나를 비롯한 중남미 국가들의 민족성과 역사를 알아봄으로써 그들의 비인간적 역사나 사실에서 교훈을 얻고자 한다.

그들은 20세기의 세계 대전에 전연 휘말리지 않으면서 안정적 발전을 하더니 20세기 후반부에 갑자기 정치적 불안정에 휩싸이면서 여태껏 중진국에 머물고 있다. 우리 입장에서 보면 덩치와 부존자원이 아까운 나라들이다. 아마 배부른 나라들이라서 배고픈 줄을 모르고 안일한 삶의 방식을 고수하면서, 그러나 불어오는 바람에는 민감해서 사조의 방향을 잘못 틀고 있는 나라들도 있다.

수백 년 식민 지배에서 생긴 식민지 근성이 국민성이 되어 격정적이고 정열적인 것은 좋으나 차분하고 이성적인 것에 불안감을 느끼고, 가다가 오기가 작동하는 심성이 정치에 반영되어 시국의 안정과 평화를 잘 누리지 못하고 있는 것이 현 실정이다.

인종에 따른 혈통이 신분 계급이 되어 차별받는 사회

중남미 나라의 대부분이 민주주의가 잘되지 않는 원천적 이유가 있다. 신분의 차별 때문이다. 민주주의의 대원칙 중의 하나가 기회의 평등인데 태어나면서부터 불평등한 신분으로 인하여 원천적으로 기회의 평등이 봉쇄당하고 있는 경우가 많았다.

민주주의가 잘되지 않는다는 것은 정치적 불안을 야기하고 정치가 불안하다는 것은 세상이 뒤숭숭하다는 것이며 그것은 곧 안정된 경제 활동에 전념할 수 없다는 것을 말한다.

정치적 지도자와 경제 활동하는 국민들이 합심하여 앞에서 끌고 뒤에서 밀며 목표를 향해 매진할 때 그 나라는 반드시 잘살 수밖에 없는 것이다. 경제 발전의 효과가 모든 국민에게 골고루 파급되어야 하는데 신분의 차별로 불평등한 경제적 혜택을 누리는 국민이 많은 나라는 경제 활동의 활력이 떨어지고 절대로 선진국의 문턱을 넘을 수 없다.

중남미 국가들은 16세기에서 18세기까지 300년 가까이 식민지 시기에 절대적 계급 사회를 이루며 살아왔다. 19세기에 대부분 나라가 유럽의 식민지에서 독립국으로 전환하여 스스로 통치권을 확립하였으나 현재까지 정치적 사회적 불안 요소들이 경제 발전의 발목을 잡고 있는 나라들이 많다.

　중남미 국가들의 독립이 프랑스의 나폴레옹과 연관이 있다는 것이 흥미롭다. 지중해 시대에서 대서양 시대로의 문을 연 스페인의 무적함대가 15세기, 16세기를 주름잡다가 17세기부터는 영국에 제해권을 넘겨준다. 19세기의 문이 열리자마자 스페인이 이번에는 프랑스의 나폴레옹에게 침략을 당해 나라의 통치권까지 넘겨준다. 스페인을 지배한 나폴레옹은 스페인의 식민지까지 다스리겠다고 한다. 그래서 중남미 식민지 나라에 프랑스 관리들을 파견한다. 식민지 국민들의 입장에서는 어이가 없다. 지금까지 본국의 스페인 관리들의 횡포도 마땅치 않았는데 이번에는 프랑스 관리들까지 와서 간섭을 하니 견딜 수가 없다. 그렇다고 본국인 스페인 편을 들 수도 없고.

　이번 기회에 식민지를 벗어나야겠다는 결심을 한다. 그렇지 않아도 20여 년 전에 미국이 독립하였고 불과 10여 년 전에 프랑스 혁명으로 민권 사상에 대한 깊은 감동이 있었다. 미국의 독립으로 남미의 식민지들도 독립에 대한 열망을 갖게 되었다.

　식민지를 벗어나는 독립을 열망하는 계층이 있었다. 크리오요들이었다. 이때가 중남미의 신대륙에 백인들이 들어온 지 300년이나 된 때였다. 우리나라 족보에서는 대충 30년을 1세대로 친다. 그렇다면 벌써 10대가 흘렀다. 그 사이에 노예로 데려온 흑인들도 있었다. 여러 인종이 섞여서 살다 보면 혼혈종이 생길 수밖에 없다. 혼혈족이 10대가 흘러갔으니 혈통으로 신분 구별을 확실히 할 수는 없었을 것이다. 그러나 다음과 같은 구분이 있었다. 본국 스페인에서 식민지를 다스리기 위해서 온 백인 관리자들과 그 가족들.

크리오요: 백인 혈통의 사람들로 본국에서 이민 온 백인들의 후손들
인디오: 본래 이 땅의 원주민인데 백인들의 지배로 노예처럼 사는
　　　　사람들
물라토: 노새라는 뜻의 백인과 흑인 사이에서 태어난 사람
메스타소: 백인과 인디오 사이에서 태어난 혼혈족

그동안 크리오요들은 본국에서 파견된 관리들의 지배를 받기는 했으나 스페인 편이었고 신대륙의 주인으로서 행세했다. 그러다가 프랑스의 식민지가 된다는 것은 견딜 수가 없었다. 그렇다고 본국의 국민도 아니었다. 식민지를 벗어나 독립국의 길만이 살길이었다.

본국에서 이민 온 백인들이나 크리오요까지만 국민으로서의 권리가 있었고 인디오나 흑인, 혼혈족들은 노예나 다름없는 대우를 받았고 하층민으로 살았다. 혈통으로 인한 신분상의 차이에 가장 불만이 많은 혼혈족은 메스타소였다. 크리오요들은 중남미를 미국과 같은 독립 국가가 되어야 한다고 주장한데 비해 메스타소들은 프랑스 혁명의 민권 사상이 내포된 혁명을 통하여 독립국을 세우고 신분 차별이 없는 세상을 원했다.

가장 먼저 독립국이 된 나라는 1804년 아이티였다. 프랑스 혁명

으로 인하여 인권 사상에 눈을 뜬 흑인들이 노예 제도의 부당성과 인권 탄압에 대하여 저항하기 시작하였다. 그들은 노동조합을 결성하여 노동쟁의를 벌이다가 독립 국가를 세우기로 결심하였다.

프랑스가 군대를 파견하여 아이티의 흑인 독립 국가 건설을 적극적으로 막았다. 아이티 흑인들은 처절한 희생을 감수하고 최후의 1인까지 싸워 독립을 쟁취하기로 하였다. 마침내 흑인 노예들의 승리로 중남미에서 최초의 독립 국가를 흑인들이 세웠다. 아이티의 독립은 중남미 국가들의 식민지 해방 전선에 불을 붙인 신호탄이 되었다.

혁명의 시대

세계 역사의 근대사에서 진정한 혁명의 역사는 미국의 독립이었던 것 같다. 영국의 식민지였던 나라들은 영국 사람들의 신사도 정신이 그대로 반영된 해방이나 독립을 했다. 미국이나 영연방국가들, 인도 등의 나라들을 볼 때 신사도의 협정으로 마무리되었다.

영국을 제외한 대부분 나라의 혁명의 역사에서 볼 때 혁명은 마치 전쟁을 방불케 하는 피의 역사였다. 프랑스 혁명이 그렇고 러시아 혁명 등이 대표적 피의 혁명이라 할 수 있다.

러시아 혁명을 필두로 한 공산주의 혁명은 인권의 해방이 아니라 인권을 볼모로 하는 허상의 사회주의 혁명으로 1세기도 못 가 실패하였고, 독재 권력의 온상이 되고 말았다. 프랑스 혁명이 18세기 후반부였고 러시아 혁명이 20세기 초반부라면 그 사이의 19세기는 온통 중남미 국가들의 혁명의 시대였다. 프랑스 나폴레옹의 스페인 침공과 지배가 멀리 대서양을 건너 중남미 식민지 국가에 엄청난 충격을 준다. 그 이유는 프랑스 자체도 나폴레옹이 혁명의 성과를 역주행하는 황제 제도를 도입하여 구봉건 시대의 악습을 되풀이하려고 하는데 대하여 프랑스 국민들의 큰 저항도 있었지만 프랑스 혁명으로 인한 인권의 해방을 꿈꾸고 있었던 식민지 국민들에게는 프랑스 군대의 파견은 더 이상 참을 수 없는 혁명의 도화선이 되었다.

혁명의 불꽃의 시작은 멕시코에서 일어났다. 1810년 9월 16일 이달고 신부의 돌로레스 절규는 19세기를 중남미 식민지 국가들의 독립과 혁명의 시대로 이끄는 도화선이 되었다. 이달고 신부는 메스타소 출신으로서 루소를 비롯한 프랑스 사상가들의 인권 사상에 대하여 심취하고 있었다. 특히 루소의 천부인권설은 그의 혁명 사상의 중심이었다.

돌로레스라는 마을에서 수많은 군중 앞에서의 이달고 신부의 연설은 그동안 식민지 국민들의 압박과 설움 및 신분 차별로 인한 인권의 침해를 고스란히 만천하에 고발하고 있었다. 이달고 신부는 교황청으로부터 파면을 당하고 이어 불순분자로 사형을 당했다. 이달고 신부에 이어 모렐로스 신부는 멕시코의 독립운동을 본격적으로 일으켰으나 실패하고 1815년 총살당했다. 이달고 신부의 독립운동과 모렐로스 신부가 봉기할 때에 함께 싸운 이투르비데가 1820년 멕시코 독립운동의 혁명에 성공한다. 이투르비데는 1822년에 아우구스틴 1세로 황제에 즉위함으로써 멕시코는 독립국이 되었다. 그러므로 현재 멕시코의 독립기념일은 이달고 신부의 돌로레스 절규를 기념하여 9월 16일로 하고 있다.

멕시코에 이어 중남미 라틴 아메리카의 혁명의 아버지는 콜롬비아의 볼리바르이다. 1810년 멕시코 혁명을 필두로 중남미 전역에서는 스페인의 식민 지배를 벗어나려는 독립 혁명의 운동이 활발히 일어난다. 독립운동의 주동자가 볼리바르였다. 볼리바르는 크리오요 출신으로 라틴 아메리카의 독립의 필연성을 강력히 주장하였다. 그는 의용군을 조직하여 스페인과 전쟁을 하면서 투옥과 망명 생활의 쓴 맛도 보았다. 볼리바르가 구상하는 독립 국가는 미국 연방제와 같이 남미 전역을 연방제로 하는 거대한 라틴 아메리카였다.

식민지를 침략하고 다스리는 방법에서 영국과 스페인은 너무나 달랐기 때문에 볼리바르가 구상하는 연방제 라틴 아메리카는 미국처럼 될 수가 없었다. 중남미 전 지역에서 혁명과 독립의 영웅들이 벌 떼처럼 일어나 해방군들을 이끌고 프랑스의 침공으로 약해진 스페인군과 싸웠기 때문에 스페인의 항복을 받은 지역부터 차례차례 독립국이 되었다.

볼리바르가 해방시킨 나라는 베네수엘라, 컬럼비아, 에콰도르 등의 나라로 시기는 1820년경이다. 이 무렵에 남부에서는 산 마르틴이 아르헨티나, 칠레, 페루 등의 나라들을 독립시킨다. 1822년에 브라질은 포르투갈로부터 독립하고 1838년에 니카라과, 온두라스, 코스타리카가 독립한다. 1844년에 도미니카 독립, 쿠바는 1898년에 와서야 독립을 했다. 19세기에 들어와서 영국은 1825년의 스티븐슨이 증기 기관차를 발명함으로써 산업혁명으로 인한 대영제국의 꽃이 활짝 핀다. 반면에 스페인은 대서양 건너 식민지를 잃는 비운의 세기가 된 이래로 현재까지 별로 힘을 쓰지 못하는 나라로 기력을 잃고 있다.

중남미 스페인의 식민지에서 독립한 나라 중에서 가장 정정이 불안한 나라로 멕시코를 예로 들 수가 있다. 미국과 이웃한 영향도 있을 것이고 멕시코 국민들의 식민지 근성의 국민성에서 그 원인을 찾아볼 수도 있을 것이다.

1848년에는 미국과 멕시코가 전쟁을 했다. 미국의 입장에서는 서부 개척사의 일환으로 하나의 역사적 사실이지만 멕시코로서는 거대한 땅인 텍사스와 캘리포니아를 잃고 마는 전쟁이었다. 1910년에는 멕시코에서 혁명이 일어났다. 이것은 독재 정치를 타도하는 세계 최초의 국민들에 의한 사회적 혁명으로 남았다.

1934년부터 1960년까지 멕시코는 안정기에 들어간다. 이 시기에 우리나라는 가장 불행한 역사의 시기다. 일제의 민족말살정책, 만주사변, 대동아 전쟁, 6·25 등으로 인하여 우리나라는 기진맥진하여 최저 밑바닥의 삶을 사는 역사적 시대였다.

중남미 나라 국민들의 국민성은 우리 동양 사람들의 입장에서 보면 너무나 비인간적이고 거칠고 험악하다. 인간 생명에 대한 외경감이나 생명의 고귀함에 대한 인식이 부족하다. 그들의 삭막한 정신세계가 형성된 배경을 그들의 역사에서 찾아볼 수 있을 것이다.

그들의 고대 역사 잉카 제국에서는 나타나지 않았지만 멕시코의 아즈텍이나 과테말라의 마야 문명에서는 분명히 있었다. 태양신에게 바쳤던 인신공양의 종교의식 행사 말이다. 살아 있는 인명을 신에게 공물로 바치기 위해서는 다른 종족이나 부족을 공격해야 했고 그러기 위해서는 이웃 부족과 전쟁을 해야 했다. 전쟁은 그들의 일상생활이었다. 그들은 일생생활에서 인명을 경시하는 풍속을 가지고 있었고 그들의 유전자에도 새겨졌을 것이다.

다음은 근세사에서 유럽 백인들과의 접촉 과정에서 불신 관계의 형성을 들 수 있을 것이다. 스페인의 침략 병사들을 떠나갔던 신이 돌아온 것이라고 너무나 확실히 믿고 왕궁의 문을 열어준 것에 대한 불신이 너무나 컸다. 여기에는 물론 스페인 군사들의 침략 방법의 잘못도 있지만 스페인 당국의 식민지 통치 방법에도 매우 큰 잘못이 있다고 할 수 있다.

식민지 통치 방법에 관해서는 우리는 일본을 이야기하지 않을 수 없다. 일본이 교통 문화에서는 영국을 본받아 왼쪽 길로 차가 다닌다. 법은 독일을 본받아 영미식이 아니고 대륙법의 법체계를 가지고 있다. 식민지 통치 방법은 스페인의 방식을 택했다고 주장하고 싶다. 식민지 국민들에게 거칠고 험하고 비인간적인 무단 정치를 한 스페인의 방식으로 우리 민족을 지배했다. 우리 민족의 수난사를 상기하면 정말 아찔하고 고난스럽다. 일본 민족의 본성을 잊어서는 안 될 것이다.

또 하나는 인종에 따른 신분의 차별성이다. 본래 그 땅의 주인이었던 인디오, 침략자로서 유럽에서 건너간 백인, 백인들이 노예로 끌고 간 아프리카의 흑인들을 조상으로 하는 혈통들이 뒤섞여 생겨난 혼혈족들이 대를 이어 내려가면서 혼혈이 되고 또 섞이며 대단히 복잡한 혈통의 맥을 이루고 있다. 민주주의가 잘 되고 인권을 중시하는 미국도 외부적으로는 피부색이나 민족 또는 인종에 따른 차별이 없는 평등한 사회라 하지만 실생활에서는 알게 모르게 엄연히 차별이 존재한다. 미국도 그러할진대 민도가 낮은 중남미 국가들로서는 더 말할 필요가 없을 것이다.

신분의 차별은 경제적 차별을 가져오고 그것은 곧 빈부의 차이를 만든다. 중남미 국가들의 특징은 선진국의 문턱을 넘지 못하면서 중진국의 수준에서 국민들은 빈부의 차이가 극심하다는 것이다. 오랜 식민지 국민으로 핍박을 받고 살아온 역사 때문인지는 몰라도 조국과 민족, 또는 동포애 같은 것이 전혀 없다. 철두철미한 개인주의이다. 나라를 다스리는 위정자들은 국민의 복리를 위해서 헌신하고 국민들은 이웃과 조국을 위해서 봉사하고 충성하는 그런 기본적 국민윤리 의식이 전연 없다. 국가 발전을 위해서 개인이 희생하는 정신이 필요하다.

국가는 개인의 발전을 위해서 적극적으로 밀어주고 보호해 주어야 한다. 권력을 잡은 여당이나 집단이 전 국민에게 골고루 공권력을 발휘하지 않고 특정 집단을 위해서만 국가의 시책이나 공권력의 혜택을 베푼다면 그것은 정부가 아니라 범죄 집단이다. 그런 범죄 집단의 현상이 중남미 국가에서 연속적으로 일어나고 있다. 그 방법이 쿠데타였다. 군인이라는 신분과 권력을 이용하여 정부의 공권력을 무력으로 빼앗는 것이 쿠데타다. 중남미 국가에서 그런 쿠데타 현상이 되풀이되었다.

근대 국가의 발전 단계에서 엽관제라는 것이 있다. 공권력을 차지한 정치 집단이 전국의 관공서 권력을 독식하는 것을 말한다. 엽관제 국가에서는 공무원들이 신분의 불안으로 마음껏 공무를 발휘할 수가 없다. 공무원들의 공무 집행이 범죄 집단 수준이라면 그런 나라는 국민이 불안해서 살 수가 없게 된다.

국민의 정신이 안정되지 않고서는 국가 발전이나 경제 발전을 기대할 수가 없다. 중남미 국가들의 경제 발전 역량이나 잠재력은 그 나라들의 부존자원을 본다면 엄청나지만 쿠데타의 되풀이로서는 경제가 발전할 수가 없다.

1950년대 우리나라가 기아선상에서 생존을 위해 허덕이고 있을 때 칠레나 아르헨티나, 브라질 같은 나라들은 거의 선진국 수준으로 잘살았다. 아르헨티나의 국민 총생산력이 세계 7위나 될 정도로 대단히 경제가 발전된 나라였다고 한다. 그러나 현시대에는 우리나라가 그 나라들보다 국민 소득이 더 높은 나라가 되었다. 그 원인은 정치의 안정에 있다. 정치의 안정이 경제 발전의 필수 요건임을 우리나라가 전 세계에 보여주고 있다.

체 게바라의 공산화 바람

인문 과학의 단점은 자연 과학처럼 실험할 수가 없다는 것이다. 인문의 현상에 대한 통계치로 과학이라고 하면서 학설을 주장한다. 인문의 교묘한 현상을 통계로 확정한다고 하지만 그것의 대부분은 상상이다. 실험이 불가능한 현상을 논리라는 잣대로 궤적을 맞추어 나간다면 그것은 탁상공론이다. 탁상공론의 대표적 인물이 아리스토텔레스의 삼단논법이다. 삼단논법은 인류 사회에 그렇게 큰 해악을 끼치지는 않았지만 인간의 역사에 큰 해악을 끼친 탁상공론이 있다. 그것이 카를 마르크스의 공산주의 이론이다. 공산주의 이론은 이론적으로 너무나 그럴듯하다. 그러나 70여 년 만에 공산주의는 실패하고 무너졌다.

100년간의 실험이 필요한 이론을 단번에 탁상공론으로 완성하여 바로 인간 사회에 적용하니 그것으로 인문 과학의 대표적 실험장이 되었다. 결국은 실패한 인문 과학이었다. 단순히 실패한 인문 과학의 이론이 아니라 인류 역사에 큰 해악을 끼치고 말았다.

공산주의 이론 실험의 후유증을 아직도 앓고 있는 나라들이 있는데 그 나라들이 중남미 국가들이다. 중남미 국가들의 공산주의 열병의 주동자는 체 게바라였다. 체 게바라의 풍운아적 기질은 그것이 공산주의 열병만 아니었다면 인류 사회의 문화 발전에 큰 공헌을 하였으리라는 견해를 가진 사람들도 있다.

실존주의 철학자 프랑스 사르트르는 체 게바라를 20세기의 가장 완전한 인간으로 격찬하기도 했다. 그 이유는 체 게바라가 프랑스 68운동의 정신적 지도자였으며 밝고 온화한 인간미를 가졌지만 정치적 권력과 다른 사람을 지배하는 데는 별로 큰 관심을 갖지 않았기 때문일 것이다. 체 게바라가 오직 관심을 갖는 것은 혁명이었다. 세상의 변화였다. 빈부의 격차나 신분의 차별이 없는 세상이었다. 그런 세상을 만들기 위해서 움직이는 것이었다. 체 게바라가 움직인다는 것은 모사를 꾸미면서 행동하는 것이었다. 자기의 이상을 실천하는 것이다. 그것이 공산주의 혁명이었다.

체 게바라의 이상향에 큰 공감을 준 이념이 공산주의였다. 공산주의 세상을 만들기 위해서 스스로 군중 속에 뛰어들어 사람들을 설득하고 음모를 꾸미고 작전을 짜서 세상을 전복하는 일이었다. 그러기 위해서는 혁명의 전선에 직접 뛰어들어 싸워야 했다. 그래서 때로는 사회의 군중 속에서 때로는 산속에서 게릴라전을 펼쳤다.

체 게바라의 머릿속에는 공산주의 이상향이라는 세상의 꽃이 활짝 피어 있었다. 그런 세상을 위해서 죽음은 두렵지 않았다. 핍박받는 인류의 단 한 명에게만이라도 희망의 꽃이 되고 싶었다. 국적을 불문한 그의 파란만장한 짧은 생애는 바로 혁명의 풍운아 그 자체였다.

체 게바라는 전 세계를 돌며 평지풍파를 일으키는 데는 일등공신이었다. 자본주의에 대한 극도의 혐오감이 있었다. 그런 그도 자기 사후 20여 년 만에 공산주의가 무너질 줄은 몰랐을 것이다. 그의 혁명 사상과 행동이 인류의 평화와 행복에 무한한 기여를 하리라고만 믿었지 반대로 불손한 그의 언행과 실천이 후세 사람들에게 큰 해악과 재앙이 되리라는 것은 꿈에도 몰랐을 것이다. 공산주의 허상에 매몰되어 죽은 사람이 되고 말았다.

프랑스 68운동은 신좌파 운동으로 기존의 사회 제도나 권위에 대한 저항이었고 개혁이었다. 세계 질서의 재편이라고 할 수 있는 2차대전 후의 사회나 정치, 경제 체제의 경직성이나 권위에 대한 도전이었다. 전쟁 영웅 드골 대통령 집권의 시대가 20년 정도 지났으므로 기존 체제나 사회 전반의 매커니즘에 대한 식상함이 커졌다. 새로운 사회 질서에 대한 요구가 많아졌다. 당시 보수적 가치인 종교, 애국주의, 권위 등에 대한 권태와 허탈과 가식적 형식과 무력감을 느낀 신세대들이 전통적 가치를 타파하고 새 시대의 진보적 가치를 요구하고 들고 일어났다. 진보적 가치의 주된 덕목은 평등, 성 해방, 인권, 공동체주의, 생태주의 등이었다. 그러나 궁극적으로는 마르크시즘과 같은 이념이라고 할 수 있었다.

그런 새로운 세상의 개혁과 질서를 위한 사회 운동이 1968년 프랑스에서 일어났다. 이때 개혁의 정신적 지주로 체 게바라의 혁명 사상을 스승으로 삼았다.

체 게바라는 그전 해인 67년에 39세의 나이로 볼리비아에서 세상을 어지럽히고 국가를 전복하려는 모반자로 중범죄인이 되어 사형을 당했다. 전설의 혁명가 체 게바라에게는 준엄함과 숭고함이 있었다. 그의 죽음에 대한 애도의 마음과 안타까움이 그를 완전한 사회주의 혁명가로 상향 평가하였을 것이다.

체 게바라는 1928년 아르헨티나 상류층 태생으로 부에노스아이레스 대학의 의학부를 나와 의사 자격증을 땄다. 그러나 의사 생활에는 관심이 없었고 평소에 느꼈던 남미 민중의 비참한 현실을 바꾸고 빈부의 격차가 없는 세상을 만드는 데 일생을 바치리라 결심했다. 첫 시작으로 자국을 떠나 당시 진보 정권을 이루어 자유로운 분위기가 가득했던 과테말라로 갔다. 거기서 여성 혁명가 가데아를 만나 결혼을 한다. 이어 멕시코로 가서 쿠바에서 공산 혁명을 하다 망명 온 카스트로를 만났다. 이로써 체 게바라는 중남미에서 공산주의 혁명의 2인자가 된다. 카스트로와 쿠바로 가서 혁명에 성공하고는 쿠바 정부의 각료가 되었다. 한 곳에 안주한다는 것은 체 게바라의 체질에 맞지 않았다.

이번에는 아프리카의 콩고로 갔다. 콩고의 내전에 참전하고는 무엇이 마땅치 않았는지 일 년 만에 아르헨티나의 이웃 나라인 볼리비아로 왔다. 볼리비아 정권의 전복을 위해서 군대를 조직하여 산속에서 게릴라전을 펼치다 정부군에게 잡혀 총살을 당했다. 카스트로는 자국의 공산화 혁명에 성공하여 일생을 공산주의 독재자로 살다 죽었다.

그렇게 꿈꾸던 공산주의 환상을 원 없이 실현하고 살면서 공산주의 환상의 실체를 속속들이 알았다. 비참한 쿠바 국민들의 삶이었다. 골고루 비참해지는 국민들이었다. 그래도 독재의 끈을 놓을 줄 모르는 사람이 카스트로였다. 전 국민을 볼모로 독재자만 혼자 잘사는 것이 공산주의 환상이라는 것이 세계 공산 국가들의 말로로 드러났다.

체 게바라는 공산주의를 위해 원 없는 혁명을 하다 죽었다. 체 게바라가 혁명에 성공하고 본 것은 초기 단계의 공산주의 국가였다. 러시아, 쿠바, 북한 등 너무나 잘 나가고 활기찼다. 그의 머릿속은 전 세계가 공산주의가 된다면 국민들의 비참한 현실이 사라지고 빈부의 격차가 없는 세상이 되리라는 확신으로 가득 차 있었고, 그것은 신념의 굴레였을 것이다.

체 게바라가 죽을 무렵의 60년대는 우리나라는 반공을 국시로 경제 건설에 매진하고 있었으나 동시에 북한 공산주의의 도전도 만만치 않았다. 베트남 전쟁, 파병, 1·21사태, 삼척 울진 공비 침투 등 우리 국민들은 공산주의 침략의 노이로제에 걸려 있었다. 이것을 세칭 북풍이라고 했다. 당시 사람 중에는 북풍을 너무 지나치게 과장하여 국민들을 공포 속으로 몰아넣고 나아가서 정치에 이용한다고 비난하던 이들도 많았다.

지나고 보니 공산주의 70년 중에 베트남전을 전후한 그 무렵이 세계 공산주의의 활동이 가장 극성스러웠고 가장 전성기가 아니었나 싶기도 하다. 그때 우리가 반공을 국시로 하지 않았다면 어떻게 되었을까? 참으로 아찔한 시기였던 것 같다.

세계 공산주의 활동의 중심에 체 게바라가 있었음을 알 수 있다. 지금도 중남미 국가 중에는 체 게바라의 환상에서 벗어나지 못하고 있는 나라들도 있다. 그중에서 가장 대표적인 나라와 인물이 베네수엘라의 차베스였다. 차베스는 지금 죽고 없지만 그 나라 국민들도 따라 죽을 판이 되었다. 나라 경제를 엉망으로 망쳐 놓았기 때문이다. 공산주의는 이미 사형선고가 났는데도 공산주의 독재 정치를 하는 바람에 그렇게 되었다.

유교 문화의 나라

우리나라가 최빈국에서 경제 발전을 통하여 선진국이 되는 과정에 동양 사상이라고 할 수 있는 유교적 문화가 얼마나 역할을 하였느냐가 관건이다. 유교 문화가 경제 발전에 얼마나 도움을 주었을까? 단적으로 말해서 대단히 도움을 주었다고 할 수 있다.

흔히들 산업혁명이나 경제 발전은 애덤 스미스의 국부론에 입각해서 철두철미 그 모델로 가야만 하는 것으로 되어 있다. 맞는 말이다. 그것이 바로 서양 사상이다. 피도 눈물도 없는 이익 창출, 그들은 시장 경제의 원리라고들 하지만 그 과정에는 삭막한 산업 전선의 먹이 사슬이 도사리고 있다. 과거의 노예나 식민지 등이 밑거름의 발판으로 연관되어 있다.

우리나라의 발전 과정에는 서양의 그 어떤 것도 없었다. 국부론이나 케인즈의 경제 이론 또는 로스토우의 경제 도약설 같은 것은 있었지만 모두가 허공에 떠도는 설들이었을 뿐이었다. 단지 있었다면 눈물이나 인고의 아픔, 오기 등이 있었을 뿐이었다. 우리가 과거 저소득 국민의 시절에는 구한말 이전의 유교 문화의 역사를 비관하기도 했다. 이론적이고 비현실적이며 너무 정신적인 것에만 치우친다고. 서양의 실물 경제를 비웃고 얕보다가 그것을 빨리 받아들인 일본에 당했다고 선조들의 처신을 원망했었다.

유교 문화는 동양 사상으로 자리 잡았고 그것은 수천 년 전 중국에서 한자가 들어오면서 같이 들어왔다. 신라 화랑도의 세속오계에 유교 사상의 중심인 삼강오륜이 들어 있다.

수천 년 전에 인류 역사 최초로 여왕이 있었던 자유로운 영혼의 나라 신라는 국가를 이끌어 갈 인재인 화랑을 만들어 그들에게만큼은 화랑도라는 유교 사상으로 중무장하게 했다. 나라에 충성하고 부모에게 효도하는 정신이 동양 사상의 중심이라고 할 수 있을 것이다. 특히 효의 정신은 경로 사상이 되어 사회생활의 기본 정신으로 안정과 질서의 본보기로 세계 여러 나라 사람들이 본받고 부러워하는 우리 국민의 정신으로 자리 잡아 가고 있다.

우리나라 사람이라면 어머니라는 이름 앞에 눈시울을 붉히지 않을 사람이 없을 것이다. 부모의 자식 사랑은 말할 것도 없고 자식들도 부모를 위해서 산다고 해도 과언이 아니다. 실제 행동은 그렇게 잘되지 않지만 마음만은 항상 효도로 가득 차 있는 것이 우리나라 자식들의 공통된 정신이다. 어머니를 생각하면 나쁜 짓이나 나쁜 마음을 먹을 수가 없다. 열심히 일하고 노력하는 것이 부모에 대한 효도라고 생각하는 것이다. 여기서 열심히 일하고 노력하는 데서 경제 발전은 될 수밖에 없다.

우리나라 국민의 이런 정신을 결집해서 큰 힘이 되게 하는 정치 지도자의 리더십도 중요한 역할을 차지한다. 미국 링컨 대통령의 게티스버그 어드레스가 1860년경에 있었다면 이보다 꼭 100년 후에 우리나라에서는 독일 루르 탄광에서의 박정희 대통령의 연설이 있었다. 링컨 대통령의 연설은 세계 민주주의 실천의 초석이 되었다면 루르 탄광에서의 연설은 우리나라 경제 건설의 정신적 초석이 되었다. 루르 탄광에서의 연설이라기보다는 루르 탄광의 눈물이라고 해야 맞을 것이다. 그 눈물의 의미는 무엇이었을까? 지도자도 울고 근로자들도 울었다. 바로 나라에 충성하고 부모에게 효도하는 유교 정신의 끈끈한 정이 먼 타국의 거친 땅 탄광의 입구에서 표방되었던 것이다.

서울 남산 기슭의 해방촌 계단식 집의 옥상에서는 외국인 젊은이들이 한낮의 따스한 햇볕을 받으며 그들의 환상적 호기심인 삼겹살 파티를 하고 있다. 한국의 회식 문화나 밤의 문화에도 대단한 흥미와 관심을 갖지만 비좁고 빈약하기는 해도 확 트이고 전망 좋은 옥상의 삼겹살 문화도 그들의 더할 나위 없는 호기심 천국이라고 한다. 그들의 모국인 유럽, 북미, 중남미 등의 나라에서는 도저히 가질 수 없는 여유로운 시간의 풍경이라고 한다.

그들 국가나 개인의 경제력이 딸려서가 아니라는데 그들 나라의 고민이 있다. 그들의 나라나 고향에서 중인환시 속의 옥상파티를 즐긴다면 어떻게 되겠는가를 짐작해 보면 대충 알 것이다. 언제, 어디서 날아들지 모르는 총탄 세례가 그들 나라의 사회적 환경이다. 물론 총기 소유로 인한 남발도 있겠지만 그보다는 유교적 문화 정신의 결핍이 주요한 원인이다. 공동체에 대한 위기의식이나 가족애의 소중함을 잘 느끼지 못하는 데서 오는 불안정한 사회의 한 단면이다. 이웃의 행복이 나의 행복까지는 아니더라도 부러움이 된다거나 나의 꿈이거나 삶의 목표가 되어야지 남의 행복이 나의 불행의 씨앗의 단초가 되어서는 아니 될 것이다. 동양 사람들이나 유대인들에게는 없는 아주 못된 국민성이다.

이태원이나 해방촌 등지에서의 외국인들이 회식 문화나 밤의 문화를 즐기는 것은 사실 그 자체보다도 한국 사회의 안정과 평화를 즐기는 것이다. 사회의 안정은 한국 사람들의 심성에서 오는 것이고 그 심성은 수천 년 유교 문화의 정신에서 비롯된 것이라 할 수 있다. 그것은 또한 민족성의 유전자로 새겨져 내려오고 있는 것으로 볼 수 있다. 세상이 뒤숭숭하거나 불안해서는 경제 발전이나 성장 환경이 원만할 수 없으며 그런 사회적 분위기에서는 사람들은 경제 활동에 전념할 수 없게 된다.

일제 식민지의 설움

우리 부모 세대들이 일본 치하에서 노예처럼 산 것을 생각하면 견디기 힘든 모욕감을 느낀다. 유사 이래로 왜구들의 노략질이 많았다. 왜놈이라는 말 속에는 일본 사람들의 인격 자체가 우리나라 사람과는 상대가 되지 않는다는 뜻이 내포되어 있고 그런 역사적 이유가 있었음을 암시하는 표현이다. 그러나 그게 무슨 소용인가? 결국은 그 사람들의 노예가 되고 말았는데. 영화 '혹성 탈출'에서 인류의 어리석음에 의해서 인간과 원숭이와의 위치가 바뀌는 세상이 되는 것과 같은 현상이 실제 현실에서 일어난 것이나 진배없는 것이다.

일제 강점기의 암울한 역사를 거쳐 해방과 자유를 얻었지만 우리나라는 동굴 속에서 햇빛을 보지 못한 나뭇잎처럼 허약하고 축 늘어져 기진맥진하고 있었다. 그것이 우리들의 어린 시절이다. 다시는 일본의 지배를 받아서는 안 된다는 결심이다. 그러기 위해서는 국력을 길러야 하고 국민 개개인이 잘살아야 한다. 나 하나가 잘살기 위해서는 부지런하고 열심히 노력해야 한다. 부지런하고 노력하는 방법이 옛날과 달라야 한다.

일본의 지배를 받는 식민지 시절에 뼈저리게 느낀 국민적 감정이 있었다. 무지와 몽매함에 대한 한탄이었다. 배우지 못한 사람에 대한 푸대접이었다. 물론 많이 배운 사람들은 일제 강점기에도 출세도 하고 벼슬도 할 수 있었다. 후에 친일파로 몰리기도 했지만. 어떻든 배운 지식은 세상이 바뀌어도 어디 가지 않고 그대로 활용할 수 있었다. 무엇보다도 다시는 일본의 지배를 받는 일이 없도록 자력갱생하고 부국강병 하는 길이었다. 잘 살고 부자 되는 길이 일본을 이기는 길이었다. 일본을 이기기 위해서는 일본을 알아야 하고 일본을 연구해야 했다. 또 한편으로 일본과 끊임없는 경쟁을 해야 했다. 경제도 경쟁하고 운동도 경쟁하고 인간적인 면도 경쟁하는 것이다.

일본이 식민 지배에 대한 반성도 하지 않고 사과도 하지 않고 더더군다나 후회도 하지 않는 것을 감안하면 우리는 일본보다 잘사는 나라로, 일본이 부러워하는 것으로 보상받을 수밖에 없다. 우리 국민의 인성과 도덕 재무장으로 일본을 과거의 왜구로 만들자.

북한 공산주의의 도발

우리나라의 경제 발전 이면에는 북한 공산주의의 도발도 있었다고 볼 수 있다. 반공 정신의 슬로건에는 가난이 공산 사상의 온상이라는 말도 있었다. 가난한 사람은 몸과 마음도 가난해서 공산주의의 유혹에 쉽게 잘 넘어간다고 했다. 그 이유는 현재 사회 체제에 대한 불만으로 혹시 공산주의 세상이 되면 더 살기 좋은 세상이 되지 않을까 하는 기대를 하기 때문에 간첩들의 유혹에 쉽게 현혹된다는 것이다. 그렇기 때문에 공산주의를 이기기 위해서는 가난을 이겨야 하고 가난에서 벗어나야 한다는 것이다.

가난을 벗어나기 위해서 경제 개발 계획을 세웠고 그것을 충실히 실천해서 세계가 인정하는 선진국의 대열에 합류하게 되었다. 그래서 우리는 북한 공산주의도 여유롭게 받아들이고 있다. 이제는 가난을 벗어나 공산주의가 들어와도 그것이 자랄 온상이 없기 때문에 공산주의는 이 땅에 발을 붙이지 못한다는 확신을 가지게 되었다.

소련의 공산주의는 70여 년 만에 몰락했지만 북한의 공산주의는 40여 년 만에 망했다. 망하고 비전 없음을 알면서 수령의 체면과 위신을 위해서 억지로 붙들고 있는 꼴이다. 허위와 허세 속에 기만당하고 개인의 자유를 사정없이 유린당하고 있는 세상이 북한이다.

북한은 초기 단계에 그들이 남한보다 잘산 것을 선전하면서 우리 남한의 경제 건설을 방해하고 우리의 체제를 전복하기 위해서 수시로 도발하고 도전해 왔다. 당치도 않은 그들의 도전과 도발은 우리를 정말 비참하게 했고 우리는 어떻게 하든 그 비참함에서 벗어나기 위해서 노력했다. 북한을 이기기 위해서 무진 애를 쓴 결과가 오늘날의 경제 발전이라고 볼 수 있다. 이웃사촌까지 갈 것도 없이 한집 안에서 형제끼리 경쟁하면서 노력하다 보니 잘산 꼴이 된 형국이다. 북한의 도발은 우리를 최후의 밑바닥까지 몰아붙였다. 더 이상 갈 곳 없는 우리의 신세, 죽기 아니면 살기로 노력한 결과가 경제 도약이었다. 싸우면서 건설한 결과가 오늘날 우리나라의 모습이기도 하다. 그들의 도발이 고마운 것은 못 되지만 쓴 약은 된 셈이다.

주인 의식과 자주 정신

우리나라 사람들이 직장이나 기업, 공장에서 일할 때 임하는 노동 정신의 건전성이다. 노동의 대가를 받는 종업원의 입장에서 일하는 것이 아니라 주인의 정신으로 노동을 한다는 것이다. 모든 국민이 다 주인 의식이 투철하다고 할 수는 없지만 대부분의 사람은 투철한 주인 의식으로 노동에 임하는 것이 사실이다. 특히 해외에 나가서 일할 때는 다른 외국인 노동자들과 비교된다. 우리나라 사람들이 전 세계의 노동 시장을 파고들면서 전 세계 노동자들의 노동 정신을 변화시켰다고 해도 과언은 아닐 것이다.

국가 경제 건설 단계에서 화합과 단결을 강조했지만 그것으로 성공했다면 북한 공산주의자들이 더 성공했을 것이다. 당과 수령을 위해서가 아니라 나를 위해서 일한다는 정신이 경제 발전의 원동력이 되는 것이다. 우리나라도 기아선상에서는 가족의 생계를 위해서 가족 중의 누군가가 희생하고 봉사했지만 그다음 단계에서는 모두가 각자 자기 살기 위해서 열심히 일했다. 형제나 인척간에 돈을 빌리거나 빌려주지 않는 정신이 풍습처럼 되어 있다. 그 결과 집안이나 인척끼리 잘 지내는 것이지 돈거래를 했거나 보증을 서주고 실패를 한 사람 중에는 원수처럼 거리를 멀리하고 사는 사람들도 많다. 자주정신의 결여 때문이다. 죽으나 사나 혼자서 세상과 부딪히면서 살아야 한다는 것이 불문율로 되었다.

모두가 주인 의식과 자주정신이다. 성장 단계에서는 부조리도 미덕으로 작용했지만 어느 수준 이상에서는 대부분 제자리로 돌아왔다.

5장

설계 없는 출발

움트는 아침

우리 세대 사람들은 어떻게 살았느냐고 하면 항상 해방과 6·25 전쟁을 이야기한다. 실제로 겪지도 않았으면서 시대상의 비극적 역사를 자기들의 전유물인 양 대놓고 이야기를 펼치기를 좋아한다. 일제 식민지 시대와 한반도 남북 전쟁은 사실은 우리 부모 세대들의 오롯한 몫이었다. 일상 배고픔과 굶주림에 시달리다가 해방되었다고 좋아했더니 갑자기 전쟁이란 위협에 맞닥뜨리게 되었다.

우리 어린 시절은 그 후유증이 반영되는 시대였다. 연령대로 보면 전쟁 전후가 겹치기도 하나 시대상의 변화나 발전 단계로 본다면 과도기적 세상이었다. 그러니까 정신적 밑바탕에는 항상 선대들이 경험한 일련의 사태들이 깔려 있기 때문에 자기도 모르는 사이에 해방과 전쟁이 불현듯 튀어나오고 마는 것이다. 그것보다도 일생의 출발점이 거대한 역사의 매듭과 겹치기 때문에 누구나 아는 맥락으로부터 출발하기가 쉽기 때문일 것이다. 그것은 현재 발전 상황의 첫 출발점을 의미하기도 한다. 아무것도 없는 백지이거나 잿더미에서 출발했다는 의미이기도 하다.

어린 시절을 되돌아보면 참으로 한심하기 짝이 없다. 분명히 그 당시는 의미를 가진 것이었는데 반세기가 지난 지금 시대와 비교해보면 그렇다는 것이다. 정말 아무것도 없고 별 볼 일 없는 것에 대고 허우적거리다가 제풀에 지쳐 나자빠진 격이었다. 그래도 우리는 용을 쓰며 발버둥 치다시피 살았다. 창의적이고 새로운 것은 없었다. 새로운 것은 새 나라뿐이었다. '새 나라의 어린이는 일찍 일어납니다'가 당시 동요의 가장 주된 덕목이었다. 일찍 일어나서 무엇이라도 열심히 해보자는 것이다. 부지런한 사람에게도 이 동요의 대목은 인격 소양 덕목에서 가장 중요한 슬로건이 되었다. 부지런하면 무엇이라도 큰 성과를 낼 수 있다는 것이 당시 시대상의 중심 사고였고 사람들이 믿고 비비는 언덕이었다.

분명히 오천 년 역사 줄기의 한 지점이기는 하나 우리 세대로 볼 때는 깨어지고 부서지고 망가지고 폐허가 된 터전에 다시 무엇을 만들어 세우자는 그런 시대적 배경이었다. 그것은 또한 무슨 생각이나 계획에서가 아니라 배고픔을 해결하기 위한 하나의 수단이기도 했다. 부지런하면 어떻게든 배고픔을 해결할 수 있고 거기서부터 무엇이든 성과가 생기고 보람이 있었다. 어떡하던 우리나라이고 우리 세상이니까 무엇이든 될 것이라는 희망이 가득 담긴 구호가 바로 '새

나라의 어린이'였고, 거기서부터 출발해 부지런하자는 것이었다.

그 어린이들이 바로 우리다. 우리는 깨어지고 폐허가 된 터전에서 다시 살아날 수 있고 생기가 돋는 새싹이었다. 해방된 조국의 민족 상잔에서 내일을 바라볼 수 있는 희망이었고 이제 움트는 새싹이었다. 우리의 출발은 희망이 움트는 아침이었다.

현시대는 휘황찬란하게 발전하였다. 나라가, 세상이 발전하면 할 수록 우리는 점점 나이 들어 쇠퇴해져 간다. 분명히 우리의 어린 새 싹과 세상의 새싹은 같이 출발하였는데, 그리고 같이 뛰고 같이 홍 청거렸는데 세상은 우리를 내려놓고 여전히 힘차게 전진하고 있다.

필리핀의 바타드 지역처럼

구한말에서 일제 강점기, 민족의 분단과 비극적 참상의 어두운 터 널을 간신히 빠져나온 아침이었다. 거대한 세계사와 참담한 민족사 가 휩쓸고 지나간 자리에 우리는 다시 옛날의 그 자리에 서 있었다. 우리는 가녀린 어린싹일 뿐이었다. 일본의 식민지 통치와 6·25전 쟁은 분명히 문명의 메커니즘이고 흐름이었지만 우리의 세상은 그 것과 전연 상관없었다. 우리의 현실적 생활의 변화는 전연 없었고 구한말로 다시 되돌아가 있었다.

우리의 세상은 필리핀의 바타드 지역이었다. 이곳은 유네스코 세 계문화유산으로 최근에 등재된 다랭이논의 천국이었다. 인류 역사 에서 고대인들의 생활을 엿볼 수 있는 곳이라고 한다. 그들은 외부와 단절된 지역에서 그들만의 전통을 고수하고 무엇보다도 문명의 기기를 전연 사용하지 않고 있었다. 벼농사를 짓는데 소 등의 가축을 전연 사용하지 않고 순수 손으로만 농사를 짓는다. 또한 하루 세 끼 밥을 먹기 위해서 끼니때마다 일일이 절구를 이용하여 쌀을 찧고 키질을 해서 밥을 지어 먹는다.

하루 세 끼 끼니를 위해서 절구나 디딜방아를 이용한다는 점에서는 우리도 그랬다. 이웃 동네에 발통기 방앗간이 있기는 했으나 일제 강점기 식량 사정으로 전연 이용하지 않았고 그 여파가 우리 시대까지 있었다. 내가 자라면서 점차 이웃 동네 방앗간을 이용하는 횟수가 늘어나더니만 10대가 되었을 때는 절구보다 디딜방아가 아예 무용지물이 되고 말았다. 그 변화의 여파는 순식간에 지나갔고 우리가 그 변화를 이끌어 나간 것처럼 우리의 목도하에서 변화되었다. 우리가 당사자이며 산 증인이 되는 셈이다. 디딜방아를 무용지물로 만든 대가는 고스란히 우리들의 어깨 등짐으로 다가왔다. 흙길인 한길로 우리는 지게에 곡식을 지고 그 길을 걸어서 방아를 찧어 왔다.

필리핀의 바타드 지역에 우리 자신이 있었다. 2004년에 전기가 들어왔다는데 집집마다 가족들이 모여서 텔레비전을 시청하고 있었다. 그곳에 학교가 생긴 지는 꽤 오래된 모양인데 아이들은 논길 사이의 자연적 계단의 좁은 길을 잘도 오르내리며 학교를 다니고 있었다. 문제는 우리의 과거라 할 수 있는 그 아이들이었다. 분명히 학교에서 배우고 심지어 TV까지 보는 아이들 눈에 외부 세계가 보일 것이라는 점이다. 식민지나 이념 같은 것은 아니겠지만 그들의 삶의 환경이 매우 열악함을 깨달을 때를 상상하면 그들의 미래가 남의 일 같지 않다는 생각이 든다.

인류의 문명 발전을 위해서는 학교나 TV가 분명 필요하지만 발전 하려면 변화해야 하고 그 변화의 과정에서 겪는 아이들의 고통이 결코 만만하지만는 않다는 것이 불 보듯 뻔하다. 우리가 학교에 다닌 것은 미래를 위해서가 아니었고 나라에서 강제로 학교에 다니라고 명령하는 바람에 억지로 다닌 것이 사실이었다. 왜냐하면 세 끼 끼니가 급선무였기 때문이었다. 우리의 몰골과 차림은 흥부 자식들이었다.

우리의 미래가 부모들의 전통을 그대로 물려받는 삶이라면 굳이 학교를 새삼스레 다닐 필요가 없기 때문에 학교라는 것은 거추장스러운 것이고, 일본 경찰이 징용 뽑아 가듯이 국가가 아이들의 생활을 가정과 괴리되게 간섭하고 얽어매는 형국이 된다. 우리는 월사금을 내야 했기 때문에 의무 교육의 강제성은 지금 필리핀의 바타드 지역과는 비교가 안 되고, 일본 면서기의 강제 수탈과 거의 같은 급이라고 할 수 있었다.

전쟁 직후 우리 동네의 1950년대는 완전한 필리핀의 바타드 지역이었다. 도시는 말할 것도 없고 동네를 벗어난 이웃 동네나 학교 동네만 하여도 어느 정도 문명의 기구나 문화의 시혜를 입고 사는 것을 볼 수 있었다. 우리 동네의 문명 도구는 유일한 어느 집 고물 자전거 한 대뿐이었다. 남자들의 단발만 달라졌을 뿐 할아버지는 단발머리에 갓 쓰는 정도니까 외면은 변한 것이 없었다. 우리 동네는 완전한 순수 조선 시대로 되돌아가 있었다.

우리의 차림도 완전히 조선 시대였다. 요새 같으면 유치원 다닐 나이까지 조선 시대 바지저고리를 입었고 그것은 가내 수공업 제품이었다. 휴전 직후 학교에 입학하면서부터 차림이 달라졌다. 가내 수공업 제품의 옷은 학교에서는 또래나 주변 사람들에게 흉잡히기 때문에 절대로 입을 수가 없었고, 동네에서만 여전히 바지저고리를 입었다. 3학년 때, 정월 대보름날 달집 태울 때 턱밑의 저고리 동정 깃을 뜯어서 달집 태우는데 던진 기억이 선명하다. 유일하게 어머니의 따뜻한 손길을 느끼는 때였다. 우리의 어린 시절 세상은 현재 발전된 세상의 첫 출발점이기도 하지만 오천 년 역사 속 원시시대의 마지막을 장식한 시절이기도 했다. 인류 고대인들의 삶의 체험은 바로 우리의 어린 시절이었다.

의무 교육의 강제 이행

일제도 하지 않았던 강제로 학교 보내기는 해방된 새 나라에서 실시하고 있었다. 학교에 간다는 것은 아이들 자신들은 어려서 잘 모르겠지만 그 부모들 입장에서는 어떤 목적이 있어야 하는 것이다. 그 목적이 인생 설계이다. 우리는 해방된 조국의 내일을 위한 국가 설계의 한 일환으로 학교를 강제로 가게 되었고 그것이 의무 교육이었다. 아이들이라면 당연히 무언가 모르는 꿈이 있어야 한다.

현재의 의무 교육은 너무나도 멋있다. 개인의 의무가 아니라 교육을 받을 권리에 해당하기 때문이다. 그것도 상급 학교까지. 그 외에 학교에 다니면 필요한 부수적이고 자질구레한 물자까지 국가가 다 부담한다.

그놈의 자질구레한 물자 때문에 우리의 아침 등굣길은 집집마다 다들 가관이었다. 지금 상기하면 너무나도 한심하고 꼴사나운 몰골과 작태들이었다. 빈약한 초가의 사립문간의 낡은 기둥을 붙잡고 때 끼고 거친 손등으로 들어가지도 나가지도 못하고 어정쩡하게 서서 눈물을 훔치고 있는 아이들, 당시 시골 농촌의 아침 풍경이었다. 월사금은 물론이고 학급비까지 있었다. 그것들을 학교에서는 '가져오라'하지 집에서는 '나몰라라'하니 생긴 풍경이었다. 몽당연필은 필수였고 침을 묻혀 글씨를 쓰는 것은 보편적이었다. 심지어 누런 비료 포대 종이를 오려서 공책으로 대용하는 아이들도 있었다. 그런 공책이나마 만들어 주는 것이 가정에서 자녀들에게 베푸는 최선의 관심과 보살핌이었다.

우리에겐 꿈이라는 것이 없었다. 학교는 그저 신기한 세상으로 매일 아침 출석하는 것이 전부였다. 어른들이 아이들에게 거는 기대는 한 가지였다. 형편이 돼서 공부를 시킬 수 있고 아이가 공부를 잘한다면 사범학교 보내 선생을 하는 것이었다. 그리고 또 한 가지 기대는 힘든 농사 노동 안 하고 사는 하이칼라가 되는 것이다. 양복을 입고 하얀 와이셔츠에 넥타이 매고 사무실에 앉아서 사무 보는 일을 하는 것이었다.

어른들은 나라 잃어 배고프고 힘들고 서럽게 살았지만 아이들만큼은 공부를 시켜서 도회지로 나가 떳떳하고 자랑스럽게 살게 하고 싶은 것이다. 그래서 가능한 한 학교는 다 보내고 싶은 것이 부모 마음이었다.

우리 시대는 순사가 무서운 시대였다. 학교에 가지 않으면 아버지 없는 어머니가 주재소에 끌려가 취조를 받는다고 생각하면 학교에 가지 않을 수 없었다. 학교에서는 선생님이 무서웠고 집에서는 순사가 무서웠다. 우는 아이 달래는 구호가 호랑이와 이비, 순사가 온다는 것이었다. '순사 와서 잡아간다'는 말은 아이들 버릇 길들이는 주요 구호였다. 순사한테 안 잡혀가기 위해서 학교에 가는 것이 아니라 부모들이 순사한테 잡혀가면 안 되니까 학교에 다니는 꼴이었다. 이렇든 저렇든 내 나이 때부터 학령기가 되면 누구나 다 학교에 가야 하고, 부모들은 보내야 하는 의무 교육 제도가 시행되었고 점차 자리를 잡게 되었다.

학교 다니기

의무 교육의 강제 이행으로 새 나라 전국의 방방곡곡은 아이들이 학교에 다니는 것으로 아침 풍경의 새로운 세상이 펼쳐지고 새 풍속이 전개되었다. 도시에서는 교복을 입고 교모를 쓴 학생들의 등교 풍경도 새 세상의 한 단면이었다.

서부 경남의 진주 지방에서는 삼십 리 떨어진 남쪽의 사천에 비행장이 있고 공군들이 있었다. 그 공군들이 저녁 5시만 되면 삼천포에서 오는 시외버스를 꽉 메우고 진주로 갔다. 퇴근 후 진주에 있는 야간 대학에 다니는 것이라 했다. 당시 진주에서는 농과 대학이란 단과 대학이 유일했고 해인 대학이라는 야간 대학이 있었다. 그 공군들은 그 해인 대학에 다니는 것이라 했다. 60년대 초 그 야간 대학은 마산으로 가버렸는데, 지금의 경남 대학의 전신이라고 했다.

학교에 다니는 풍경은 아침 시간만이 아니라 저녁 시간에도 후끈 달아올라 있었다. 학교에 다니는 것은 배움의 열기를 의미한다. 우리나라 사람의 배움에 대한 열기를 말할 때는 항상 남북전쟁 때 피난지인 부산에서의 천막 교실을 이야기하곤 한다. 전쟁 중에도 그 열악한 환경에서도 배움의 열기는 식을 줄 몰랐다.

배움에 대한 목마름은 어디서 온 것일까? 아마 일제 강점기를 지나면서 선각자들의 강한 인식에서 연유했을 것이다. 깨어있지 못한 민족이나 국민이 받는 서러움. 통렬한 자각이었으나 이미 늦었다. 일본의 민족말살 강압 정책을 어떻게 헤치고 나갈 것인가? 너무나 암울하고 절망적이었다. 그러다가 기적이 일어났다. 해방이 된 것이다. 그러다가 또 전쟁이 일어났다. 이번에는 공산주의라는 사상과 이념이 우리를 위협했다. 이번에도 그 기적의 미국이 우리를 구해냈다.

일제 강점기에는 계몽 운동이란 이름으로 배움의 열기를 고취시킨 선각자들이, 해방된 조국에서는 학교 교육이란 정책으로 국가 건설과 발전의 초석을 다지고자 했다. 무지몽매한 민족의 설움을 잘 아는 선각자들에 의한 국가의 교육 정책과 무지렁이 자신들과 달리 자식들만큼은 대명천지의 눈뜬 세상에서 떳떳하게 살게 해주고 싶은 부모들의 교육열에 의하여 전국은 학교 다니기 열풍으로 왁자지껄한 아침을 맞이하게 되었다.

농민독본

의무 교육의 강제 이행과 학교 다니는 열풍이 우리 세대의 일생과 같이 출발했다면 국민의 문맹률은 우리 나이와 반비례해서 작아지기 시작했다. 우리 세대의 나이가 황혼이라면 문맹률은 어둠이 거의 걷혀가고 아침이 밝아 온다는 의미가 된다.

후세들의 문맹은 상상할 수 없는 일이 되었다. 우리 세대보다 나이 많은 문맹인은 점차 세상을 하직하기 때문에 글을 모르는 노인들의 수가 극소수가 되었고 문맹률은 세월이 갈수록 낮아질 수밖에 없다. 국민의 민도와 의식 수준의 향상은 그 나라 국민의 문맹률과 밀접한 관계가 있다고 보는 것이다.

앞 세기에 일본이 우리나라를 멸망시키고 자기들의 식민지로 만든 것도 우리 국민의 민도와 관련이 있을 것이다. 일본이 우리를 침략해도 우리나라 국민들은 백성이란 이름으로 살면서 뭐가 어떻게 돌아가는지 짐작도 못 하고 그저 소처럼 일만 하면서 살았다. 일본인들이 봤을 때 '무식하고 더럽고 일만 하는 무지렁이들'이라고 생각했을 것이다. 실제로 식민지 국민으로서 일본을 위하여 보국대, 징용, 정신대로 끌려가도 그것이 관청에서 시킨 일이고 나라의 명령이니 당연히 해야 하는 것이라고 여겼다. 일본 식민지로 일본국을 위하여 노예 생활을 한다는 것을 아는 사람이 별로 없었다. 알아도 어떻게 할 수가 없었다.

임진왜란 때는 일본으로 끌고 가서 노예로 부려 먹었으나 그로부터 300년 후에는 아예 나라를 멸망시키고 그 자리에서 노예로 부려 먹었다. 전 국민의 노예화와 민족 말살 정책이었다. 슬픈 역사의 참담함은 국민의 무지와 국력의 쇠퇴에서 비롯된 것이다. 깨어있는 민족과 국민이 되기 위해서는 국민을 무지에서 구해내야 하고 그러기 위해서는 교육 정책이 가장 시급하고 우선시 되어야 한다.

의무 교육의 강제 이행과 동시에 문맹 퇴치 운동도 동시에 전개되었다. 문맹 퇴치의 수단으로 농민독본이라는 책을 만들어 전국에 배포했다. 교육의 혜택을 전연 받지 못한 전국의 까막눈들을 위하여, 대다수 국민인 농민들을 위하여 한글을 깨우치게 하기 위한 정말 빈약한 책이었다. 마침 내가 학교 들어갈 때쯤 그 책이 나왔다. 그 덕분에 나는 한글을 농민독본으로 깨우쳤다. 학교 공부, 즉 교과서에는 절대 없는 자음, 모음의 배열표가 조리 있게 잘 정리되어 있어서 한글 글자를 깨우치기에는 안성맞춤이었다.

농민독본의 의미는 두 가지가 있다. 하나는 국민의 문맹 퇴치이고 다른 하나는 식민지 시대 서러웠던 우리말 우리글을 되살리고 발전시키자는 것이었다. 농민독본의 활용 방안으로 의무 교육을 담당하는 초등학교 교사들을 이용했다. 지역 마을에 틈틈이 나가서 지도하라는 것이었다. 그러나 딱 한 번 선생님들이 마을을 순회하는 정도로 끝났다. 실패한 정책이었다.

농민독본이란 책의 종이 질에 관한 언급을 안 할 수가 없다. 당시는 썩종이란 것이 있었다. 썩은 종이라는 말에서 나온 말일 수도 있는데 그보다는 썩은 색깔의 종이라는 뜻일 것이다. 썩종이는 방 벽에 도배할 때 초배지로 주로 사용했다. 검회색이었다. 그 위 단계의 누런 갱지는 주로 책의 종이로 사용되었다. 그 위에 희고 매끈한 모조지는 미술 시간 도화지였다.

책의 크기는 문고판, 일반 교과서 크기의 국판, 그리고 사륙배판이 있는데, 요새 아이들 교과서는 사륙배판의 모조지에 화려한 색깔의 그림으로 장식되어 눈이 부실 지경이다.

농민독본은 문고판 크기의 썩종이로 표지는 좀 두꺼운 썩종이였다. 서예 글씨체인 궁체로 책 제목이 있었고 아래에 문교부라고 작은 글씨로 되어 있었다. 정말 초라한 책이었다.

농민독본의 외형은 매우 보잘것없고 시시하기 짝이 없어 당시 우리나라의 처지를 적나라하게 보여주었지만 우리 민족 오천 년 역사의 흐름에서 보거나 한민족이라는 인류의 문명사적으로 볼 때는 정말 위대하고 거룩한 첫 발걸음이었음을 강조하고 싶다. 전 국민의 개명화의 첫 시도였기 때문이다.

기적적으로 해방되었지만 분단의 아픈 상처로 얼룩진 잿더미 위에서 태어난 정말 잿빛 색깔의 책이었지만, 그리고 너무 무미건조하고 빈약한 책이었지만 그 의미와 시도는 실로 엄청나다 할 것이다. 농민독본의 정신이 의무 교육으로, 의무 교육은 교육 정책의 기본으로, 교육 정책은 국가 발전의 백년지대계로 이어지는 과정에서 농민독본은 매우 작은 씨앗의 싹눈이었다.

구한말 서구화의 물결이 거세게 들이닥치는데도 쇄국 정책이라는 뒷걸음질로 결국 이웃 나라 일본에 의해 왜곡되고 강제적인 서구화가 주입되었다. 그렇게 개화되다 보니 순조롭고 정상적인 것에서 100년은 늦은 출발이고 첫걸음이었다. 그러나 그로부터 반세기 만에 우리는 세계의 중심 국가의 반열에 오르게 되었고 삶의 질 면에서 가장 살고 싶은 나라의 서열군에 들게 된 것이다. 모두 농민독본 정신의 결실이다.

졸업장 시대

중국의 망명 정부나 타국에서 일본에 침탈당한 나라를 되찾기 위해서 지난한 세월을 보낸 독립투사들에겐 갑작스러운 해방이 아닐 수도 있으나 보통 국민의 입장에서 볼 때 해방은 거의 갑자기 찾아온 거나 진배없었다. 일본이 우리나라에서 물러가리라고는 상상할 수 없었다. 그만큼 우리 국민은 암울했고 일본의 기세는 등등했다. 대동아 전쟁에서 일본이 패망하리란 것도 짐작할 수 없었다. 어디서 전쟁을 하며 전세가 어떻고 하는 것을 아는 사람도 없었다. 징병이니 학도병이니 하면서 동네에서는 끌려가는 사람들만 있었다.

그러다가 어느 날 해방, 그때가 1945년 8월 15일. 미국과 소련이 38선을 그어 놓고 남북으로 각각 나누어서 진입했다. 흔히들 이데올로기라고 하는 사상과 철학, 즉 이념이 서로 다른 강대국이 우리나라를 해방시키고는 그들의 이념의 제물로 한반도를 난도질했다.

식민지 국민의 고통이나 설움을 조금이나마 이해했다면 그 거대한 나라들이 이 조그만 한반도에 그런 무시무시한 선을 긋지는 않았을 것이다. 강대국들의 제국주의 본성을 엿볼 수 있는 대목이다. 즉 인류애가 부족했다는 것이다. 일본의 민족 말살이나 히틀러의 유대인 학살에 비긴다면 이념으로 인한 분단쯤이야 약소민족으로서 감수하라는 뜻이었을 것이다. 같은 민족, 같은 종족끼리 서로 물고 뜯고 싸우고 지지고 볶고 죽이고 하는 것을 왜 몰랐을까? 이념의 색깔도 그들이 만들어 놓고 그들이 주입시켰다. 특히 붉은 색깔 이념의 병폐에 대해서 미국이 너무 등한시했고, 그 폐단을 약소국인 우리가 고스란히 떠안고 살고 있다.

강대국의 구상대로 조국은 분단되었다. 해방의 기쁨은 정말 잠시였다. 우국지사들은 망연자실했을 것이다. 미래 조국의 소용돌이를 생각하면 잠이 오지 않았을 것이다. 예상대로 좌우익의 갈등은 첨예했고, 서로 다른 정부로 갈라섰다. 그리고는 전쟁.

그동안 이념이 애매했던 지식인들도 전쟁을 통해서 자기 노선을 확실히 하고는 전쟁의 와중에 자기 갈 길을 갔다. 그동안 공산주의 정부로 통일하기 위해서 북한의 김일성의 앞잡이로 암약했던 박헌영을 위시한 남로당 패거리들이 몽땅 북으로 달아났다.

지식층 중에는 진보적 좌익 사상을 가진 우수 인재들이 많았다고 한다. 그들은 공산주의를 나름대로 좋은 사상이라고 믿었을 것이다. 공산주의의 폐단이 정치체제로 실현한 지 70년이 지난 후인 1990년경에 나타나니 그럴 수밖에 없었을 것이다. 월북 당시 의기양양, 혈기 왕성했던 지식인들의 최후가 불 보듯 뻔하다.

해방 이후 뒤숭숭했던 나라가 1953년 휴전으로 이제 겨우 숨을 좀 돌릴 수 있었다. 남북 대치 국면의 역사는 시작될 수밖에 없었고 그것은 서로 경쟁을 의미하며 어느 쪽이 더 살기 좋은 나라인가를 경쟁했다. 좋은 나라, 좋은 일꾼, 인재가 없었다. 일본이 식민지 국민에게 인재를 양성했을 리도 없고 그나마 소수의 인재 중에 우수 인재가 더러 북으로 가버렸다고 하니 한국은 인재난에 허덕일 수밖에 없는 것이 현실이었다.

졸업장 시대가 도래한 것이다. 국가를 유지하기 위한 기본적인 조직 체계를 세우기 위해서는 인재가 필요했다. 공무원이 필요했다. 건국 시기에 그리고 전쟁이 끝난 후 공무원을 뽑기 위한 기준이 졸업장이었다. 일본인 위정자들이 물러간 자리를 메우는 자리부터 시작해서 말단 하위직까지 수많은 공무원을 뽑기 위해서는 졸업장의 순서에 따라 할 수밖에 없었다. 식민지 국민으로서 일본 천황의 신민이 되기 위한 교육을 받은 인재의 졸업장이라도 어쩔 수가 없었다. 인재난이 곧 졸업장 난이었다. 졸업장 만능의 시대가 되었고 학벌 위주의 사회가 되었다. 단 남북 대치의 분단국으로서 사상의 검증이 매우 엄했다. 사상 검증을 하는 것이 신원 조회였다. 그 방법이 연좌제였던 것이다.

신원 조회란 공무원을 뽑기 위해서 그 사람의 사상을 알아보는 것이다. 그 방법으로 당사자의 주변 인물들에서 유추해 내었다. 즉 가족, 일가친척, 집안사람들의 과거 행적에서 좌익 활동의 흔적은 공무원의 자격으로 부적격 판단을 받는 것이 연좌제였다. 오히려 친일파는 졸업장에 나타나지 않았다. 북괴 침입의 참담함은 차라리 친일파가 인간적일 수밖에 없었다. 건국 시기에 친일파들의 강한 저항으로 문제 해결의 실마리를 찾지 못한 상황에서 북괴의 남침은 친일파 청산의 미진함의 빌미가 되었다.

졸업장 전성시대, 학벌 위주의 세상은 전국을 교육 열풍, 학교 열풍으로 몰아갔다. 앞에서 1950년대 진주 지방의 사천 공군들이 야간 대학이나 야간 학교를 다니기 위해서 시외버스를 가득 메웠다고 했는데 그런 현상은 전국적으로 일어났다.

서울에서는 사립 대학들이 우후죽순처럼 생기고 성장했으며 환도 후 정말 열악한 천막 교실들이 금방 번드레한 대형 건물들로 도시 발전의 선두주자가 되었다. 우골탑이니 청강생이니 하는 말들이 60년대 서울의 대학가에서 가장 화제가 되었으며 대학 졸업장이 신분 상승이나 신분의 척도가 되는 세상으로 오인하게 만드는 인자가 되기도 했다. 그래도 졸업장을 향한 향학의 열풍은 우리나라 발전의 원동력이 되었으며 그 발전은 전 세계 후진국들의 귀감이 되고 선진국들도 눈여겨보는 나라가 되었다.

해방이 되고 70년이 지난 지금 과거의 졸업장에 대한 허상들이 조금은 노정되고 있지만 그 시절 졸업장의 가치는 정말 대단했었다. 초등학교만 나왔어도 면서기나 동서기가 되는 것은 문제없었고, 정작 대학 나온 사람들도 전공에 맞추어 갈 회사가 없었기 때문에 박봉의 공무원으로 적당히 안착하는 것이 보통이었다.

졸업장의 가치가 천정부지로 하늘을 찌르다가 금방 하향 여과되기 시작했다. 우리가 초등학교를 졸업할 50년대 말이나 60년대 초에는 의무 교육의 영향으로 초등학교 졸업은 누구나 다 하는 기본이 되었고, 중학교를 나와도 별로 쓸모가 없었다. 가장 기초 공무원인 면서기를 하려 해도 고등학교는 졸업해야 했다.

50년대 후반부터는 대학을 나와도 자리가 별로 없었다. 그렇다고 말단 공무원으로 간다는 것은 대학 졸업자의 체면을 깎는 일이었다. 대학 졸업자의 수요를 위해서 군사 혁명 정부에서 경제 개발 계획을 세웠는지 모를 만큼 대학 졸업장은 적체되었다. 곧이어 경제 발전의 성공으로 대학 졸업자의 졸업장은 눈부시게 빛났고 인생 성공의 바로미터가 되었다.

해방되고 배곯지 않게 밥만 잘 먹여 키우면 되던 것이 20년 새 대학을 졸업시켜야 제대로 부모 노릇을 하는 처지가 되었다. 그러다가 해방 70년이 지난 지금에는 대학원을 나와도 별로 갈 자리가 없고 유학을 갔다 와도 취직할 자리가 녹녹하지 않게 되었다. 학벌의 상향 여과와 졸업장 가치의 평가절하는 우리 일생의 황금기와 궤적을 같이 그리면서 변화되어 온 것 같다.

세월이 지난 지금에 와서 인생을 되돌아보면 실제로 졸업장의 가치보다는 개인의 능력이나 전문 기술이 훨씬 인생 성공의 비결이라는 것을 깨닫게 되었다. 학교나 공부 또는 졸업장이 인생에서 필요조건이긴 한데 그렇다고 충분조건은 아니라는 것이다. 더 가치 있고 참된 삶의 방법이나 방향이 있음을 어렴풋이 느끼면서 인생은 끝나는 것 같다.

세상의 폭

내 기억의 가장 밑바탕에는 6 · 25가 있고 인민군 전상자들이 우리 동네 집집의 안방과 마루를 차지하고 있었다. 그 무렵 나는 어디를 다녀도 거칠 것이 없는 어린아이였다. 어른들의 소문을 따라서 매일 이 집 저 집 인민군 환자들을 돌아다니면서 일별하는 것이 일과였다. 팔에 감긴 붕대를 푸는데 아닌 게 아니라 구더기가 우글거리는 것을 직접 목격하기도 했다. 그러던 어느 날 인민군 환자들은 홀연히 사라졌다.

이제는 동네 골목길을 벗어나 동네 바깥을 한 바퀴 도는 것이 일과가 되었다. 동네 뒤는 비탈이었고 대나무밭으로 둘러싸여 있었다. 요즘 같으면 유치원 다닐 나이 정도로 대나무 숲 밖으로 도는 것도 딴에는 큰 모험 같이 느껴졌다.

어느 날은 서쪽 절벽을 타고 내려오다가 큰 가시 송곳 갱이에 사타구니가 찔려 흰 살점을 드러내고 말았다. 촘촘히 솟아나와 자란 아카시아 순을 가을에 낫으로 비껴 자르면 모두가 다 날카로운 송곳이 되는 것이다. 그놈의 사타구니에 있는 허옇고 기다란 흉터, 아무도 모르는 엄밀한 흔적이지만 최초로 동네 바깥을 벗어난 모험의 자국이었다. 내 행적의 바운더리는 정말 작은 우물 안이었다. 그러다가 학교 다니면 학교 동네까지, 방아 찧으러 가면 아랫마을까지, 고개 너머 이십 리 외갓집까지가 이 세상 반경의 전부였다. 아직까지 진주까지는 내 세상의 영역이 아니었다. 어른들은 진주 읍내라고 했다. 어른들은 오일장의 영역이 생활 반경이었다.

당시 오일장의 묶음은 진주, 사천, 완사, 문산, 반성으로 되어 있었다. 전국 오일장 조직은 어떤 인위적 행정 조직보다도 단단했고 자연스러웠으며 생활 밀착형 조직이었다. 조선 말기 보부상들의 조직도 전국의 거미줄 같은 오일장의 조직망을 통하여 흘렀고, 민란이나 동학 혁명, 일제 강점기 3·1 독립만세 운동까지 다 오일장의 조직망을 타고 이루어졌다. 오일장은 풍문이나 소문의 진원지였으며 전파의 고리였다. 그러나 보통 사람들은 동네에서 사랑방의 가객을 통하여 세상의 소식을 전해 받았다.

나는 학교 다니면서 글을 읽게 되니까 아무래도 책을 통하여 세상과 접하게 되고 영역을 넓혀갔다. 집에는 접이식의 일본 지도가 있었다. 한글로 크게 지도 속에 세로로 닢폰이라고 적혀 있었다. 3학년 때 서정숙 선생님의 질문이 있었다. 최초로 이웃 나라를 알리는 질문이었을 것이다. 다른 아이들이 알 리가 없었다. 나는 닢폰이라고 크게 대답했다. 지도책에서 확실히 본 나라 이름이었다. 갑자기 선생님이 배꼽을 잡고 크게 웃었다. 일본은 모르면서 어떻게 닢폰을 아느냐는 뜻이었을 것이다. 나야 책에 있는 것을 읽고 그대로 대답했을 뿐이었다. 나의 최초의 외국은 일본이 아니라 닢폰이었다.

북괴의 전상병들이 물러간 다음에는 미군의 흑인 병사들이 우리 동네를 훑고 지나간 모양이었다. 사람들은 미군이나 흑인이라고 하지 않고 인도지라고 했다. 밑도 끝도 없는 이런 말이 어디서 유래 되었는지 모른다. 유엔 16개 참전국 중에서 아프리카 에티오피아 병사들이 아니었나 가늠만 해보는 것이다. 키도 코도 크고 눈이 부리부리한 병사들의 모습에서 상당히 위협감을 느꼈을 것이며 전쟁의 참상에서 별별 사람들을 다 본다고 여겼을 것이다.

나의 본격적인 세상 여행은 4학년 때 받은 사회과 부도책에서 시작되었다. 그 책은 6학년 때까지 쓸 수 있는 유일한 책이었다. 지도책이었다. 그 책에는 세상의 동서고금이 다 들어 있었다. 역사, 지리, 명승고적, 심지어 지질 시대를 구분한 지구의 대기행까지 있었다.

우리 세대는 초등학교보다는 국민학교라고 해야 공감이 간다. 국민학교까지의 세상 영역은 국내까지이므로 사회과 부도에는 우리나라의 지형, 도시, 산업, 인구, 기후, 명승고적 등이 자세히 있었고, 태평양이 가운데 있는 세계지도와 대륙별 지형의 개략이 있었다.

세계의 명승과 피라미드 같은 유적도 있었다. 그중에서 나를 가장 황홀하게 한 것은 미국의 4대 명물이었다. 사진으로 된 컬러 인쇄판이었다. 그 조그만 사진들은 미국의 시골 농촌 풍경이었다. 슬래브 지붕 양옥집과 그 지붕 위에 잠자리처럼 앉은 텔레비전의 안테나, 자동차와 트랙터가 있었다. 미국에 대한 환상은 이때부터 시작된 것이다.

미국에 대한 환상은 곧 서양에 대한 환상으로 바뀌고 내 세상의 폭은 그 사회과 부도책을 통하여 금방 세계화되었다. 학교에서는 연방 반공과 배일 사상에 대한 구호나 표어, 포스트 등을 공부하고 있었다. 반공과 관련하여 세계지도 속에도 공산화된 나라들은 색깔마

저 빨갛게 되어 있어 공산주의자들의 세계 적화 야욕과 빨갱이에 대한 이미지를 익힐 수 있었다. 서양의 것은 곧 미국으로 대치되었고 미국에 대한 환상은 거대하고 황홀했다. 서양의 어떤 것도 마음속으로는 결국 미국의 4대 명물로 귀착되었고, 그 4대 명물은 곧 우리들의 꿈이 되었다. 그 꿈은 잠재의식으로 자리 잡으면서 궁극적으로 내 삶의 목적이 되었다.

고학년이 되면서 가정의 농사일에 본격적으로 참여하게 되었고 땔감 같은 것은 거의 주무로 가정생활의 한 축을 담당하는 처지가 되었다. 처한 환경이나 실생활이 힘들면 힘들수록 내 잠재의식에 도사리고 있는 미국에 대한 환상이 항상 모락모락 피어올랐다. 모든 정서는 미국으로 향해 있었고 신세 한탄과 자학 의식도 미국으로 인하여 생겨났다. 나물 먹고 물 마시고 배부르고 등 따스우면 아무 걱정 없을 것을 이제는 미국 때문에 웬만해서는 만족할 수가 없게 되었다. 4대 명물 때문이었다.

사회과 부도책을 통하여 확대된 세상의 폭은 금방 미국이 점령하여 버렸다. 미국에 대한 환상의 주범은 영화일 것이다. 미국 영화는 말할 것도 없고 한국 영화도 미국식으로 출연자가 출연해야 멋있고 세련되고 볼만 했다. 그것이 결국은 문화였다.

미국 문화로 사는 데서부터 출발했다. 미국식의 삶의 흉내를 내는 것이다. 미국식의 삶의 흉내는 우리의 성장과 함께 본격적으로 사회화되고 일반화되고 내면화되었다. 현실적으로는 비참하게 살면서 미국식의 생활 양식이 의식화되어 갔다. 학교에서도 서양식의 생활 양식을 배웠다.

6학년 되었을 그 무렵에 숫자판이 둥근 다이얼 전화기가 나온 모양이다. 도시에 가서 혹시라도 전화 걸 일이 있을 때 촌놈 짓 하지 말라고 선생님이 열심히 숫자판 돌리는 법을 설명하기도 했다. 나중에 커서 커피를 마실 때도 모양 빠지게 홀짝 다 마시지 말고 조금은 남기라는 것도 배웠다. 훗날 고등학교 때 영어 선생님이 보리밥 먹고 차 마시는데 남기는 서양 예절의 그따위 형식적인 짓은 너무 볼품없는 허세라 해서 커피 예절은 그것으로 인생관을 확립했다.

우리 자신은 분명히 사회과 부도를 통하여 세상의 폭도 넓히고 미국에 대한 선망의 계기가 되었지만 사실은 그것이 아니라도 당시 시대의 흐름이었을 것이고 책을 만든 사람들의 의도도 있었을 것이다. 미국은 우리들의 꿈의 세계이고 이상향이었다. 마땅히 미국을 흠모하라고 한 것도 아니었고 그렇게 배우지도 않았다. 그러나 학교에서 시도 때도 없이 익히는 반공 정신과 배일 사상에는 항상 미국의 힘이 배경으로 깔려 있었던 것 같다. 해방과 건국이라는 당면한 과업에 몰두하는 신생 국가로서는 미국의 힘에 의존할 수밖에 없었을 것이다. 그 근본은 미국은 부유하고 민주주의 나라라는 것이다. 미국의 부유함에 매료되어 4대 명물을 목표로 우리도 그런 살기 좋은 나라를 만들어야겠다는 일념이 현재의 우리나라의 현실이 아닌가 짐작해 보기도 한다.

늦잠의 대가

　일제에 의한 침탈과 압박, 설움에서 보낸 세월의 후유증이 적나라하게 나타난 시기가 북괴 침략으로 야기된 남북 전쟁 휴전 직후인 50년대 초, 내가 학교에 들어갈 시기쯤이었다. 그로부터 딱 반세기, 21세기 밀레니엄까지 우리들의 고역과 노력으로 우리 민족과 우리나라의 웅지를 세계만방의 반석 위에 빛나도록 올려놓았다.

　돌아보면 참으로 아득하다. 18세기에 산업혁명에 성공한 서양의 과학 문명이 물밀 듯이 밀려오는 것을 감지한 실학자들이 세상의 눈을 서양으로 돌리라고 백방으로 노력해도 당국은 눈 하나 깜짝하지 않고 그 알량한 권력 싸움, 집안싸움만 하고 있었다.

　19세기 중반 이후에는 벌써 서양에서는 산업혁명의 식곤증에 식상함을 느껴 쓸데없는 하품과 기지개를 켜면서 그들의 날개나 꼬리가 서로 부딪혀 짜증을 내며 다투기 시작했다. 미국에서는 남북 전쟁이 일어나고 독일인 카를 마르크스는 산업혁명의 부작용이나 후유증을 치료한답시고 공산주의 이론을 확립했다. 산업혁명의 본산지인 영국에서 싸늘한 정서를 가진 독일인이 만든 극단적 사회주의 이론이 공산주의인 것이다.

　산업혁명의 부작용은 과학의 발전으로 극복되고 있으나 공산주의의 부작용은 과학이 발달할수록 인류 문명사에 커다란 해악을 끼치고 있음이 판명되었다. 그 이유는 인류의 가장 기본적 본성인 자유의 억압으로 나타나고 있기 때문이다.

산업혁명과 과학 문명을 발전시켜 부를 축적하고 강대국이 된 열강들은 16세기부터 시작된 세계 점령의 마지막 보류 지역으로 동양 문명국들의 문을 흔들었다. 일본은 잽싸게 문을 열고 문물을 받아들여 서양식 개혁에 몰두할 때 우리는 배척의 포를 쏘고 기세등등하게 문고리를 더욱 굳게 걸어 잠갔다.

서양이 수백 년 걸려서 발전시켜 온 근대화를 축약하여 수십 년 만에 완성한 일본은 아직도 잠자는 우리나라를 깨우기 위해서 요령을 피우고 있었다. 그리고 독점하기 위해서 서양 열강들의 근접을 최대한 막았다. 안 되면 싸웠다. 그것이 청일전쟁과 러일전쟁이다.

20세기 밀레니엄 벽두부터 시작된 근대화의 첫걸음인 경부선 철도는 그 후 우리 민족의 수많은 사람이 일본의 제물로 바쳐지는 데 큰 역할을 하는 애환의 수송로가 되었다.

러일전쟁에서 승리하여 우리나라와 관계된 모든 열강의 외세와 고리를 끊었다고 확신한 일본은 이제 우리나라를 삼키기 위한 마지막 도마질을 시작했다. 1895년 명성황후 시해 사건으로 본격적인 마수의 칼을 휘둘러 나라의 심장을 도려내도 어쩌지 못하고 눈만 끔벅이는 살아 있는 마루타 신세, 이것이 전 세기 밀레니엄의 우리나라의 실정이었다. 을사 보호 조약이라고 하는 을사늑약을 강제로 체결하여 외교권을 박탈하고는 고문 정치, 차관 정치를 하더니 1910년에는 아예 한국을 병합해버리고 세상에서 없애버렸다.

늦잠의 대가는 너무나 참혹한 것이었다. 늦게 일어나 일본을 배우자고 애쓴 사람들의 공은 모두 허사가 되고 말았다. 너무 늦게 일어난 것이다. 같이 문을 열고 같이 근대화하였다면 감히 일본이 우리를 깔보지 못했을 것이다. 그리고 대국의 청나라를 너무 믿었다. 임진왜란 때 명나라를 너무 믿었다가 당한 수난을 간과했다. 역사의 교훈을 망각했다. 청나라도 천수를 다한 고래가 되어 살점이 뜯기고 있었던 것을 몰랐다. 앞으로 이웃 강대국인 중국이나 일본은 동반자로서 잘 지내는 것은 마땅하지만 그들에게 의존한다거나 너무 도움을 많이 받아서는 절대 아니 될 것이다. 차라리 멀리 있는 나라가 낫다고 본다. 멀리 있는 나라는 결코 속국으로 병합할 수 없다. 문화의 속국은 자국민의 의지에 달려 있다 할 것이다.

세상의 동반자

일본에 의해 근대화란 명목으로 시작된 경부선 철도 공사의 망치 소리는 꽁꽁 묶인 우리 민족이 생체 실험당하는 신음이었다. 70년 후인 경부선 고속 국도 공사의 망치 소리와는 아주 대조적이라 할 수 있다. 전자가 민족 수난의 신호라 한다면 후자는 민족 번영의 첫 삽이라 할 수 있다.

산업혁명의 거목인 철도는 1825년 영국의 스티븐슨에 의한 증기 기관차의 발명으로 영국에서 시작된 것인데, 20세기의 문을 열자 일본이 우리나라 수탈의 목적으로 철도를 놓았다. 철도부터 시작된 근대화란 명목의 개화와 개발은 철두철미하게 일본에 의해 이루어졌고 그 근대화는 일본을 살찌우는 영양 공급원이 되는 셈이었다. 일제 36년간이라 하지만 명성황후 시해의 을미 사변부터 치면 꼭 반세기 동안 일본은 우리나라의 정수리에 빨대를 꽂고 흡혈귀를 연상케 하는 악마가 되어 피를 빨고 영양분을 빼앗았다. 우리나라는 개미귀신이라고 하는 정말 잼싸고 흉측하고 악랄한 명주잠자리의 유충이 쳐 놓은 덫에 걸려 체액을 빨리는 굼벵이 신세가 되었다.

철도가 동맥이나 정맥이라면 도로는 실핏줄이다. 일본은 전 국토를 파헤쳐 방방곡곡을 연결하는 도로를 개설하였다. 우리 민족의 복리를 위한 것은 결코 아니었다. 구석구석의 곡물을 수탈하기 위한 수단이었다. 식량 공출이 목적이었다.

우리가 자라면서 먼저 배운 말이 공출이었다. 나락 공출이었다. 현물로 내는 세금 같은 것이었는데 이것이 과도하다 못해 거의 빼앗아 가는 수준이었다. 나중에 전쟁 말기에는 강제로 빼앗아 갔다. 그 흔적이 시골 초가집의 부뚜막에 있었다. 우리 민족의 수천 년 살림살이의 징표, 부뚜막의 납작한 돌, 그 밑은 비어 있었다. 작은 질그릇 항아리를 감추기 위한 것이었다. 정말 몇 톨의 식량이라 할 것이다. 그것마저 일제는 강제 수탈해 갔다니 식민지 국민을 굶겨 죽이는 정책이었다.

실제로 50년대는 우리도 공출을 했다. 일본처럼 과도하지 않았고 정말 세금의 의미였다. 이때의 공출은 두 가지 의미가 있었다. 현물이 필요한 국가 세금이었고, 다른 하나는 일본인 소작으로 농사를 짓던 것을 자기 명의로 불하받은 토짓값의 연부 체납이었다. 농토값을 한꺼번에 내기가 어려우니까 매년 조금씩 현물로 갚아나가는 아주 현명한 정책이라 할 수 있다. 토지 문제에서 일제 청산의 한 방편이기도 했다.

도로가 우리 민족을 위한 것이 아닌 증거로 사람들은 도로 위로 등짐 봇짐을 지고 이고 걸어 다녔다. 우마차라도 만들어 도로를 이용했으면 좋았으련만 우리네 살림살이 우마차를 만들 여력도 없었고 그만큼의 살림살이 덩치의 규모도 되지 않았으며 수천 년 해오던 관행이 있어 수레는 오히려 번거롭기만 하고 성가신 물건이라고 여겼던 것 같다.

우리는 산길, 고갯길에 적응되어 살아온 민족이었다. 집집마다 농사를 위하여 소는 키웠으면서 소달구지를 이용하지 않았던 것을 보면 일본을 위한 도로라는 점에서 도로의 효용성이 매우 낮았음을 알 수 있다. 그리고 도로는 빙빙 둘러 다니고 사람이 다니는 길이 아니었으므로 사람들은 그냥 수천 년 다니던 옛길이 익숙하고 지름길로서 다니기가 편했다. 내가 어릴 때 오일장을 오가는 길은 분명히 도로가 아니었고, 흰옷 입은 백의민족의 남부여대한 풍경은 장관이었다. 농사짓는 것 못지 않게 진솔하고 진지했으며 활력과 생기가 넘쳤다. 도로는 우리 생활과 관계없는 길로서 관용차나 다니는 행정의 길로, 좋은 세상을 만드는 것이 아니라 우리 국민을 억압하고 착취하는 길이라고 인식했던 점도 있었을 것이다.

해방되고 전쟁 때도 물자 수송에는 도움이 되었겠으나 전투 자체의 수행은 도로를 따라 하지 않고 옛길 따라 병사들의 이동이 있었다. 전쟁 후 완전한 우리의 도로가 되면서 도로의 효용성이 높아져 갔다. 식민지 시대 수탈과 징병, 징역, 부역에 동원되던 피용적이고 한 많던 길이 우리의 삶과 밀착되면서 도로는 생기를 찾고 살아나기 시작했다. 우리나라의 경제 발전을 위하여 도움되는 길로 전환되었다. 자동차 이용의 생활화가 시작되었다.

우리가 꿈에 그리고 그림으로 보고 내 앞에서 지나가기만 하던 자동차를 이제는 이용하게 되었다. 자동차의 이용으로 그 편리함에 매료된 사람들은 금방 자동차 없이는 살 수 없는 세상으로 만들었고, 자동차의 마력에 흠뻑 빠져 자동차의 세상이 되었다. 사람들은 참 좋은 세상이 되었다고 격찬한다. 그 근본에는 자동차가 있다. 물론 기차, 비행기도 큰 역할을 한다. 그러나 사람들의 세세한 삶과 복잡다단한 생활과 밀착되어 그 편리함을 제공하는 것으로 자동차에 비길 바가 못 된다.

내 기억의 밑바탕에는 등짐, 봇짐으로 신작로나 산길, 들길을 걷던 막막하고 힘들었던 일상이 있다. 오천 년 우리 민족이 삶을 이어왔던 그 방식의 마지막 꼬리를 끊으면서 새 세상이 열린 것이 자동차 시대이다. 운송 수단의 혁신이었다. 사람의 이동 수단으로서의 역할도 크지만 짐승처럼 짐을 운반하던 우리 전통 생활 방식의 일대 혁신이 더 놀랍다.

지금은 시골 구석구석을 가도 사람은 없어도 자동차 길은 있다.

수천 년 우리 생명의 터전들이 방치되어 널브러져 있다. 자동차 시대는 우리나라의 발전을 의미한다. 그 발전의 출발점이 되는 인자를 여러 면에서 찾을 수 있고 또 주장할 수 있다. 왜 그 사회과 부도 책에서 그 연원을 찾으려 하는지 알 수가 없다.

6·25의 기억

나와 6 · 25

내 기억의 가장 밑바탕에는 6 · 25가 있다. 그 무렵부터 기억한다는 것은 그때 어렸다는 뜻이다. 이렇게 말하는 것은 생애 첫 기억을 험악한 전쟁으로 깔아놓은 안타까운 역사적 환경과 시대적 아픔에 대한 고까움을 좀 더 강하게 표출하고자 함이다. 그러나 불행하게도 비극적이고 역동적으로 전개되었던 전쟁의 잔상이 낱장의 사진처럼 정지된 화면으로밖에 남아있지 않고, 무성 그림 연극의 그림처럼 몇 장면 안 되는 그림으로 뚜렷이 남아 있다. 얼마 안 되는 기억의 자료이지만 그 뒤에는 어른들한테서 들은 얘기와 내가 학습하고 경험한 전쟁의 위치가 언제쯤, 어디메쯤이었는가를 대충 간파하고 있다.

경남 진주시 내동면 신율리, 진주와 사천만 사이에 동서로 연결된 길이 둘 있는데 하나는 우리 동네를 통과하는 길이고 다른 하나는 지금의 남해 고속도로로 사천 비행장을 가장 가까이 통과하는 지점, 고성, 사천서 곤양, 하동으로 통하는 부분이다. 우리 동네 능지 고갯길은 진주 시내의 상황을 염탐하면서 통과할 수 있는 길목이기 때문에 전쟁이나 난리가 났을 때 우리 동네 통과는 필수였다. 6·25 때도 그렇고 동학란, 임진왜란 때도 군사들의 이동 길목으로 요충지였다. 부산 쪽에서 광주, 전주 쪽으로 가는, 즉 부산 쪽에서 전라도로 가는 길목이 되는 셈이다.

피난길

아버지는 지고 어머니는 이고 집을 나섰다. 난리가 났기 때문이다. 난리가 나면 으레 피난을 가야 하는데 이번 난리는 '어떻게 해야 할 바를 모르겠다'였다. 동네 사람들도 모르고 면서기나 구장이나 주재소 사람 누구 하나 지시가 없었다. 외지에서 동네 앞을 지나가다 동네 어느 한 집이나 사람에게 전해주면 그것이 정보가 되는 시대였다. 그것이 유일한 정보이고 중요한 소식이 되는 때였다. 그 시절의 외부 소식은 우리 큰집 사랑방에 정기적으로 들르는 가객이 대부분 가져왔다. 그런데 이번에는 전쟁이 났다는 풍문이 난 지 벌써 한 달이 다 되어가는데 아무런 소식이 없었다.

큰집과 우리 집은 피난을 가기로 작정하고 집을 나섰다. 큰집 외갓집을 가느냐 우리 외갓집을 가느냐 하고 확실한 결정을 못 내리고 가다가 외지 사람들을 만나면 그 소식에 따라 결정하기로 했다. 출발해서 고개 너머 이웃 동네까지는 같은 방향이었다. 지리산이 서쪽이기 때문에 조금이라도 서쪽으로 가면 더 오지로 가고 더 오지이면 난리를 피할 수 있지 않을까 해서였다. 역사적으로 난리는 대부분 동쪽에서 왔기 때문이다.

그때까지도 열댓 가호 되는 우리 동네, 우리 집안사람들은 관습과 구전으로 대를 이어오고 세상이 희고 검은지 정말이지 너무나 무지했다. 동네를 나서서 얼마 안 돼 능지 고갯길에 다다랐다. 진티 사람인지 밤실 사람인지 아랫동네 사는 어떤 남자 한 사람이 내려오면서 무슨 말을 했던 것 같다.

"그쪽으로 피난 가면 안 돼요."였을 것이다. 외갓집 둘 다 우리 동네보다는 조금씩은 서쪽이었으니까 하동을 위시해서 진주 서쪽은 이미 인민군이 점령했다는 말을 당사자도 확신은 못 하고 풍문으로 들은 얘기를 했을 것이었다. 그 말을 듣고 우리 일행은 집으로 돌아왔다.

그다음 날 또 마음이 불안하고 초조하여 가만히 집에 있을 수가 없었다. 그래서 또 남부여대하여 집을 나섰다. 어제 그 장소쯤 갔을 때 이번에는 오른쪽 재오개골 산 먼당에서 무장한 군인이 우리에게 멈추라고 했다. 부하인 듯한 병사 하나가 내려오더니 아버지와 큰아버지를 데리고 올라갔다. 먼당의 우리가 보는 쪽에서 큰아버지한테 무얼 물어보는 것 같았다. 아버지와 큰아버지는 금방 내려왔다. 알고 보니 그 군인들은 우리 국군이었다. 그 길로 집에 돌아와서는 집집마다 파 놓은 굴에서 밤을 새웠다.

앞산 뒷산이 전투장

피난길을 나섰다가 가족이 잡혀갈 뻔하였다. 당시는 국군이고 인민군이고 상황 불문하고 잡아가면 그뿐이었다. 전쟁 때의 비극이란 그런 것이다. 아버지와 큰아버지는 일본 북해도 보국대 출신이었다. 일제가 강제 징용하여 탄광에서 무려 4년 동안 일하게 했다. 나이 마흔 안팎이었으니까 전쟁하기에는 나이가 너무 많다는 의미였겠지.

집에 돌아와서는 불도 켜지 못하고 토굴 속에서 깜깜한 밤을 쥐 죽은 듯이 보내야 했다. 밤새 깨 볶는 듯한 총성이 들렸다고 한다. 낮에 동네 뒷산인 그 실봉산과 미실 사이에서 전투가 벌어졌던 것이다. 능지 고개를 사이에 두고. 더 높기는 하지만 국군은 북쪽인 실봉산이고 인민군이 남쪽인 미실이었다고 한다.

전쟁 흐름의 개요를 설명하면 이러했다. 인민군이 6월 25일 새벽 기습 남침하여 3일 만에 수도 서울을 함락하고 계속 남으로 전진하여 평야 지대인 전라도까지 도달했는데, 전라도는 인민군들의 탱크를 막을 길이 없었다. 적들의 탱크가 오는 기간이 한 달 가까이 걸렸을 것이고 소백산맥, 지리산을 돌아 하동 쪽에서 오느라 먼저 후퇴한 국군이 더 높은 고지인 실봉산을 은폐물로 자리를 잡고 진지를 구축하였다. 인민군들은 추격하여 뒤따르다가 우리 군의 저항선인 실봉산에 부딪히니 남쪽인 미실 골짜기를 파고들 수밖에 없었을 것이다. 국군은 조금이라도 내려다보고 총을 쏘았을 것이고 인민군들은 약간 총구를 상향 조정했을 것이었다. 그때가 7월 말쯤 되었으리라 짐작한다. 밤새 총소리가 진동하다가 아침이 되자 언제 그랬느냐는 듯이 조용했다고 했다.

국군은 후퇴하여 우리 동네 뒤 골짜기인 큰대골로 해서 양달 방천길 도랑을 은폐물로 개양 쪽으로 달아났고 인민군들은 앞산 너머 미실골 방천 도랑을 타고 역시 개양 쪽으로 국군을 추격하다가 그 유명한 마산 진동 고개 전투에서 전진의 발자국을 멈추게 되었다. 이때는 유엔군이 부산에 상륙하였고, 대구 팔공산, 낙동강 전선, 마산 진동 고개로 이어지는 최후의 보루로 그야말로 치열한 전투의 전선이 형성되었다.

우리 동네는 마산 진동 고개 전투와 관련이 있고 그날 밤 실봉산 전투의 흔적인지 몰라도 능지 공동묘지 비탈에는 전신 해골이 선명한 시신 한 구가 50년대 후반까지 비스듬히 누워있었는데 어느 날 군인들이 와서 수습해갔다고 했다.

학교 길 한길에서 한 30m쯤 떨어져 있어 잘 보일 법도 한데 나무꾼들이 그 하얀 뼈다귀 주변에는 풀을 베지 않기 때문에 한길에서는 잘 보이지 않았다. 현장 목격은 무서워서 할 엄두도 못 내다가 삼학년 때쯤 등굣길에 용감하게 한 번 올라가 둥근 갈비뼈, 등, 손가락, 발가락뼈까지 자세히 본 일이 있었다. 미군인지 국군인지 우리는 알 수 없었는데 미군이란 말이 있었던 같기도 하다. 전쟁이 난 지 칠팔 년 만에 수습된 셈이었다.

영자 동무

"영자 동무!"

"선화 동무!"

인민군들이 그들의 간호사들을 부르는 말소리다. 우리 동네는 인민군 부상병들이 많았다. 집집마다 부상병들이 꽉꽉 차 있었다. 세대마다 한 명 이상이었겠지만 내 기억에는 상이병들이 집집마다 그득했던 것 같다.

우리 집에는 부상병은 없고 아리따운 간호사들만 있었다, 밤에는 그 간호사들과 같이 잤다. 누가 초대한 것이 아니라 그들이 억지로 우리 가족 잠자리 사이로 파고들었다.

인민군 간호사들은 쌀쌀맞고 냉정했다고 했다. 그들이 쓰는 '어그찌' 말이 생소하고 너무 인상적이었으니까 지금도 그 말 하나만은 확실히 기억하는 것은 틀림없다. 동네 사람들은 지금도 경상도 말 외에 다른 지방 사람들의 언어는 '어그찌' 말이라고 했다. 그리고 우리 집 작은 부엌에는 황소 머리가 눈을 부릅뜨고 거꾸로 매달려 있었다. 소 몸통 부분의 고기도 있었던 것 같기도 한데 내 기억의 생생한 부분은 생소 머리이다.

부상병 환자들의 신음이 이 집 저 집에서 들려왔다. 환자들의 모습이 정지 화면으로 남아있다. 우리는 이 집 저 집 부상 환자들을 보기 위해서 다녔다. 제일 많이 다친 환자가 있는 집은 누구 집이고 어떤 모습인가에 따라 호기심 있는 이야깃거리를 만들기 위해서였다. 붕대를 감은 사람들이 마루에 걸터앉아 있거나 벽에 비스듬히 기대 앉아 있거나 누워 있는 사람들도 있었다. 누워 있는 환자는 그들의 야전 침대를 이용했다. 팔을 다쳤거나 다리에 붕대를 감고 있는 사람, 얼굴과 머리를 통째로 감은 사람, 상체나 전신을 붕대로 칭칭 동여맨 사람도 있었다.

이 부분에서 가장 중요한 것은 팔을 다친 환자의 붕대 푸는 장면에서 구더기가 꿈틀거리고 있는 것을 직접 목격했다는 사실이다. 무슨 큰 구더기가 득실거리는 것이 아니라 덮여 있던 헝겊을 들어내자 하얗고 작은 구더기들이 다친 부위 물집 따라 좍 깔려 미세하게 에스자로 꿈틀대는 것이었다. 한여름의 절정기였으니까 그럴 만도 하였다. 인간의 환부에도 상황에 따라 구더기가 득실거릴 수 있다는 것을 그때부터 알았으니까 6·25가 일찍부터 우리에게 큰 교훈을 준 셈이었다.

인민군들의 야전 식당

우리 집은 인민군들의 야전 식당이었다. 또한 동네 집집마다 있는, 인민군 상이병들에게 때 되면 먹여야 하는 음식 공급처였다. 동네 가운데이기도 했고 그보다 마당 가로 큰 감나무가 세 그루 있었기 때문이었다. 태풍이 왔을 때도 우리 집 지붕이 잘 날아가지 않는 것은 이들 감나무 때문이었다. 인민군들은 감나무가 하늘을 가려주는 것에 더 주목했을 것이다.

우리 집은 위치도 동네 가운데지만 사실상 우리 동네 배치된 인민군 환자들의 다스림의 중심지였다. 그렇다면 여러분들도 이해가 갈 것이다. 앞에서 소머리가 걸려 있었다는 것과 간호사를 보았다는 것 또 우리 집에는 환자가 없었다는 것 등.

이쯤에서 꼭 말하고 싶은 것이 있다. 환자 외에는 정복 군복 차림이든 사복이든 인민군을 한 사람도 못 보았다는 것이다. 그것은 인민군들의 밤의 활동 때문이었다. 낮에는 미군들의 전투기 폭격 때문에 어디 숨어서 무엇을 하는지 꼼작하지도 않다가 밤만 되면 불도 못 켜게 하면서 맹활약을 한다는 것이다.

앞에서 말한 간호사 '영자 동무'도 흰 저고리에 검은 치마, 발목 정도로 올라온 흰 양말 정도만 기억할 뿐 얼굴은 전혀 기억나지 않는, 얼굴 없는 껍데기가 마루에 일렁거렸고, 밤이 되어 잠자는 머리맡에 서성거리며 밖에서 누가 "영자 동무, 선화 동무"하고 인민군 남자가 부르는 음성으로 지금 기억에 남았다. 인민군 간호사들은 결코 군복 차림이 아니었고 세련되고 깨끗한 아가씨들이었다. 우리 집 작은 부엌 가마솥은 소고깃국 끓이는 도구로 쓰였고, 마당에는 밥 짓는 가마솥이 걸렸으며 반찬 만드는 주방 기구들이 있었다.

인민군들은 비행기만 지나가면 감나무 밑으로 몸을 숨겼다고 했다. 우리 집 큰방 부엌은 사용하지 않았고 그네들의 음식에 우리 식구들은 '닭 쫓던 개 지붕 쳐다보듯' 하라고 했다. 그래서 어머니는 보다 못해 그 사람들 몰래 소고기 살점을 잘라내 장조림을 하셨다고 한다. 들키면 안 되는 것이었다. 그리고 간호사이고 인민군이고 인정머리 없고 몰인정하고 쌀쌀맞았다고 한다. 장조림 고기반찬 먹었던 것과 그 사람들이 다 가고 나서 매달렸던 소머리를 우리 가마솥에 고아서 거의 다 일가친척인 동네 사람들과 나누어 먹었던 기억이 어렴풋이 되살아나기도 하는데 확실하지는 않다. 상상인지.

마산 진동 고개 전투의 인민군 전상자 후송 병원

우리 동네 앞 뒷산의 하룻밤 전투로 세상은 인민군의 시대가 되었다. 아래 큰 동네 유일한 기와집이며 가장 부잣집인 유병문 씨 집은 이미 공산당이 접수하여 인민위원회를 설치했다. 그곳은 우리 마을의 공산당 본부가 되었다.

세포 조직한다고 몇몇 사람에게 완장을 채우고 토지 분배할 것이라는 소문이 돌기 시작했다. 우리 집안의 삼종 아저씨 한 분이 그 소문에 솔깃하여 설치다가 집안 어른들한테 큰 꾸지람을 들었다고 했다. 해방 후에 좌우익의 바람이 지난 지 몇 년 지났기 때문에 사상에 관해서는 이미 방향을 잡고 있었던 모양이었다. 그 시대는 시골 집 성촌 동네는 공동 운명체이기 때문에 한 번 방향을 잘못 잡으면 그 집안이 몰살당한다는 소문이 휩쓸고 간 후에 인민군이 쳐 내려왔기 때문이었다.

전쟁 나기 전 어느 해 집안 사위 되는 사람이 도장을 가지고 진주로 오라고 해서 집안사람들이 줄 서서 진주 가는 고갯길을 오르다가 집안의 또 다른 사위가 오더니 가서 도장 찍으면 다 죽는다고 하여 부리나케 불러내려 위기를 모면하였다는 이야기가 있었다. 도장은 남로당 가입을 위한 것이었는데 사람들은 빨갱이 될 뻔했다면서 무지를 탄식했다는 이야기가 있었다. 그때는 집안 일가친척이 권하면 응하는 것이 미덕인 시대였다. 그런 일도 경험했고 해서인지 인민군이 왔다고 함부로 부화뇌동하다가는 어떻게 될지 모르기 때문에 사람들은 그저 가만히 있는 것이 상책이라고 확신했던 모양이었다.

우리 동네 하늘 위로 깨 볶는 듯한 총소리가 난 지 채 일주일도 지나지 않은 어느 날 밤 느닷없이 인민군 환자들이 집집마다 들이닥쳤다. 큰 동네 기와집은 총본부 병원이 되었고 우리 집은 그로부터 1.5km쯤 떨어져 있어 지부가 되었다. 마산 뒷산인 진동 고개 전투에서 다친 인민군들의 후송 야전 병원인 셈이었다.

인민군들은 한 달 만에 비로소 전쟁의 쓴맛을 보았다. 우리 국군은 유엔군의 참전만을 기다리면서 우리 동네 전투처럼 하룻밤 저항하다가 날 새면 후퇴하고 또 후퇴하고 하면서 간신히 버텨온 한 달이었다. 이 마산이 함락되면 부산, 그러면 국군은 갈 곳이 없었다. 부산 바다가 배수진이었다.

때마침 유엔군이 부산에 상륙하여 낙동강 전선에 투입되기 시작하고 미군기가 하늘의 제공권을 장악하여 맹위를 떨치니 국군들은 사기가 충천하여 처음으로 인민군과 싸워 전과가 나타나기 시작하였다. 그 전과물이 우리 마을 가가호호에 안치된 인민군 부상병들이었다. 일선 진동 고개 전장에서 100㎞는 떨어진 인민군들로서는 후방인 셈이었다.

우리 꼬마 또래들은 날이 새면 이 집 저 집 상이병들의 몰골을 보러 다니는 것이 일과가 되었다. 어느 집에서 어떻다 하면 가보고 주로 붕대를 풀고 다친 부위를 드러내놓고 간호사들이 치료하는 장면을 구경하기 위해서였을 것이다.

아래 큰 동네 기와집은 인민군 본부의 병원으로써 그 건너편 음달 동네 헐거지 후미진 가시덤불 속에는 수많은 인민군의 시체가 버려졌다고 한다. 그곳은 동네의 끝자락으로 우리가 어릴 적 밤길을 가장 무서워하던 곳이다. 귀신의 소리로 인민군 환자들의 신음과 사람의 울음소리가 종종 나곤 한다던 곳이었다. 또한 그곳은 그 기와집 유씨 네의 산이었고 지금은 유씨들의 제각이 지어져 있어 비참하고 초개같이 죽어간 인민군들의 억울한 영혼을 위로하고 있는지 모른다.

인민군들의 후퇴

어느 날 밤만 되면 나타나던 인민군들의 동태가 심상치 않았다.

그날 밤 자고 나니까 부상병 인민군들이 씻은 듯이 사라졌다. 인민군들의 첫 후퇴가 시작된 것이다. 낙동강 전선에서 이어지는 마산 진동 고개 전투에서 한 발짝도 전진 못 한 인민군들은 개전 한 달 만에 비로소 참패의 쓰라림을 맛보았고, 무수히 많은 전상자를 남겨 시체는 버리고 부상자만 겨우 거두어 작전상 후퇴하지 않으면 안 되었다. 그중 일부가 기와집 건너 헐거지 덤불에 버려졌다. 우리 마을 집집마다 외계인들이 지구인의 집을 점령하여 숙주의 몸에 똬리를 틀듯이 또는 곤충의 애벌레가 고치를 풀기 위해서 자리를 잡듯이 인민군 부상자들이 우글거리다 어느 날 밤 사라지는 형상이었다. 그때 우리 집안의 재종 아저씨 한 분과 삼종 아저씨 한 분은 그들의 패툇길에 짐꾼으로 강제 징용되어 남강을 건너 지리산을 향해 평거 들판 길을 건너다가 미군 비행기의 폭격으로 대오가 흩어지는 틈을 타 간신히 도망쳐 왔다고 했다.

인민군들은 캄캄한 밤의 전쟁을 했다. 밝은 대낮은 미군기의 공습으로 인민군들은 힘을 쓰지 못했다. 마찬가지로 패툇길도 밤의 시간을 이용했다. 그들이 살기 위해서는 정말이지 귀신같이 낮에는 꼼짝을 하지 않았다. 밤만 되면 맹활약을 하는 것이 그들의 생리였다. 그 뒤의 그 유명한 지리산 빨치산도 그랬고.

우리 인척 두 사람도 인민군의 총부리 감시하에 들길의 논두렁길을 짐을 지고 한 줄로 걷는데 마침 미군기는 알고 오듯이 쌕쌕이로 날아와서는 조명탄을 대낮같이 밝히고는 그대로 쑥대밭을 만들었다. 그런 상황에서는 아군이고 적군이고 짐꾼이고 대오고 총부리고 나발이고 없었다. 각자 살기 위해서는 사정없이 땅에 엎드려야 했고 조금의 언덕이나 도랑, 곰탁 같은 은폐물을 이용하여 몸을 숨기기 위해서 잽싸야 했다. 비행기는 피아를 구별하여 폭격하는 것이 아니었고 구별할 수도 없었다. 그 덕분에 대부분 강제 동원되었던 짐꾼들은 그의 다 도망쳐 올 수 있었다고 한다. 나는 지금도 겁이 많아서 인민군의 총구를 피해서 도망 나오는 것, 그것이 가능할까 의심 중이다.

그 무렵 진주는 또다시 그 유명한 촉석루가 깨어져 날아가고 있었다. 진주는 본래 초토화 작전으로 아군들이 후퇴하면서 시내를 모조리 부수었는데 이번에는 아군기가 촉석루를 파괴하지 않으면 안 되었더란다. 패퇴하는 인민군들이 명승고적이라 남겨 놓은 촉석루 밑에서 저항을 하기 때문이었다. 초토화 작전을 쓰면서 남겨 놓은 촉석루는 설마 미군기가 폭격을 하지 않을 것으로 믿고 항전하는 것이었다. 그래서 눈물을 머금고 작전상 촉석루를 깨지 않을 수 없었다. 그런 연유로 우리가 소년 시절 명절 때 진주 놀러 가서는 촉석루의 아름드리 돌기둥 사이에서 숨바꼭질했던 것이 아련한 추억이 있다. 그 뒤 진주는 초토화되어 전후 시가지 복구할 때 도시 계획하기가 한결 쉬웠다고 했다. 방사형 가로의 전형 도시로 전국에서 유명하다고 학교 다닐 때 인문 지리로 배운 적이 있다.

훌치기

인민군이 물러갔으므로 우리 동네로 볼 때는 전쟁이 끝난 셈이었다. 그러나 호죽기라고 하는 쌕쌕이는 바쁘게 날아다녔고 간간이 대포 소리는 그칠 날이 없었다. '먼 산의 산울림'그것은 대포 소리를 의미했고 그곳이 어디인지 몰라도 '전쟁은 아직도 계속되고 있구나'하고 생각하곤 했다.

인민군이 물러가고 난 후 세상은 정작 더 뒤숭숭해졌다. 훌치기 때문이었다. 훌치기라고 하는 것은 적령기 징집 대상자를 마구 잡아 군대로 보내는, 국가로 볼 때는 전쟁에 필요한 군인을 충당하는 일이었다. 길거리에서도 집에서도 밥 먹다가도 적령기 징집 대상자는 마구 잡혀갔다. 한창 전시였으므로 징집 연장이 나와도 누구나 선뜻 징집에 응하지 않기 때문에 경찰이 직접 방문하여 모셔가는 형국이었다. 그러나 경찰이 오면 달아나고 숨어버리고 하기 때문에 강제로 수배하여 끌고 가는 경우가 많았다. 대부분 수갑이 채워져 험하게 끌려갔다. 현실적 전쟁의 비참하고 잔혹함은 북괴가 물러가고 난 그때부터가 시작이었다.

우리 동네에서는 세 사람이 대상이었다. 우리가 동네 뒤 골짜기에 있는 못 둑에 놀고 있을 때 눈앞에서 직접 목격했다. 언덕배기 굼턱에 그중 한 사람이 밀착해 엎드려 있는데 경찰이 두 사람, 한 명은 밑에 길로, 다른 한 명은 계단밭 맨 위 끝자락에 서서 내려다보았다.

아래쪽 길에서는 사람이 보이지 않았는데 위쪽에서 내려다보는 경찰에게 발각되어 잡혀 몇 발짝 달아나지 못했다. 이미 수갑이 채워져 있었던 것을 보면 동네 집에서 잡혀 있다가 거기까지 어느새 도망 왔던 모양이었다. 세 사람 중 하나는 최 씨의 인척이었는데 같이 있다가 잡혔는지 앞쪽으로 수갑을 찬 채 골짜기 안쪽으로 도망가고 경찰이 뒤따라가는 것을 보았고 곧장 잡혀 끌려오는 꼴도 보았다. 그 뒤 한 사람은 다리에 철심이 박혀 있다고 했다. 군대 가서 다친 모양이었는데 생활하는 데는 지장은 없는 듯했으나 한쪽 다리가 약간 뻣뻣했고 그 사람 별명이 후작대기였다. 또 한 사람은 이웃집 아저씨였는데 교묘히 잘 숨어 피해 있다가 전쟁이 끝난 후인지는 몰라도 사천 공군에서 제대했다.

전쟁 훈련

홀치기도 지나간 어느 날 동네 앞산 어귀에 초록색 군복을 입은 국군들이 와서는 앞산 어귀에 참호를 파기 시작했다. 대략 소대 병력쯤 되는 듯했다. 그때는 민둥산, 정말이지 붉은 황토 산이었다. 등선을 따라 불규칙하게 사람이 앉으면 완전히 함몰되는 정도였다. 우리 동네 아래쪽을 귓가를 스치듯 북북동 방향, 우리 동네 사람들의 진주 시장 가는 길인 천골재를 향해서 사격 연습을 했다. 그때의 군복은 지금과 같은 얼룩무늬가 아니었다. 단색이었다. 지금도 그런 군복이 완전히 없어진 것은 아니라고 본다. 국방색은 영원한 것이니까.

우리는 그 시절에 군장에 관한 여러 가지를 배웠다. 헬멧 아니고 군모, 수통, 야전삽을 부삽이라 했나, 무슨 독특한 군 장비로서의 이름이 있었던 것 같기도 하고, 특히 군인들이 지고 다니는 가방을 룩색이라 했던 것은 한평생 기억에 남았다. 단도도 있었다.

전쟁 훈련하던 군인들이 간혹 건너와서 참호 파다 더우니까 민가에 물을 얻어먹기도 했지만 다른 연관성은 없었고, 그들이 떠난 다음에 동네에 유일하게 수통 하나와 야전삽 한 자루, 군인용 단도 한 자루가 어느 집에 남았던 것으로 안다. 그들이 물 먹고 모르는 척 두고 간 것으로 안다. 총 이름도 엠원 총, 카빈, 장총 등이었는데, 이것들을 직접 보았고 그 외 인민군의 따발총, 미군들의 기관총 등의 총 이름도 배웠었다. 그때 우리 동네 국군들은 내 느낌에 굉장히 점잖고 의젓하고 듬직하고 침착했던 것으로 기억한다. 그 뒤 그들은 휴전선 전투나 백마고지 전투에 투입되어 거의 다 전사했다는 이야기가 있었으나 나는 그때 '설마 다 전사하기야 했을라구'하면서 안타까운 마음을 가지기도 했었다.

음지의 광장

초판 1쇄 인쇄 2020년 01월 08일
초판 1쇄 발행 2020년 01월 16일
지은이 김점식

펴낸이 김양수
책임편집 이정은
편집·디자인 김하늘
교정교열 박순옥

펴낸곳 도서출판 맑은샘
출판등록 제2012-000035
주소 경기도 고양시 일산서구 중앙로 1456(주엽동) 서현프라자 604호
전화 031) 906-5006
팩스 031) 906-5079
홈페이지 www.booksam.kr
블로그 http://blog.naver.com/okbook1234
이메일 okbook1234@naver.com

ISBN 979-11-5778-420-2 (03800)